新保邦寛
Shinbo Kunihiro

短篇小説の生成

――鷗外〈豊熟の時代〉の文業、及びその外延――

The Formation of Japanese Modern Short Story

ひつじ書房

⊙ひつじ研究叢書〈文学編〉

第一巻	江戸和学論考	鈴木淳著
第二巻	中世王朝物語の引用と話型	中島泰貴著
第三巻	平家物語の多角的研究	千明守編
第四巻	高度経済成長期の文学	石川巧著
第五巻	日本統治期台湾と帝国の〈文壇〉	和泉司著
第六巻	〈崇高〉と〈帝国〉の明治	森本隆子著
第七巻	明治の翻訳ディスクール	高橋修著
第八巻	短篇小説の生成	新保邦寛著

ひつじ書房

⊙田中良三「東京名所　日比谷公園有楽門外之光景」（明41・4　尚美堂）

短篇小説の生成

——鷗外〈豊熟の時代〉の文業、及びその外延——

目次

序章　近代短篇小説の概念と方法

日本の近代文学のうち、少なくとも小説がその歴史的役割を終えたとする認識は、近代文学の研究に携わる者にとってもはや共通理解と言ってよいだろう。例えば近代小説というものにすべて目を通したとの自負をもって書かれた川西政明『小説の終焉』（平16・9岩波新書）が、戦争・革命・性・恋愛・家・家庭など近代のあらゆる問題に取り組んできた結果そのことごとくを書き尽してしまったと論じているのに対し、『日本近代文学の起源』（昭55・10講談社）に迫るべく文学批評の世界に登場した柄谷行人氏は、やはり『近代文学の終り』（平17・11インスクリプト）に言及しつつ、高度大量消費社会の到来と共に〈世界や自己を理解する〉思弁的必要性が失われていく事態を見据えている。神や国家の観念が解体し消費が心の拠り所となる高度大量消費社会にあっては、自分がいかに生くべきかというゆわば《生産主体としての自己》確立の問題が曖昧になるばかりか、代りに、田中康夫「何となく、クリスタル」（『文芸』昭55・12）の主人公のように何はともあれ《消費主体としての自己》を問わずにいられない思いに囚われ出すという次第で、これでは近代小説が存在意義を失うのも無理はないと言っているのである。

尾崎真理子『現代日本の小説』（平19・11ちくまプリマー新書）も同様に思弁性の崩壊を見ているものの、そこで問われているのはテクノロジーの進化である。石川九楊「「電子便」的文体批判」（『文学界』平13・4）、すなわちパソコンの文章に対する、〈仮名文字思考によって、抽象的な思考へのせり上がりを欠いたおしゃべり文〉であって〈身体的思考の欠除〉した文体を齎すとの批判を受け、パソコン世代の村上春樹・吉本ばなな・俵万智がそれぞれ『ノルウェイの森』上下（昭62・9講談社）・「キッチン」（『海燕』昭62・11）・『サラダ記念日』（昭62・5河出書房新社）でベスト・セラーを放ったその年、日本近代文学が終わったと主張している訳だが、ともあれ、ローマ字入力のパソコンによるいわば考えと手の動きが同時進行する形で生み出される〈平成口語体〉の文学を、立ち止まって内面をじっくり凝視する二葉亭四迷『浮雲』（明20・6―22・8金港堂）のような文体のそれと同一視できる筈もない。

それかあらぬか、日本の近代小説そのものを問う試みもまた盛んになるものの、そのそれぞれが斬新な切口を示しているにも拘らず結局は屋上屋を架すが如き主張を繰り返しているように思えてならない。例えば保坂和志『小説の自由』（平17・6新潮社）が、現代小説の可能性を模索しつつこれまでの近代小説を顧みて、要するにどれもこれも〈「私」の内面の報告〉に過ぎないとの断案を下しているかと思えば、高橋源一郎『ニッポンの小説　百年の孤独』（平19・1文芸春秋）も、日本の近代小説そのものが〈「私」の存在論構造〉によって成り立っているとの批判がその趣旨である。むろんこれらは単純な私小説論を展開している訳ではない。既述の川西政明論にある通り近代小説が〈近代のあらゆる問題〉を描いてきたのだとしても、それはあくまで《私》という見る主体を通してのことと言っているのである。あるいは秋山駿『私小説という人生』（平18・12新潮社）のようにそこに近代小説の〈自己及び人間の深い追求の意図〉を見たとしても、全く同様の結論を繰り返していることに変りはあるまい。

かつて、村上春樹『世界の終りとハードボイルド・ワンダーランド』（昭60・6新潮社）が第二一回谷崎潤一郎賞を受賞した時に、丸谷才一氏は、その文学的特色について〈主人公が作者自身であるかのような錯覚を与えず、ナマの現実に立たず〉という点で近代文学の伝統と訣別していると語ったそうだが、正しく近代文学の本質を逆照射しているこうした発言を念頭に置いてみれば、既述の保坂和志論や高橋源一郎論がいかに的を射たものであるかがよく分る。要するに近代小説とはかくもイデオロギッシュな思考の産物に他ならなかったという次第だが、ただそうしたお題目をいくら並べてみても何の生産性もなく、必要なのは、平凡だが、やはり近代文学なる制度の生成過程を粘り強く問い続けることではあるまいか。

検討を要するテーマはいくらでもある中で何より私が気になっているのは、短篇小説がいつ、どのように生成されるのかという問題である。それについてかつて考えたことがあるので、次に述べてみようと思う。

（一）

近代短篇小説生成の問題に立ち入る前に、はっきりさせておかなければならないことがある。短篇小説と長編小説の違いが量的問題ではなく何より質的問題という点である。短篇の方法に極めて自覚的であった短篇小説作家・阿部昭氏は、次のように適切に述べている。(1)

長編と短編を器用に書き分けている現代イタリアの作家モラヴィアが、短編を抒情詩に近いとし、長編を哲学論文になぞらえている。

同じ小説であってもいわば別ジャンルの文学と認識している事態が窺えるが、のみならずこの定義からすれば、日本の近代小説とは先ずは長編小説の謂いだったように思える。坪内逍遙『小説神髄』（明18・9―19・4松月堂）の立ち上げた近代小説の概念と方法が彼の学んだ英文学をモデルにしたものであることは、改めて言うまでもなく、その術語を見れば一目瞭然である。実は、『小説神髄』が書かれた頃の英文学には短篇小説なる概念がなかった。作家にして碩学の英文学者たる丸谷才一氏に次のようなコメントがある。[2]

> ショート・ストーリーという言葉が、オックスフォードの英語大辞典（ＯＥＤ）に載ったのは、一九三〇年のサプリメント（補遺）のときが初めてで、つまり一九三〇年まではショート・ストーリーという言葉は公認されていない。

と。こうした事実を念頭に置くと『小説神髄』の主張の背景がくっきり透けて見える。現今の小説は叙事的〈ローマンス〉から進化した人間中心の〈ノベル〉であるとする文学史的認識は無論のこと、小説は〈人情〉や〈世態風俗〉の細部を〈描写〉によって描き出すという定義であれ小説家は〈心理学者のごとし〉という方法論であれ、いずれもモラヴィアが〈哲学論文〉に準えた長編小説すなわち〈ノベル〉を象った物言いでないものはない。

かくして始まった日本の近代小説の主役がともあれ短篇ジャンルに取って変るのは、大正期である。紅野敏郎「編年体・近代文学一二〇年史」において〈大正八年〉が〈短篇小説の時代〉[3]と括られていることを思えばよい。その同じ年に書かれた菊池寛「短篇の極北」では、そうした短篇ジャンルの隆盛がどうして齎されたかについて次のように述べている。[4]

> 文芸の形式としての短篇小説の発達は、欧州の文芸界にあつては、十九世紀の中葉以来のこと

であるが、近年に至つての発達は実に目ざましいと云つてもよい。／メリメ、モウパッサン、ポーエなど天才的短篇小説家の輩出は、短篇小説に対して、押しも押されもせぬ文芸上の位置を与えてしまつた。（略）／人間の生活が繁忙になり、籐椅子に倚りて小説を耽読し得るような余裕のある人が、段々少くなつた結果は、五日も一週間も読み続けなければならぬような長編は、漸く廃れて、なるべく少時間の間に纏つた感銘の得られる短篇小説が、隆盛の運に向うのも、必然な勢であるのかも知れない。

一見すると、慌しい現代生活に促された結果であると主張しているかの如くである。確かに第一次世界大戦後の日本社会の劇的変化が短篇ジャンルの隆盛と無縁ではなかったことは、小説の発表が月刊雑誌中心になっていく時勢に注目しつつ〈その発表媒体の変化が、小説の短篇化を促した〉などという宮島新三郎『短篇小説新研究』（大13・9大洋社）の説が提出されていたことでも窺える。しかし菊池の思いは、あくまで〈纏つた感銘の得られる〉利点に向けられているのであって、つまりは小説ジャンルの進化のような事態が想定されているのではあるまいか。この時代に広く流通したエドガー・アラン・ポー風の短篇小説言説が概念枠としてあっての発言なのではないか、と言うことである。それは、もともとポーの「ナサニエル・ホーソーンの『トワイス＝トールド・テールズ』評」改訂版（『ゴディーズ・レイディーズ・ブック』一八四七・一一）が発端であった。ホーソーンの短篇の書評であると同時に重要な短篇小説論でもあるこの文章で、ポーは、

私は、三十分から一、二時間の読書を要求する短い散文物語のことを言っているのだ。普通の

小説《ノヴェル》は、その長さのゆえに（略）、好ましくない。一回で読み切ることができないから、もちろんトータリティ（注―全体性）から与えられるべきはずの大きな力を奪われてしまう。(5)

と言う議論を展開しているけれども、実のところこれ自体はどうとでも受け取れる。ところが、後にコロンビア大学のブランダー・マシューズ教授が「短篇小説の哲学」（『リピンコッツ・マガジン』一八八五・一〇）で、このポーの論理を〈芸術的な効果の期待できる形式〉という風にフレーミングして以来、短篇小説の優位性を説く言説として流通していくことになった。

こうした言説が日本の文壇に持ち込まれたのがいつなのか、特定することは出来ないものの、宮島新三郎の前掲書で日本で本格的な短篇小説が書かれるのは〈明治三十八、九年以降のこと〉と述べている点を思えば、それ以前であるとは考えにくい。事実、その頃の代表的啓蒙家であった厨川白村が「近代的の短篇小説」（『帝国文学』明42・4）を書いていて、〈近代的短篇小説〉とは〈特有な芸術的効果〉をねらった〈文芸の独立したる一部族《ジャンル》〉であり、〈ブランダア・マシウズ〉が初めてそれを言ったと紹介し、さらに〈省略法といふ芸術上極めて重要な根本原理を極端まで応用した一種の抽象芸術《アブストラクト・アアト》〉といった一歩踏み込んだ解釈まで試みている。あるいは早稲田文学社編『文芸百科全書』（明42・12隆文館）で「小説論」の項目を担当した新進自然主義作家・中村星湖も、短篇に関してはブランダー・マシューズの説を踏まえた解説を行っているが、要するにそれが同時代の最もスタンダードな短篇小説論だったことは疑いなく、既述の菊池の主張もその延長線上にあると見做してよいだろう。

その後も、短篇熱が席捲する大正文壇では、こうしたいわばポー風短篇小説言説の影響が見え隠れしていて、例えば菊池の文学上の盟友たる芥川龍之介も、東京帝国大学で、その詳細は不明ながら「短篇作家としてのポオ」（大10・2・5）と題した講演を行っている。また再三引用している宮島新三郎『短篇小説新研究』にしても、短篇形式の多様さに目配りしつつ結局はポー風短篇小説言説で整えられているように思える。菊池や芥川と同世代の宮島は早稲田の英文学助教授で文芸評論家としても活躍した。その主張は、芸術至上主義的なポーとは対極のプロレタリア文学寄りのものであったが、短篇形式を論理化しようとするとポー風の思考を踏襲するしかなかったと言うことであろうか。そして忘れてならないのは木村毅『小説研究十六講』（大14・1新潮社）である。明治二七年生まれの木村はやはり早稲田出身の作家・評論家であって、特に小説の理論的研究で注目された。『小説研究十六講』はいわばその集大成と言ってもよく、その〈序〉に〈『小説神髄』以降初めての組織的研究書として自負する〉とある。それかあらぬか刊行当時のベスト・セラーであり、川端康成の著名な『小説の研究』（昭11・8第一書房）の種本としても知られている。注目すべきはその〈第十三講「長編・中編・短編」〉と〈第十四講「短編小説の構成」〉、いわば二章に亙って展開された短篇小説論と言ってよい部分であり、正に《短篇小説神髄》を期して構想されたかの如くである。それ故ポー風言説が宮島などとは違って明確に論述の概念枠になっている点を見逃す訳にいかず、木村は、それによって短篇形式のカノン化を企てていると言う他はない。

（二）

大正期の短篇小説の隆盛は、以上のような知的パラダイムに支えられていたと言えようが、むろんそれ以前にあっても短篇作品は数多く書かれていた筈で、そうした中に、本格的短篇小説が書かれるのは〈明治三十八、九年以降のこと〉なる宮島の発言があったにしても、近代短篇小説と認められる作品がなかったとは思えない。ポー風短篇小説言説という限定を外せば短篇小説生成をめぐる別の様相が浮かび上がるのではあるまいか。

すぐ思い付く、近代短篇小説のアンソロジーの常連でその筆頭にあげられることが多い森鷗外「舞姫」（『国民之友』明23・1）はどうであろうか。ここでは既述のマシューズ「短篇小説の哲学」を借りてみるが、つまり短篇小説の方法をフランス古典演劇の〈三一致の法則〉に準えている点である。例えば「舞姫」後日譚のように見做される「普請中」（『三田文学』明43・6）をみると、《時間》は主に夕食時の数時間、《場所》は築地西洋軒、《登場人物》は渡辺参事官と西洋女の二人という風に極力絞り込まれていて、いわば鮮烈な読後感が担保されている。正にそれこそが短篇小説の方法という次第だが、しかも、どう考えてもこの作品は〈引き伸ばし〉できそうもない。阿部昭氏の言葉を借りると、

サローヤン式に言うならば、鯨をいくら細かく切り刻んでも鰯にはならない。それは鯨の切り身である。短いというのは、話の長短よりもむしろ文章の性格から来る。

と言うことであり、正にそれは、「普請中」が短篇小説として方法的に書かれた証しなのである。しかし「舞姫」はと言うと、ベルリンという近代都市全域を中心にロシアやベンガル湾上にまで及ぶ広大な舞台で、数年に亙って物語が展開し、登場人物も実に多彩だ。こうした陣立ては長編小説のものと言ってよくそれ故いくらでも〈引き伸ばし〉できる。肝心の太田豊太郎のエリスへの愛についても母親の死によって孤独な情況に陥ったために理無い仲になったかのように書かれていて、他に何の説明

もない。いかようにも心理描写が可能だ。これでは長編作品のほんの筋書きを著した小説とでも言う他はない。

実は、明治二〇年代の短篇作品の集成である大橋新太郎編『短篇小説・明治文庫』全一八冊（明26・9—27・11博文館）なるアンソロジーが刊行されていて、この時代の短篇作品の水準を窺うのに都合がよい。平成一五年より三年間筑波大学大学院の授業で学生と読んでみたけれど、その多くは物語とも小説とも付かぬ代物と言わざるを得ない。近代小説として読める作品にしても、少なくとも短篇であることに自覚的な江見水蔭「信天翁」（第三編）の如き例外もあるにはあるが、やはり嵯峨の屋おむろ「薄命のすゞ子」（第二編）のように『浮雲』を模倣した短篇とも長編とも付かぬ類いが目立つ。いずれにしろ、この時代にあって短篇とは単に量的な問題であって質的な問題ではなかったようである。

ところが、明治三〇年代に登場する国木田独歩は、短篇小説を、長編小説との違いを自覚しつついわば方法的に書いている。前掲・保坂和志『小説の自由』は小説の可能性を最もラジカルに追求する稀有な文学テキストと言ってよく、そこで、おそらく虚構であることを前提にしつつ小説を、それ自体の論理を粘り強く紡いで行くことで現実認識の変更を迫るものと規定している。つまりこういう長編小説観こそ、森鷗外の主張する〈小天地想《ミクロコスミスムス》〉すなわち渾然たる一小宇宙を成すものであれ二葉亭四迷「小説総論」（『中央学術雑誌』明19・4）で言う〈実相を仮りて虚相《イデー》を写し出す〉であれ、明治二〇年代の近代小説のコンセプトであった筈で、それ故独歩の短篇小説は、そうした方法の対極にあると言ってよい。例えば阿部昭・前掲書だが、独歩の文学を論ずる中に次のような包括的評価に言い及ぶ箇所がある。

（独歩は）短い生涯に目まぐるしいほど動き回っている。行った先々で短編の材料はいくらでも拾ったであろう。いきおい、それは彼の書き方を慌ただしいものにした。その代わり、作品は清新な生気をおびた。何であれ、「話」はニュースの一種でもあるのだから当然である。

と。要するに彼の作品は〈一小社会の一小個人にとっての一小ニュース〉に他ならないということなのだが、正にその〈ニュース〉性、すなわち生きられてある今を切り取るのが独歩の短篇小説の方法なのである。

ただ、こうした方法がその生き方から自然に導かれたとは思わない。彼がジャーナリストとして相応の体験を持ち「愛弟通信」（『国民新聞』明27・9・21―28・3・12）のような限りなく文学に近い日清戦争従軍記事で江湖の喝采を博したことがあったにしても、である。もしもそれを小説の方法に転用したのだとしたら、近代作家である限り何がしかの文学観の促しがあってのことでなくてはなるまい。独歩は作家を志した頃、ツルゲーネフ『猟人日記』英訳本と英訳版『モーパッサン選集』を愛読しその強い影響下にあったと考えられるが、前者の『猟人日記』英訳本が日本の文壇に齎した影響をめぐって丸谷才一・前掲文に興味深い指摘がある。すなわち、

ショート・ストーリーという言葉が成立する以前の英文学では、短い小説をスケッチと称していたが、日本ではそれが、写生文なる概念に読み替えられ、さらにリアリズム概念に回収される形で自然主義が生成されていく

と述べている。(6)『千曲川のスケッチ』（大1・12佐久良書房）と称する〈写生文〉の試みの果てに自然主義的短篇小説を書き出す小諸時代の島崎藤村の例を思えば納得のいく説明であるとはいえ、それにしても、写生文を重ねることすなわち短篇作家たる道などと何故信じられたのかというと、丸谷氏に従えば、ツルゲーネフ『猟人日記』なる範型があったからということになる。実は『猟人日記』なる題名は、〈"A Sportsman's Sketches"（一八九五）という英訳題名〉のいわば翻案なのだが、その捩れこそ正に、〈スケッチ〉を、〈短い小説〉の謂いとは知らずに〈写生文なる概念〉で受け止めていた何よりの証しなのではあるまいか。しかも、それにも拘らず『猟人日記』がツルゲーネフの短篇小説集であるとなれば、写生文と近代短篇小説は本質的に別物ではないとの思考に自然主義作家が駆り立てられていくのも分らないではない。思えばツルゲーネフのこの短篇小説集は農奴制下の後進的ロシアの現実を皇帝に示すべく書かれたものである。正にジャーナリスティックな眼差しで成り立ったと言えようが、もしそれが独歩に届いていたなら、阿部昭氏の言う〈一小ニュース〉なる彼の短篇小説の方法は『猟人日記』の徹底した受容の結果齎らされたと言う他はない。

ともあれ、近代短篇小説の書き手となった独歩は、その後さらにその小説の書き方を短篇小説ジャンルの一様式にまで鍛え上げていくことになるものの、その際与って力があったのがもう一つのフランスの自然主義作家・ギイ＝ド・モーパッサンの文学である。既述のように独歩は、作家を志した明治三〇年に上田敏が入手した米国版のモーパッサンの英訳短篇集"The Odd Number"（一八八九）を借りて読んでいる。この『オッド・ナンバー』は穏健な作品のみ選んだ短篇集で、独歩の初期の抒情的作品にはその所収作品が創作のヒントになっていると考えられるものがいくつかある。しかし何と言っても独歩が決定的な影響を受けたのは、明治三四年五月盟友の田山花袋が入手して目から鱗が落ちる思いがしたという"The After Diner Series（食後叢書）"全一二巻（出版年不明）である。モーパッサンの代表作を収めたこの叢書に導かれつつ、独歩の自然主義への傾斜を示す〈運命悲劇〉五部作が書かれていくと言ってよいが、より重要なのは、その短篇小説概念が独歩の創作に確かな拠所を与えたと察せられる点である。生田長江・森田草平・野上臼川・昇曙夢『近代文芸十二講』は、モーパッサンの小説について、

血あり肉ある活きた人生そのものから、鋭いメスで切り取った一断片、これが自然主義の小説である。自然主義の小説の描かうとするところは「人生の断片」である。

と説明し、いわば〈活きた人生の一断片を紙の上に移す〉のがその創作方法だと述べているものの(7)、要するにモーパッサンの促す自然主義的短篇小説とは、虚構の〈一小宇宙〉を創出するという明治二〇年代の長編小説を反転させた概念と方法の文学ということであって、正に独歩にとっては知己を得た思いであったに違いない。

ところで、アラン・フリードマンは、一九世紀末に起った小説の変貌を、結末に到って主題が結着し世界が閉じられる正に《閉ざされた小説形式》の近代小説が、そうした完結性を求めない《開かれた小説形式》に変容する事態と見ている(8)。その《閉ざされた小説形式》は、阿部昭・前掲書で〈哲学論文〉に準えた、発端―展開―終結という整然とした構成を具えた長編小説概念とほぼ重なり合うため、明治二〇年代の文学観を指す評語であってもおかしくないのだけれど、のみならず日露戦後の文壇にあってモーパッサン流の〈人生の断片〉を描く短篇小説が汪溢することを思えば、その後の日本

の近代小説も《開かれた小説形式》に向ったと見えなくもない。例えば自然主義の全盛期にあってその代表的短篇小説と見做された正宗白鳥「何処へ」（『早稲田文学』明41・1―4）を思えばよい。本来中絶作品でありながら、むしろそれ故に《無理想・無解決》の人生の実相に触れていると評価されたことはよく知られているものの、それこそ正に《開かれた小説形式》なる文学観が成り立っていたことの何よりの証しではあるまいか。いずれにしろフリードマンの指摘するベクトルは長編小説から短篇小説へという流れを促す要因でもあったと言えようか。

言うまでもなく独歩も、本質的にはこういう文学観に駆り立てられていたということであって、モーパッサン『食後叢書』の衝撃のもとに書かれる〈運命悲劇〉五部作から晩年の作品群へといわば方法的に進化していく事態が観察できるのも、それ故である。すなわち「運命論者」（『山比古』明36・3）であれ「女難」（『文芸界』明36・12）であれ、主人公の来歴が事件の背景として描かれているのに対し、「号外」（『新古文林』明39・8）の〈加ト男〉や「窮死」（『文芸倶楽部』明40・6）の下層労働者〈文公〉はどこの何者なのか、いわば生きられてある今以外の一切が捨象されているように見え、文字通り〈人生の断片〉を切り取る形になっている。かくして独歩は短篇小説ジャンルの一様式を立ち上げたと言うべきか。

（三）

少なくとも、自然主義以降の独歩が短篇創作の場においていかに方法的であったか、それを窺うべく前掲『小説研究十六講』を参照してみるのも無駄ではあるまい。木村毅は、短篇小説の方法に触れ、

〈小説の三要素〉たる〈行為（事件）〉〈人物（性格）〉〈背景（境遇）〉のうち〈一つに力点をおいて、特に際立たせ、他の二要素を従属的位置に置いている〉と述べているけれど、それによって〈運命悲劇〉五部作の質的差異がくっきり見えてくる事態を思えばよい。「女難」と「正直者」（『新著文芸』明36・10）が紛うことなく異常な性格の物語であるとすれば、「運命論者」は異常な事件、「酒中日記」（『文芸界』明35・11）は日清戦後の異常な時代状況（境遇）をクローズ・アップした物語なのである。

また木村毅は、〈三要素の中の僅か一つのみがあって、他の二つを欠いてでも成立する〉のが〈スケッチ（写生文）〉としているが、こうした写生文と小説の違いを独歩も弁えていたようで「巡査」（『小柴舟』明35・2）によって窺える。独歩が一時寄寓していた西園寺公望邸の警備の巡査を描いたこの作品は、夏目漱石「独歩氏の作に低徊趣味あり」（『新潮』明41・7）の言葉を借りれば〈或る一人の巡査を捉へて其巡査の動作行動を描き、巡査なる人は斯う云ふ人であつたと云ふ〉作品であり、取り立てて〈境遇〉も描かれなければ〈事件〉もない。正に写生文と言う他なく、それ故評価できると漱石は言っている訳だが、独歩もまた「予が作品と事実」（『文章世界』明40・9）で、〈くだらないものだ〉と謙遜しながら〈全くの写生〉との認識を示している。要するに、明瞭なジャンル意識に基づいて方法的に書いているが故に、独歩の作品は近代短篇小説だったのである。

しかし、こうした独歩の方法の全盛期は短く、すみやかにポー風の芸術的短篇小説、厨川白村のいわゆる〈一種の抽象芸術〉に主役の座を奪われてしまうのは、既述の通りであるとはいえ、むろん自然主義的短篇小説の命脈がつきた訳ではない。何よりポー風短篇作家の代表格とも言うべき芥川龍之介が、独歩のいわばジャーナリスティックな短篇小説を評価していたことを忘れてはなるまい。彼の晩年に書かれる私小説と見紛うばかりの「年末の一日」（『新潮』大15・1）や「蜃気楼」（『婦人公論』

昭2・3）などの作品は、独歩の方法への共感なしに書き得なかったもののように思えるからである。

（四）

以上のように考えた次第だが、むろん短篇小説生成に関する説明がこれで尽されている訳ではない。日露戦後の、取り分け森鷗外の文業は無視し得ず、日本近代の短篇小説の内実を形作ったのは彼であったように思う。文学史的色分けや文壇地図はどうあれ、〈小説といふものは何をどんな風に書いても好いものだ〉（「追儺」）との信念を抱いていた鷗外にとって自然主義的短篇かポー風の芸術的短篇かはどうでもよい問題であったとしても、しかしそれは、短篇創作に関し方法意識がなかったということではない。短い形式である分そこに膨大なエネルギーを充塡すべく様々な工夫が必要とされ、勢い方法的にならざるを得なかった、鷗外短篇創作の現場とはそういうものだったように思う。本書では、短篇小説の表現方法を切り開くべく鷗外が採った方法を三章に亙って論述するが、その概要は次のようなものである。

I章は、近代小説の文法、主に語り手及び語りの機能を十全に活用する方法について論じている。「半日」では、明治近代を担う主人公の思考に寄り添いつつその権力体質を暴くというアンビバレントな課題を、表現主体に癒着的な語り手の設定によって解決したかと思うと、小倉時代を回想する「鶏」にあって、偶然に支配される日常的時間とそこに顕現する人間の実存を描く方法として採用した現在形の語り口を、続く「金貨」や「金比羅」では、さらに《意識の流れ》にまで進化させていく。あるいは「ル・パルナス・アンビユラン」や「花子」でも、透明な語り手が《介入する語り手》さながらに振舞うことで、作中人物の内的体験が炙り出される仕掛けが考案されるに到る、といった次第である。

Ⅱ章は、隣接分野とのコラボレーションによってその思考を取り入れる方法について述べている。「普請中」が、鷗外もその立ち上げに深く係った新劇見立てというだけでなく、アバンチュールの当事者が自らの役割を批判的に演じその愚劣さを暴き立てるいわば《非アリストテレス演劇》を思わせる作になっているのに対し、「カズイスチカ」は、クロード・モネの連作の方法に倣い、若い医学徒の残した診療記録を通し彼の内的体験を炙り出そうとする作になっている。さらに鷗外が自由な表現形式として好んだ小品のうち「大発見」「電車の女」「杯」「桟橋」の四作を通観していくと、ボードレールの散文詩をモデルに音楽性と批評性の融合する新たな表現ジャンルの確立を目差し、最終的には文学における芸術性と思想性の止揚を目論んでいたことが分る、といった具合である。

Ⅲ章は、同時代の思潮を主導した社会的・文化的言説をいわば《枕》にすることで表現力を増幅するやり方を問題にしている。すなわち、大祭日で混雑する電車に若い車掌の制止を振り切って殺到する乗客を描く「有楽門」が、最初期の文語体小品ながら、同時代の日本で流布したル・ボンの群衆心理学によって支えられた日露戦後の大衆の騒擾を透視する深い思想性のある作であるとすれば、大逆事件を創作動機とする「沈黙の塔」は、鳥葬のような因襲と急激な西欧化の軋みに揺れるインドのパルシー族社会をモデルにしつつ、改革者を弾圧する権力者の思考が垣間見せる二〇世紀を蚕食した優生学的言説の危うさを描き出す作であり、さらに流行を演出する三越百貨店の意向を汲む作品に見えてその実自然主義陣営の文壇支配を危惧する作者の分身の移り変る心境に焦点を当てる「田楽豆腐」では、その変化を辿り原理主義的な自然主義を差異化するのに好都合な、植物学と文学が交錯し植物小説の類いが多く書かれた時代のコンテクストを招喚することになる、と。なお、逍遙流のリアリズムの方法が解体する中《豊熟の時代》を迎えた鷗外は、哲学の永遠のテーマたる《他我問題》を参照しつつ他者心理に迫る「百物語」や「鼠坂」を書くことになるものの、やがて近代小説そのものに限界を感じ、典型には回収できぬ人間の実存を見据えた「羽鳥千尋」を発表し、歴史叙述に転向する点にも言及していく。

ところで日露戦後に文学的出発を期した作家として忘れてはならない一人に谷崎潤一郎がいる。彼こそポー風芸術的短篇小説の代表的書き手のように見えながら、実は方法意識など全く持たぬまま創作に携わっていた節がある、それを証明すべくさらに一章を立て、次のように論じている。

すなわち、若い谷崎にとって大切なのは何とかして作家になることであって、進むべき道が戯曲か小説かあるいは自然主義か耽美派かは二の次にされたため、処女作とされる「刺青」が混乱を来し、初め私小説風の現代小説として書かれた筈なのに悪女誕生を強調するロマネスクな作風に改めたりしているうちに構想が破綻したかのような印象を与える作品になっていく、のみならず続く「麒麟」も、戯曲作品だったものを小説に書き直したことで構成も主題も両義的である他はない作になってしまう訳で、結局谷崎が悪魔主義的な耽美作家の自覚のもといわばポー風短篇小説として最初に書いたのは「少年」であり、一人の少年が胎内幻想のような世界で強烈な性的体験に晒されるというこの作品は、彼の初期短篇のプロトタイプと言ってよい、と。なお大正期の谷崎は、新しい時代のトレンドを見据えた多彩な短篇世界を切り開いていくけれど、中でも新興メディアの映画に関心を示しそれとのコラボレーションのような〈活動写真的な小説〉を試みるようになる。その代表作「人面疽」は、南方世界の怪異が日常的現実に溢れ出るような映画を主題化しているとはいえ、さらにその怪異をも商品化してしまう第一次世界大戦後の世界の凄まじさに言及する批評性を見逃す訳にはいかないことも明らかにしていく。

そうした第一次世界大戦後の世界の変容を誰よりも重く受け止めていたのが芥川龍之介であり、新しい価値の発信者として華々しく文壇に登場した彼は、その後価値相対主義的な作風を経て、近代的な認識の総体を疑った末に夢や無意識を包摂する新たな創作主体を立ち上げ昭和文学の魁となる。要するにポー風芸術的短篇小説の完成者であった芥川は、その一方で来たるべき時代の文学のパイオニアでもあったことを論じて、本書のまとめとする。

［注］

（1）阿部昭『短編小説礼讃』（昭61・8岩波新書）。以下阿部昭の引用は、すべて同書による。
（2）「丸谷才一ロングインタビュー・この世に雑誌なかりせば」（『考える人』平19・5）
（3）紅野敏郎「編年体・近代文学一二〇年史」（『国文学』昭60・5）
（4）菊池寛「短篇の極北」（大8・12稿、『定本菊池寛全集』月報10（昭13・4中央公論社）所収）。なお菊池は〈短篇〉と〈長編〉という風に描き分けているが、本書もそれに従った。
（5）『シンポジウム英米文学6ノヴェルとロマンス』（昭49・11学生社）の大橋健三郎訳。『ポオ評論集』（八木敏雄訳、平21・6岩波文庫）には、「ホーソーン『トワイス・トールド・テールズ』」（『グレアムズ』一八四二・四―五）の方が収められているが、内容が曖昧で分りにくい。
（6）注（2）に同じ。
（7）生田長江・森田草平・野上臼川・昇曙夢『近代文芸十二講』（大10・8新潮社）。ヨーロッパ各国の文学動向に言及しているが、それぞれ誰の執筆なのかは不明。ロシア文学が昇曙夢、ドイツ文学が生田長江なのは推測が付くものの、他の二人は英文学が専門なので、フランス文学の担当が誰なのかは全く分らない。

（8）Alan Friedman "The Turn of the Nobel—The Transition to Modern Fiction（小説の変貌—近代的な小説への移行）"（一九六六、オックスフォード大学出版局）

Ⅰ章　鷗外短篇論1——膨張する〈語り手〉

一節　「半日」論

——〈建国神話〉のたそがれと〈癒着〉する語り手の戦略

〈某《それがし》が職に在《あ》らん限りは、火付《ひつ》け強盗と、自由党とは、頭を擡《もた》げさせ申さず〉（板垣退助監修『自由党史』下巻、明43・3五車楼）と豪語して憚らなかった鹿児島県士族・三島通庸は、福島県令となった明治一五年、その暴政に憤る農民が一一月二八日弾正ヶ原で決起した事件を口実に県下の民権家千余名の逮捕投獄という挙に出る。福島事件と呼ばれるこの事件に連座することとなった原抱一庵が、その後日譚とも言うべき「闇中政治家」（『郵便報知新聞』明23・11—12、24・3—4）で次のように書き残している点は、記憶されてよい、すなわち、

我が暴令尹ハ一挙《きよ》余すところなく我々《われく》の義父《ぎふ》、我々の義子《ぎし》、我々の義友《ぎゆう》、我々の義民《ぎみん》を捕獲《ほくわく》し、佞謀奸智信《ねいぼうかんちしん》す可《べか》らざるの敏捷さを以て其夕《そのゆふべ》には尽く之《それ》を某の法院に送致《そうち》せり。／越て三月罪《つみ》ならぬ罪を罪とせられて或者は冱寒《こかん》の北海に、或者は苦熱《くねつ》の南海に、尤も義に勇《いさ》めるものは尤も酷《こく》に待たれたり。然り、暴令尹は我が義民《ぎみん》を攫みて之を幽闇《ゆうあん》の谷に投げり。／吾郷の光《ひかり》、吾郷の花、吾郷の星《ほし》は消えて痕《あと》なく、曩きの楽園は失せて我郷は闇夜《あんや》の沙漠と化せり。

と。明けて一六年一〇月栃木県令を兼ねるに到った三島のさらなる暴挙、すなわち自由党の拠点たる《栃木》の解体を目論み県庁の宇都宮移転を強行するに及び、関東は内乱状態に陥ることとなる。(1)

明治一七年五月一三日、東日本自由党・大井憲太郎一派のうち群馬の宮部襄グループが彼を崇拝する数百の農民と共にこうした権力の弾圧に抗して武装蜂起したかと思うと、続いてもう一方の茨城の富松正安グループも、同年七月一〇日栃木の鯉沼九八郎一派と《筑波の会》を結成し、一気に立憲制樹立に持ち込むため九月二三日政府転覆を企て蜂起する、いわゆる加波山事件である。(2)また、こうした政治的自由民権とは別にいわば経済的要求から出発した《秩父困民党》の田代栄助や井上伝蔵は、この明治一七年の社会的激動を見据えつつ〈関東甲信地方の一斉蜂起への期待〉(3)を抱きつつ社会的自由民権といった思想を育むようになる。それは〈立憲議会制の思想を超えて、より徹底した社会変革の志向〉(4)であったため、一一月一日の蜂起に際し〈革命党〉を名乗ることになった。野島幾太郎『加波山事件』（明33・12宮川書店）によれば、この秩父地方の一万人の農民の叛乱の〈形跡〉を察知した〈鯉沼グループは小踊りした〉と言う。〈露国虚無党〉に倣って爆弾製造まで試みた彼らであってみれば当然の反応と言えるものの、結局この叛乱の本質を見抜けずに終わった。二つの民権運動は擦れ違いだったと言う他はないにしても、明治一七年に関東の周縁を吹き荒れた嵐によって明治政府の中央集権体制が崩壊の危機に曝されていたことは疑う余地がなく、正に内乱の一年だったのである。

それ故、その内乱の制圧は明治政府の政権確立を意味し、民権運動もいわば議会主義的に戦術転換せざるを得なくなるのだけれど、それが却って政治小説の誕生に繋がったとも考えられる。一方、国会開設までのこの時期を〈政治小説全盛時代〉とする柳田泉氏も、プロの作家がその担い手となってそれ以前の非文学的な政治メッセージと明確に一線を画す真の政治小説が登場するに到った事態に言及しつつ、その際その成立に坪内逍遙『小説神髄』（明18・9—19・4松月堂）の促しがあった点を見逃さない。[5] 要するに、〈勧懲を以て主位に置〉く馬琴の否定の上に成り立った『小説神髄』は、いわばその対価として〈情態を以て主位に置き、奨誡の意を賓位に置く〉近代小説なる概念を立ち上げ、政治小説への道筋をつけたという次第であって、それならば本格的な政治小説とは近代小説の別名に他ならず、重要なのは、いかに特殊な文法に基づいているように見えようと、政治小説が日本の近代小説のプロト・タイプを呈示している点であろう。

（一）

明治一七年に関東を席捲した内乱は、言うまでもなく国権と民権の衝突であって、それは裏を返せば来たるべき近代社会が自由を原則とすべきか平等を原則とすべきかという理念の対立でもあった。それ故その内乱が軍事的政治的に制圧された直後に『小説神髄』が刊行される事態を看過できないのだが、既述のように近代文学に政治と文学なる性格を刷り込んだからというだけではない。それが〈優勝劣敗〉を説いて自由の教書となったダーウィニズムをフレームとして成り立つ文学理論書である点、いわば国権派の政治的メッセージを意図的でなかったにしろ発信していると思えるからである。例えば同時期の逍遙の仕事、『一読三歎当世書生気質』（明18・6—19・1晩青堂）を重ねてみればよりはっきりするだろう。そもそも近代小説の嚆矢のように言われながら八代将軍吉宗の徳川中興神話の一つ《天一坊》物語たる体裁を備えていること自体イデオロギッシュと言えるのだけれど、それはともかくこの小説は、中村完氏の言葉を借りれば、小町田粲爾の〈愛の自覚史〉と、彼の義妹〈お芳〉の、芸者

〈田の次〉になったかと思うとさらに彼の先輩守山の妹〈そで〉へと変る〈因縁譚〉が、いわばダブル・プロットのような関係で進行する点に特徴がある。[6] 小町田の恋愛は芸者田の次に変身したお芳に再会したことで始まるものの、それは〈架空的《アイデアル》な恋情〉とされている。要するに人情本的恋愛に酔い痴れているという意味であろうことは、〈第三回〉の次のような解説を重ねてみれば分る、〈架空癖とは昔の小説や草双子にあるやうなる世の中にありさうにない事を実際に行うて見たく思ふ癖をいふなり〉と。この〈架空癖《アイデヤリズム》〉は逍遙の学んだ東京大学の学風が厳しく戒めたことで、そこからの脱却にこの小説のモチーフを見たのは越智治雄氏であったが、[7] 小町田が〈今丹次〉風な恋情を一掃し現実的関係に進むためには、田の次も守山そでにリセットされねばならなかったという次第である。それは私的な恋愛感情を公的な制度に回収する過程と言い換えてもよく、それ故その過程で生じる《女天一坊事件》は、守山そで誕生のイニシエーションのようなものに思える。いずれにしろ『当世書生気質』は、明治国家のイデオロギーを奨誡すべく装置されたもう一つの政治小説に他ならなかったのではないか。

そう考えると、逍遙の仕事を継承すべく小説を志した尾崎紅葉の創作が、およそイデオロギーなどとは無縁なようでありながら政治小説を敵と見做して出発し、またその初期作品が西欧社会の《コモンセンス》をモデルに文明国にふさわしい品性の確立というナショナリステックなモチベーションに貫かれているのも宜なえる。[8] また、そうした近代文学の本質は、日清戦争（明27・8―28・4）に際し再び露わな形で表出する。『新体詩抄』（明15・8丸家善七）を世に送り出した外山正一や井上哲次郎ら『帝国文学』グループが再び、国民国家意識を発揚すべく雄渾な叙事詩の出現を呼び掛けつつあくまで私情に拘る島崎藤村の抒情詩を抹殺しようと企てる。[9] 私情とはいえその詩が極めてイデオロギッシュであることは、長編叙事詩「農夫」(『夏草』明31・12春陽堂)によって窺えるものの、多摩自由党の流れを汲み朝鮮の独立を唱え爆弾テロまで企てた大阪事件(明治18年11月)にも係りのあった北村透谷の後継を志した藤村像、さらに近代文学の金字塔にして社会文学の橋頭堡、つまりは日本の近代文学の本質を最もラジカルに体した『破戒』(明39・3自費出版)を世に送り出す作家というイメージを重ねてみれば、外山や井上が藤村の詩に見ていたものの輪郭がより明瞭になる筈である。

かつて哲学者の上山春平氏は、大化の改新(六四五年)以降、天智・持統両天皇によって皇権復興のスローガンのもと旧来の氏姓制度が排され官僚制に基づく古代律令制国家が生成される過程を描き出す中で、いわばその建国ドラマを主体的に担った新興官僚の藤原不比等を《大宝律令(七〇一年)》の編纂主任のみならず《記紀》神話の制作プロデューサーに見立てたことがある。[10]それは、《記紀》が紛れもなく新生国家を支えるイデオロギー、たとえその裏で藤原レジーム作りが企図されていたにしてもその装置の一つに他ならなかったことを示唆していると見てよいが、平安期の宮廷をモデルに明治天皇の後宮が成り立つが如き実体的な側面を持つ王政復古でもあった明治国家体制、その確立期に東京大学を出た坪内逍遙によって立ち上げられた近代文学も、同様の意味でイデオロギー装置であったとしても何ら不思議はない。つまりは、民権派であろうと国権派であろうと、その政治的プロパガンダであることこそ近代文学の本質であるということであって、少なくとも、文学を政治から切り離そうと企んだ谷崎潤一郎の登場まで原則そうだったように思う。[11]そして、そういう近代文学の本質に最も自覚的だったのが森鷗外なのであり、その文壇登場作たる「舞姫」(『国民之友』明23・1)は実に政治的メッセージ以外の何物でもなかったのではあるまいか。

この作品を国家と個人の葛藤という解釈コードのもとに置く限り、佐藤春夫の古典的な言説、〈家庭と国家や社会に奉仕する事を一念とした封建的な明治日本の一青年〉が〈個人の意識を得て〉〈近代人となる〉話というやや乱暴な理解を大筋で承認する他はない。[12]それ故、結末で太田豊太郎が恋人エリスを捨てて帰国することになるのは、彼が〈半封建人〉たる証しであり少なくとも自我が未成熟な証し、ということになる。そしてそう捉える根拠になっているのが新興ドイツの帝都ベルリンの生活にあるのは言うまでもなく、豊太郎はそこで、西欧近代の〈自由〉に触れて〈まことの我〉いわば近代精神が芽生えたという次第である。確かに豊太郎もそんな風に報告しているものの近年の研究成果はそこに揺さ振りを掛けていく。

例えば亀井秀雄氏は、〈回想された出来事の系列〉と〈それに対する自己認識の系列〉という三好行雄「複眼について―『春』のための補遺」（筑摩書房版『藤村全集』月報5、昭42・1）ばりの解釈コードのもと分析を試み、現在の意識にフィード・バックを掛けられながら回想していくうちに、やがて過去の出来事が回想する豊太郎を逆襲し出し当時の自分に愛想尽くしすることになるとする。[13]すなわち近代精神の芽生えなる体験が揺らぎ出すことになるという訳だが、さらに身体論によって分析を試みる吉田熈生氏も、〈まことの我〉を確立した筈の豊太郎が次の瞬間エリスへの愛と国家的使命のジレンマに陥ってしまう事態について、木村敏『自己・あいだ・時間』（昭56・10弘文堂）が言う〈自己の他有化〉、自己が疎外され妄想上の他者によって他有化される心態で説明可能であるとする。[14]要するに豊太郎の〈まことの我〉を見出したとの思いは、西欧の〈自由なる大学の風〉に一時〈他有化〉されただけということになりかねないのである。

かくして豊太郎の幻想が剥ぎ取られてしまえば、彼のベルリン生活の実態たるやクロステル街の〈狭く薄暗き巷〉で貧しいユダヤ娘の踊り子と同棲し売文で糊口を凌ぐどう見てもナポレオン没後の西欧社会を席捲したバイロニズムに気触れた《高貴なはぐれ者《ノーブル・アウトロー》》気取りの無為で無頼な青春の姿でしかない。ならばそれからの苦い覚醒は、退行どころかむしろ自己同一性《アイデンティティ》の確立でなければならず、そんな風にいわば発展的に豊太郎の自己認識の転換を見る論は既にあって、二つの《我》という捉え方である。つまり豊太郎の自我は崩壊したのではなく、〈自分の内に向いている自我〉すなわち〈Ｍｅ〉から〈社会的に期待されたものに合わせて出来ていく自我〉すなわち〈Ｉ〉に変るという見取図である。(15) いずれにしろ彼の帰国が国家的使命の自覚に基づくものなら、それが明治二二年のこととされている点は見逃せない、この年二月一一日に公布された大日本帝国憲法に基づき翌二三年一一月二九日帝国議会が開かれるからである。例えば香夢亭桜山『二十三年国会道中膝栗毛』（明20・3上田屋）を見ると、日本屋民八なる神田ッ子が、仲間の自由兵衛に誘われ浅草須賀町の井生村楼の自由政談演説を聞きに行くもののさっぱり分らず、帰途立ち寄った〈鶏肉屋《しやもや》〉で自由や民権の講釈を受けたことから国会見物に出かけることになるという話に、国会開設が次のような印象で捉えられている。

民「序《つひで》に烏渡《ちよつと》尋《たづ》ねるのだが最六年《もう(ママ)ねん》経《た》つと現世《このよ》が転覆《ひつくりかへ》るテ言《い》ふことだそうだがそれハ一体嘘《たいうそ》だらうか真実《ほんとう》だらうか
自「(略) 知《し》つて居《ゐ》るだけのことハ話《はな》して聞《きか》すが何《なに》も現世《このよ》の転覆《ひつくりかへ》るテ言《い》ふことハねへンだ明治二十三年になると御政治向《せいじむき》が立憲政体《りつけんせいたい》テ言《い》ふのに変《かはつ》て国会《こくくわい》テ云《い》ふが開らけ（略）

とまるで御一新が再来したかの如くである。それ故、明治二〇年代の文学テキストにおいて国会は極めて特権的であって、それは読者にも了解されていた筈である。(16) こうした国会開設のイメージと豊太郎の自覚は一体不可分と思われ、豊太郎が法学を修めたとなればなおさらであろう。しかもただ一人の肉親たる母を亡くしている以上、彼が帰還する先に封建的家族制度の柵はない。豊太郎の耳に聞こえてくるのは近代国家建設の明るい槌音だけだった筈で、正にこの小説は明治国家体制の賛歌《オマージュ》である他はない。思えば、〈自家用小説〉なるレッテルなどそっちのけにこの小説に〈神話的と呼んでもよい構図〉を見たのは前田愛氏であったが、[17] その顰に倣って《建国神話》と見做すことは許されるだろうか。

（二）

さて、近代日本のいわば《建国神話》生成を最もラジカルに担ったのが鷗外だったとして、その後その創作のモチベーションはどうなったかである。日本の近代文学史に関する興味深い俯瞰図を多く残した中村光夫氏は、明治文学に二〇年代と四〇年代の二つの山場を想定し、前者が〈青年の仕事〉であるのに対し後者は〈中年自省の文学〉と言ったことがある。[18] つまり青年が近代社会建設に与って積極的に提言を行う体の文学が明治二〇年代の文学だったとすれば、明治四〇年代のそれは、ある程度生きられた近代を立ち止まって報告することをテーマにしているという次第であって、一〇年の沈黙を経て明治四〇年代の文壇に復帰する鷗外にも、かつての提言のその後を見極めようとする意図が働いたとしてもおかしくない。例えば復帰第一作ともいうべき「半日」（『スバル』明42・3）が、「舞姫」同様に現実の問題解決を狙って書かれた〈自家用小説〉であるのもあるいはそれやこれやで〈第二の処女作〉と見えてしまうのも、「舞姫」の行方を描き出すところにこの小説の本質があることを示唆する事態なのではあるまいか。

「半日」の分析はかなり進化している。この作品は長年、鷗外の母峰子と妻しげの対立の解決を目論んで書かれた〈自家用小説〉なる見方に支配されてきたが、同時代の田山花袋「蒲団」（『新小説』明40・9）より徹底した事実であることによって逆にその「蒲団」の虚構性を暴き出してしまうが如きアイロニカルな事態、すなわち自然主義的私小説全盛の時代であるが故に批評性を内包してしまったということであれば、その見方も捨て難い。あるいは作品は作品として見ようとすると、博士の母がはっきり姿を見せない以上夫婦の葛藤の物語と言う他はなく、〈近代知識人の家庭の戯画〉[19]なるテーマを引き出そうとする気持ちも分らないでもない。しかし今、何にもまして問われねばならないのはこの小説の文法なのではあるまいか。「半日」は三人称小説でありながら、語り手が視点人物たる博士の眼に〈潜在化〉ないし〈癒着〉しているために、私小説のような印象を与えてきたのだけれど[20]、実はそれがこの小説の戦略と思われる節があるからだ。

例えば古郡康人氏は、これが鷗外初の〈口語体小説〉であることを思うと、次のような文体が見過ごしにできないという、〈（主人は）ゆつくり起きても、手水を使って、朝飯を食ふには、十分の時間があると思つた〉と。すなわち〈…と思ふ〉ではなく〈…と思つた〉である点が重要であって、このありふれた文末表現が、〈主人（一人称主体）〉の主観の表出に過ぎない文を語り手の言表行為に変換せしめる機能を有していると指摘している[21]。いずれにしても透明な語り手の存在がこうして隠れも無いものになってしまうと、一体誰の口から発信されたのか曖昧なまま度々作中に顔を出す《エピソード》の類いもまた語り手レベルの言表行為に他ならないことが明らかになり、とどのつまり、この小説が入れ子型構造で成り立っている事態が浮かび上がってくる、奥さんの存在を一方的に眼差す高山峻蔵博士がさらに語り手によって相対化されてしまうという構造である。むろんこのままだと三人称小説の文法そのままに語り手を立ち上げればよかったということになりかねないが、実にそこが戦略なのだ。語り手が博士に〈癒着〉的なスタンスを取るのも、奥さんの存在が博士によって一方的に眼差される事態、言い換えれば権力的・暴力的な博士の眼差しによって奥さんの自由な主体たる《私》が奪われている事態を作り上げるための必要な措置であったと言えようか。(22)

おそらく、その代償として失われた語り手の役割をどこかで補塡せねばならなかった筈で、それを担うべく《エピソード》が装置されている。つまり《エピソード》は博士の眼差しの暴力性を暴くべく配されていると思われ、その両者には相対的な関係がなければなるまい。博士が奥さんをいかに眼差しているかは明白であろう。一方で〈頗る意志の強い〉母親に対し〈奥さんの意志の弱いことは特別〉〈己に克つといふことが微塵程もない〉と言い、他方で何事も〈論理で責める〉自身に比べ、奥さんの〈頭の中は頗る混沌としてゐる。何事でも順序を立てて考へることは不得手〉と言っているからである。要するに意志薄弱で非理知的と言っているのであって、これがいわば奥さんの解釈コードのようになっていることは、一家の会計を母親が握っている事態をめぐって争った後で〈博士は会計の事を、奥さんの議論の理性的方面と名づけて、母君に対する嫉妬を意志的方面と名づけて〉いることでも分る。問題は最終的に博士がいかなる断案を下しているかであるものの、意志薄弱なるコードの方は、それによって〈嫉妬〉に焦点が当てられ、さらに、

性欲の対象が妙な方角にそれるのをPerverse（注—倒錯）だと云つて、病的にする以上は、嫉妬の方角違になるのも病的ではあるまいか。

という議論を経て〈精神病者〉なるカテゴリーに回収されていくという風に見易いのに、他方の非理知的なるコードの行方は摑みにくい。しかし結末で〈孝といふやうな固まつた概念のある国〉なる言説に結び付けられているように見えるとなると、《忠孝》観念の欠損、すなわちそれを論理的に構築できない錯乱者と見做しているように思える。いずれにしろ奥さんを〈精神病〉と眼差す博士に、直ちに奥さんの里方〈紀尾井町のお父さん〉が、

けしからん事を言ふ男だ、人を精神病者だと認めるといふのは容易ならぬ事だ、専門家に鑑定でもして貰つた上でなくては言はれない筈だ

と反論する点をみても、こうした博士の極めて権力的な論法を相対化すべく《エピソード》が装置されているのは疑うべくもない。それ故《忠孝》観念の欠損を何やら精神錯乱の如く申し立てる論法もまた、高山一家の〈奮闘的生活〉を〈冒険〉主義と批難する〈博士の父が、ある時世話になつてゐた大官〉の《エピソード》によって揺さ振りを掛けられていない筈はない。〈奮闘的生活〉とは《忠孝》観念が見事に貫徹された状態の謂いであって、この《エピソード》故に奥さんがむしろ《新しい女》であるかの如く見え出すからである。

いずれにしろ博士は、いったい〈心理上に此女をどう解釈が出来よう〉と、ついには奥さんの正に解釈を放棄することになるものの、それは、続く〈東西の歴史は勿論、小説を見ても、脚本を見ても、おれの妻のやうな女はない〉なる言い方が端無くも示唆するように、『小説神髄』の言う近代リアリズム作家さながらに〈心理学者のごとく〉振舞った揚句であるのを忘れるべきではない。つまり、語り

手が批判する博士の、精神病理学にしろ病跡学にしろ当代の知のトップ・モードを駆使して奥さんを裁こうとする振舞い、それがこうして文学見立てで言い立てられているとなると、そこに逍遙流の近代リアリズムの方法否定の企図を見ないでは済まされまい。その結果〈混沌〉なまま投げ出された奥さんの人間性が文壇復帰後の鷗外の文学的課題として炙り出されることとなり、〈第二の処女作〉なる評語は、その意味でも宣なえる筈である。

ところで、博士が駆使するもう一つの論法だが、博士一家の〈奮闘的生活〉という装いで呈示されるそれは、一見サミュエル・スマイルズ『自助論《セルフ・ヘルプ》』（一八五八）式の資本主義の理念を象った言説のようでありながら、〈年寄は年の寄るのを忘れて、子供の事を思つてゐる。子供は勉強して、親を喜ばせるのを楽にしてゐる〉といった解説が施されていて明らかに家族主義に軸足を置いた物言いであることが窺える。家族主義とは明治天皇制国家のいわば原理であって、そうした体制を支えるべく《忠孝》イデオロギーが生成されたのは言うまでもあるまい。博士もまたそうした思考に侵犯されているからこそ、既述の如く〈孝といふやうな固まつた概念のある国〉なる言説が結末に到って唐突に飛び出すのだし、この日が、明治天皇の父を祭る〈孝明天皇祭（一月三〇日）〉に設定されてもいるのだ。例えば帝大教授兼陸軍教授・内藤耻叟『大祭祝日義解』（明24・8博文館）には、祭りの意義について、

明治中興ノ原ヲ開カセ給ヒシハ誠ニ此上《コヨ》ナキ御大徳ナリ（略）畢竟《ヒツキヤウ》明治復古ノ御大業ハ今上天皇ニ至リテ之ヲ大成サセ給ヒタレトモ其始ヲ開カセラレシハ偏ニ此天皇ノ御心ニマシマス也

と述べられていて、こうした思考が母君を顕彰する博士のそれと入れ子のような関係にあるのは見易

く、いわば博士の行為の概念枠として機能している。かくして博士が駆使するもう一つの論法の実体は《忠孝》イデオロギーと言ってよく、それが、あたかも資本主義の論理であるかの如く擬装されてしまうのは、正に《忠孝》イデオロギーこそ日本の近代化の原動力であるとの迷妄に囚われているからである。心理学が心の闇を可視化するという幻想性故に文明開化のイデオロギーそのもののように受け取られ、近代国家のエリートたる博士にふさわしい武器であるなら、《忠孝》イデオロギーは、いかに明治国家形成に与って力があったとしても王政復古なる政治的戦略が齎した負の遺産に過ぎず、原理的には近代化にとってアナクロニズムである他はない筈である。それ故博士のイメージが否定的に見えもし、現にそういう見方もあるけれど、しかし大切なのは、どうあれそうしたダブル・スタンダードなシステムによって日本の近代化が支えられていた事態であり、それを最もラジカルに担うことを要請されるエリートとして高山峻蔵博士が装置されている点である。[23]太田豊太郎にあってはたった一人の肉親たる母の死という形で巧妙に排除されていたダブル・スタンダードなシステムによって編み上げられた日本の近代化の歪み、その現実が今や高山峻蔵博士の身を裂き始めた事態を文壇復帰した鷗外は先ずもって報告している、と言えよう。それが、やがて書かれねばならない《五条秀麿もの》の無気味な前奏であることは断るまでもないだろう。

また、こうした日本の近代化の特殊性がいかなる人間性を生成するに到ったか、その報告こそがこの小説の主題であるかのように思えるのは、それが奥さんによっても担われているからである。奥さんは、博士の家族主義と対立していて近代的な家庭を指向しているかのように見えるところから、〈カリカチュアライズ〉されてはいるものの〈近代に触れた新しい女〉とする説[24]が流通している。例えば〈此家に来たのは、あなたの妻になりに来たので、あの人の子になりに来たのではない〉というような物言いを言説化した結果なのだが、確かに、〈どうぞわたしに嫌な事をさせないやうにして下さい〉というのが口癖だった事態、あるいは彼女の〈頭からすつぽり夜着を被つて寝る癖〉が盗賊が美人と見て強姦に及んだというかつてあった事件の教訓だったといういわば羹に懲りて膾を吹くが如き心態を見れば、とりあえず彼女がエゴティストであるとは言えよう。しかし、西欧近代における個人とは神の理性を分有する存在の謂いであって、単に主観主義的な奥さんとは明らかに異質であるのもまた事実である。しかも、そういう彼女を支配するのが理性ならぬ〈迷信〉、それも〈夫の母君の干支を気にして、向うを剋殺せねば、自分が剋殺せられるといふやうな事を思つてゐる〉というようなことであるとなると、近代人かどうかさえ疑わしく思えてくる。しかしまたそうしたヤヌスの双面のようなのが《新しい女》の現実だったので、(25) 明治末期の文学テキストにはいくらでも同類を見出せる。改めて言うまでもなく奥さんが《新しい女》のカリカチュアなのではない。明治末の日本に登場する《新しい女》そのものがどこかしら戯画的なのであって、いわばその典型たるべく奥さんは装置されたということではなかったか。そしてこういう女を推し測るべく次に鷗外が持ち出すのはニーチェの思考であったが、それはともかく、高山博士の奥さんの極めてアバウトに立ち上げられた《私》は、それ故行き場も無いまま明治末の日本を漂うしかなかった。むろん博士とて同じことであり、つまりは、奥さんの《私》のありようが高山家の〈奮闘的生活〉のいわば鏡像であってみればそうなる他はない、ということになろうか。

［注］

（１）福島事件については、高橋哲夫『福島自由民権運動史』（昭29・2理論社）、同『福島民権家列伝』（昭42・2福島民報社）を参考にした。

（２）福島薫『蚕民騒擾録―明治十七年群馬事件』（昭49・2青雲書房）、遠藤鎮雄『加波山事件』（昭46・4三一書房）などを参考にした。

（３）井上幸治『秩父事件』（昭41・5中公新書）

（４）西野辰吉『秩父困民党』（昭46・6東邦出版社）の「あとがき」。ちなみに秩父事件に関しては、井手孫六『秩父困民党群像』（昭48・11新人物往来社）、中沢市朗『自由民権の民衆像―秩父困民党の農民たち』（昭49・10新日本新書）、戸井昌造『秩父事件を歩く』全三部（昭53・10、55・11、57・11新人物往来社）なども参照した。

（５）柳田泉『政治小説研究』上中（昭42・8、43・9春秋社）

（６）中村完「『書生気質』の世界」（『国文学ノート』昭56・3）。ちなみに『当世書生気質』の同時期に上田捨吉編『絵本天一坊実記』（明19・11駸々堂）があり、また後のことだが錦城齊貞玉講演「明治天一坊」（『中央新聞』日曜付録、明29・11―30・1）が連載されるなど、〈天一坊〉話は明治人の感覚にフィットするものだった。

（７）越智治雄「『書生気質』の青春」（『国語と国文学』昭33・3）

（８）馬場美佳『『尾崎紅葉研究―〈紅露の時代〉を中心に―』（平16・3筑波大学博士（文学）学位論文）

（９）赤塚行雄『『新体詩抄』前後―明治の詩歌』（平3・8学芸書林）。ちなみに鶴巻孝雄「『自由党大阪事件』の覆刻にあたって」（日本思想史資料叢刊之六『覆刻自由党大阪事件』昭56・8長陵書林）には、〈国内の民主主義革命と、アジア民衆の連帯・解放をめざしたる事件として積極的に評価する立場と、国内革命の契機を「朝鮮革命」計画や対外緊張に求めるのは民権運動からの逸脱で、大阪事件がもった客観的な役割はアジアに対する帝国主義的侵略の先駆をなすものである、と否定的に評価する立場との両極端に分裂している〉〈大阪事件は民権実現優先から国権拡張優先へ転換する画期となった事件であるとの位置づけが、一般的〉とあるが、民権の本質は、明治三〇年代の社会主義運動の中で甦ると考えられる。

(10) 上山春平『神々の体系』正続（昭47・7、50・4中公新書）

(11) 〈道徳の典型である孔子〉と〈美と力の権化である南子夫人〉との間で葛藤する為政者〈霊公〉が最終的に〈南子夫人〉につくという「麒麟」（『新思潮』明43・12）のプロットに、最も自然に谷崎の戦略が托されている。

(12) 佐藤春夫「森鷗外のロマンティシズム」（『群像』昭24・9）

(13) 亀井秀雄「『舞姫』読解の留意点」（『月刊国語教育』昭56・8）

(14) 吉田熈生「近代文学における身体―「舞姫」を中心に―」（『文学における身体』昭59・12笠間選書）

(15) 山口昌男／前田愛「対談『舞姫』の記号学」（『国文学』昭57・7）で、ジョージ・ハーバード・ミード『心・自我・社会』（稲葉三千男・滝沢正樹・中野収訳、昭48・12青木書房）を援用し、豊太郎の重層化した自我のありようを捉えようとしている。

(16) 例えば骨皮道人「滑稽二人男」（『短篇小説明治文庫』第八編所収、明27・2博文館）も、猫八と狎九郎の二人が〈国会〉〈小学校〉〈政談演説会〉〈裁判所〉を見物するというやはり〈膝栗毛〉もののバージョンだが、〈国会〉について、〈国会さへ初まりやア各自に金の千両づゝも貰ツて、門並銀行でも出来るやうに思ツテ居たが〉とか、〈国会と云ふものア何の税金でも皆なお廃止して呉るものかと思ツて居た〉という場面がある。また咲花まだき「万年青鉢植」（『やまと新聞』明21・5・4―19）は、宗教家を眼差して失敗した伊勢基が、お茂登なる佳人との恋愛で一念発起、法律を志し、二三年の国会開設を目標に洋行するという話である。他に、牛山良助『社会小説日本之未来』（明20・5春陽堂）、松の家みどり『日米芳話桜と薔薇』（明20・9共隆社）、池畔漁夫『政治小説今世の佳人』（明21・10二見房）、学海居士「政党美談淑女の操」（『都の花』明21・10―12）、同「政党美談淑女の後日」（『都の花』明22・

3―7)、久永廉三『報国義胆政談娘演説』(明23・2銀花堂)など、国会が何らかのメルク・マールになっている小説は数え上げれば限がない。
(17) 前田愛「ベルリン一八八八年―都市小説としての『舞姫』」(『文学』昭55・9)
(18) 中村光夫『明治・大正・昭和』(昭47・4新潮選書)
(19) 三好行雄「私小説の意図・「半日」をめぐって」(『鷗外と漱石　明治のエートス』昭58・5刀富書房)
(20) 小泉浩一郎「森鷗外『半日』―癒着する〈語り〉―」(『解釈と鑑賞』平3・4)
(21) 古郡康人「劇的アイロニーの成立―森鷗外「半日」論」(『日本近代文学』平8・10)
(22) サルトル『存在と無』Ⅱ(松浪信三郎訳、昭33・2人文書院)に言う〈対他存在〉なる概念。
(23) 鷗外「津下四郎左衛門」(『中央公論』大4・4)は、日本の近代化の捩れに翻弄された人物の話である。冒頭で次のように言う、〈徳川幕府の末造に当つて、天下の言論は尊王と佐幕とに分かれた。苟も気節を重んずるものは皆尊王に趨つた。其時尊王には攘夷が附帯し、佐幕には開国が付帯して唱導せられてゐた。どちらも二つ宛のものを一つぐくに引き離しては考へられなかつたのである〉〈歴史の大勢から見れば、開国は避くべからざる事であつた。攘夷は不可能の事であつた。知慧のある者はそれを知つてゐた。知つてゐてそれを秘してゐた。衰運の幕府に最後の打撃を食はせるには、これに責むるに不可能の攘夷を以てするに若くはないからであつた〉と。
(24) 注(19)に同じ。
(25) 先行論では〈奥さん〉の評価が対立している。前掲三好行雄論や、〈生存の不安〉を見る田中実「『半日』論―〈他者〉と〈近代天皇制〉」(『別冊国文学　森鷗外必携』平1・10)が肯定的であるとすれば、中野重治『鷗外　その側面』(昭27・6筑摩書房)、蒲生芳郎「『半日』の問題―鷗外文学の展換―」(『日本近代文学』昭45・10)、竹盛天雄『鷗外　その紋様』(昭59・7小沢書房)など、総じて〈異常者〉と見做し否定的である。要するに〈奥さん〉は極めてアンビバレントな存在であると言えよう。

二節　「鶏」から「金貨」へ、そして「金毘羅」

——方法的な、余りに方法的な

明治四二年文壇に復帰し、やがて《豊熟の時代》を迎える鷗外が、自然主義全盛の文壇を睨みつつ〈小説といふものは何をどんな風に書いても好いものだといふ断案を下〉(「追儺」『東亜之光』明42・5)す、そういう理解が鷗外研究に係る者によって広く支持されているかの如くである。にも拘らず鷗外が具体的にどんな方法で小説を書いたのか改めて考えてみようとした論はというと、寡聞にして知らない。(1)

「青年」(『スバル』明43・3—44・8)の〈平田拊石〉の講演を持ち出すまでもなく、当時鷗外が並々ならぬ関心を抱いて見守っていた夏目漱石が「三四郎」(『朝日新聞』明41・9—12)を書く中で、〈広田先生〉の口を借りて次のような認識を呈示していたことはよく知られていよう。すなわち、

> ある状況の下に置かれた人間は、反対の方向に働き得る能力と権利とを有してゐる。(略)所が妙な習慣で、人間も光線も同じ様に器械的の法則に従つて活動すると思ふものだから、時々飛んだ間違が出来る。怒らせやうと思つて装置をすると、笑つたり、笑はせやうと目論んで掛ると、怒

つたり、丸で反対だ。

と。この科白を、かつて「人生」（『竜南会雑誌』明29・10）で展開した〈『サイン』『コサイン』を使用して三角形の高さを測ると一般〉という西欧リアリズム小説批判、その延長線上にあると見たとしても、さしたる不都合はなく、要するに「追儺」で示唆される鷗外の小説観も実はこういう認識を前提にして生まれたと考えられないだろうか。そしてそこから、《豊熟の時代》の小説群の方法の一端なりとも推し測ることが可能なのではあるまいか。

（一）

例えば「鶏」（『スバル』明42・8）である。この時期の鷗外の小説には決まって私小説性の問題が付き纏ってしまう。「鶏」も例外ではなく、『小倉日記』を読みのコードにしてそうした問題の場に連れ出そうとする論が目立つ。(2) 先ずもってそうした思考を排除したいと思うが、そうするとこの小説は、高級将校たる石田小介と下層庶民の対照性が軸となってプロットが進行するように見えるらしい。先行論を概観してみると、寺田透・山田晃両氏から(3)田中実氏の論まで、(4)石田にいわば〈理想的人間像〉を見る流れがあるものの、それとてもつまりは下層庶民群との相対的関係を前提にしての話であることは、これらの説の裏返しのような高橋義孝氏や中野重治氏の論が、石田の人間性に対し〈庶民に対する丈の高さ、傲岸さ〉を見ていることを思えばよい。(5) ところでこの高橋―中野ラインの読みは、結局下層庶民をいわば反転図形のように立ち上げることに繋がって行く訳で、やはり石田を鷗外と一先

ず切り離した上で捉えようとする須田喜代次氏は、次のような理解へと赴くことになる。(6)

この二人（注—春と虎吉）の人物は石田とは全く対照的な人物なのだ。彼らは人に教えられて行動するわけではない。また意識的に計算して行動するような人物でもない。彼らはいわば、何の打算・虚飾も含まぬ「本能的人物」（「仮面」）であると言えよう。そして純粋に生のままに生きられる二人は、石田にとってその意味で敬服に値する人たちであったに違いない。

さらに松村友視氏も、彼ら〈下層庶民〉は〈ニーチェの超人思想を前提〉とする〈本能的人物〉であると指摘してみせる。(7)ちなみに「青年」の〈小泉純一〉が、〈現社会〉を描く作家を断念し〈伝説〉に目を向けるに到るのは、下層庶民の発見があってのこととする説があるけれど、(8)それまた〈本能的人物〉への眼差しという「鶏」でクローズアップされたモチーフの繰り返しと考えて、先ず間違いない。

ともあれ、この下層庶民を前景化する読みにおいて前提となっているのは、鷗外の分身の如く見做される石田小介の相対化である。すなわち〈石田＝鷗外〉なる図式がいかなる意味でも成立しないこと、言い換えればこの小説を正しく三人称小説として読むことは、今後の「鶏」論の共通理解と考えて差し支えないだろう。(9)その上で「鶏」を読んでみたいのだが、そうすると、極めて特徴的と映るのは地の文の終止が現在形という例が目立って多い点であり、加えて日録風の記述スタイルで進行する点である。すなわち、それ故に語り手が視点人物たる石田小介の極く身近い場にあって出来事をリアル・タイムに報告してみせる、要するに実況報告しているように思えてしまうのである。もしそうならば、この作品は、結末を想定しないまま単に日常的現実の時間の流れを唯一の座標軸として進行する、正しく《終わりなき日常》それ自体を切り取ったノン・プロットの小説だった可能性があろう。ところが、この作品の冒頭に次のような文がある。

○石田は其頃の通常礼装といふのをして、勲章を佩《お》びてゐた。
○その頃は申告の為方《しかた》なんぞは極《き》まつてゐなかつたが、廉《かど》あつて上官に謁する時といふので、着任の挨拶は正装ですることになつてゐた。

〈その頃〉と言っている以上、語り手は明らかにこれを過去の物語として語っていることになる。とすると先程の現在形終止の文体や日録風の記述スタイルとは、同じ語り手による言表行為であるのだから、矛盾することにならないか。実は、この矛盾が文体にも反映していると考えられる。すなわち石田が小倉に着いた翌日〈六月二十五日〉の記述が、次のような書き出しになっている、〈翌日も雨が降つてゐる〉と。もし語り手が実況報告してみせているのなら〈今日も雨が降っている〉とあるべきところであり、逆に回想しているのなら〈翌日も雨が降っていた〉が自然であろう。要するに実況報告か回想かわからない混乱した文体と見える訳だが、その後も、〈翌日からは夜明に鶏が鳴く〉〈翌日も矢張雨が降つたり止んだりして蒸暑い〉と繰り返されていく。

いずれにしろ語り手が過去性をもって語っている点に異議をさし挟む余地がないとすれば、現在形終止の文体は、その日録風の記述スタイルと相俟って選び取られた方法だったことになろう。そしてその方法によって何が立ち上げられているかというと、むろん日常性に他なるまい。それはまた、作品の通奏低音であるかのように全部で六回に亙って導入される〈糸車の音〉によっても支えられている。

○その中で糸を引いてゐる音がぶうんぶうんとねむたさうに聞えてゐる。
○向ひの内の糸車は、今日もぶうんぶうんと鳴つてゐる。
○糸車のぶうんぶうんは相変らず根調をなしてゐる。
○をりをり蟬の声が向ひの家の糸車の音にまじる。
○時候は段々暑くなつて来る。蟬の声が、向ひの家の糸車の音と同じやうに、絶間なく聞える。
○向ひの糸車は、相変らず鳴つてゐるが、蟬の声は少しとぎれる。

〈七月三十一日になつた〉と表示されて以降、日付の表記が目立って多くなっている。しかも〈糸車〉の音に〈蟬の声〉が混じってくるけれど、それがやがて途切れてしまうのに対し、〈糸車〉は、そうした季節の運行と関係なく〈根調〉として日常のリズムを刻んでいく。そしてこうした日常のリズムに委ねられる生の軌跡によって、あるいはある種の実存的な生の形を浮き彫りにしようと企んでいるのではなかろうか。

（二）

ところで、この小説には面白い仕掛けが施してある、こうした日常的現実の時間において顕現する生の軌跡を、石田の認識を通して表示する場面が象嵌されているのである。〈七月十日〉のこととして、〈南隣の生垣の上から顔を出してゐる四十くらゐの女〉が〈鶏が垣を踰《こ》えて行つて畠を荒らして困まる〉と〈文句〉を言う場面がある。それを聞いた石田の反応だが、〈石田はこんな事を思つてゐる〉という文に挟み込まれる形で次のような感慨が紹介されていく。

> 鶏は垣を越すものと見える。（略）鶏を貰つた処が、食ひたくもなかつたので、生かして置かうと思つた。生かして置けば垣も越す。垣を越すかも知れないといふことまで、初めに考へなかつたのは、用意が足りないやうではあるが、何を為るにもそんなéventualité（注―偶然性）を眼中に置いては出来やうがない。鶏を飼ふといふ事実に、此女が怒るといふ事実が附帯して来るのは、格別驚くべきわけでもない。

と。石田の認識しているのが日常的現実の時間の流れであるのは見易く、のみならず重ねて言えば、これこそがこの小説における時間世界であるとの先行表示と見てよいだろう。つまりこの小説内の出来事は〈éventualité〉に支配され、取り立てて因果関係などないまま出来事が進行している可能性があるということである。思えばこの小説が『小倉日記』を材料にしているのも当然である、そうした日常的時間における出来事の不連続性を描くのだとすれば、具体的事実に依拠するより他はないからである。

　そして、そうした不連続な日常において顕現する人物像が渋川驍氏が言う如く〈性格があいまい〉であり[10]、田中実氏が指摘する如く〈その人物（石田）の内実は〉〈意外に不鮮明で解りにくい〉[11]のも自明ではなかろうか。むしろ石田の行為にある明確な性格を読もうとするのは、この小説の方法を裏切ることになり、例えば前掲田中論のように〈治に居て乱を忘れず〉式の武人気質を見ようとするのは、一九世紀リアリズム小説の方法に縛られた牽強付会にすぎないのではあるまいか。確かに下層庶民と異なり、石田は〈哲学や道徳〉を持っているように思えるものの、それ故彼の行為に一貫性があるなどと読んではならない。田中論が依拠するのは、例えば雨の中出仕する折の虎吉の、何故〈馬の合羽《かっぱ》〉を用意しないのかとの問いに対する次のような応酬である。

「膝なんざあ濡れても好《い》い。馬装に膝掛なんといふものはない。外の人は持つてをつても、己《おれ》は入らない。」
「へゝゝ。それでは野木さんのお流義で。」
「己《おれ》が入らないのだ。野木閣下の事はどうか知らん。」

しかも厄介なことに、その後、同じような遣り取りが重ねて描かれていく訳で、すなわち、
石田は襦袢《じゆばん》袴下《こした》を着替へて又夏衣袴を着た。常の日は、寝巻に湯帷子《ゆかた》を着るまで、此儘でゐる。それを客が来て見て、「野木さんの流義か」と云ふと、「野木閣下の事は知らない」と云ふのである。

といった具合であるが、それでもこれを、石田が〈野木（乃木希典）〉の生き方をモデルにしていると

見る必要はないし武人の心構えなどと考える必要もない。石田に明確なポリシーなどなく、本人の申告通りそうしたいからそうしていると受け取った方が自然である。要するにそれを周囲が勝手に〈野木〉流と意味付けている場面と思えばなんら問題もない。

そう捉えれば石田の言動の曖昧さや矛盾がすっきり見えてくるのだけれど、実は彼の矛盾した人間性は〈婆あさんの観察した処〉として呈示されている。要するに石田は、〈吝嗇《けち》〉なくせに〈物の直段《ねだん》が分らない。いくらと云つても黙つて払ふ〉〈馬鹿《ばか》〉である、と。おそらくこの〈観察〉は索引《インデックス》として機能しているのであって、その後同様のエピソードが重ねられていく。例えば身体の上も下も〈同じ金盥《かなだらい》〉で済ませていながら〈石鹸は七十銭位の舶来品を使〉っていて、その理由についても、〈人が穢《きたな》いと云ふと、己《おれ》の体は清潔だと云〉うかと思えば〈石鹸は石鹸でなくてはいけない。贋物《にせもの》を使ふ位なら使はない〉と言い、まるで支離滅裂と言う他はない。その他にも石田の場当り的な行動は随所に見られる訳で、〈司令部から引掛《ひきがけ》〉に同僚の中野と会い、〈君が毎日出勤すると、あの門から婆あさんが風炉敷包《ふろしきづつみ》を持つて出て行く〉のを〈妻がひどく心配してゐた〉と聞くや、虎吉の盗みについて婆あさんが再三忠告しても取り合わなかったのに、〈僕は寄つて行く処があつた。ここで失敬する〉と急に踵を返し〈室町の達見〉に行って〈お上さんに下女を取り替へることを頼んだ〉りする。しかも一転、〈婆あさんは行かん〉〈丈夫な若いのをよこすやうに〉とまるで嚢に懲りて膾を吹くが如き物言いをして、〈お上さん〉に〈あんた様は婆あさんがえゝとお云なされたがな〉と皮肉を言われる始末である。加えて、

薄井の爺さんに、下女の若いのが来るから、どうぞお前さんの処の下女を夜丈泊りに来させて

下さいと頼んだ

とある程道徳的に潔癖なことを言いながら、しかもその結果、〈春と一しよに泊らせてゐた薄井の下女が暇を取〉ってしまうという事態を惹き起しているのに、結局は済し崩し的に〈とうとう若い下女一人を使つてゐることになつ〉てしまう。石田にはポリシーなどというものがどこにもないのである。よく問題にされる結末にしても、あれ程可愛がって懐いていた鶏を虎吉にくれてやって顧みないのも、石田の常に戦場にある武人の心構えからくる態度などではなく、単に気紛れと考えれば何の事もない。おそらく人間の実存を凝視したと考えられるこの小説において、要するに概念的な性格など認めておらず、それ故石田は、現実的非両立性を孕む存在という形で呈示されているのではなかろうか。ならば、虎吉や婆あさんなど下層庶民群はどう捉えられているのか。例えば虎吉であるが、結末近くで石田が次のような断案を下している。

石田は鶏の事と卵の事とを知つてゐた。知つて黙許してゐた。然るに鶏と卵とばかりではない。別当にはsystématiquement（注―系統的に）に発展させた、一種の面白い経理法があつて、それを万事に適用してゐるのである。鶏を一しよに飼つて、生んだ卵を皆自分で食ふのは、唯此systèmeを鶏に適用したに過ぎない。

と。要するに虎吉の行為には一貫性があると言っているのであって、石田の言動が場当り的なのと対照的である。だから石田は、〈別当の手腕に対して、少からぬ敬意を表せざることを得なかつた〉のではないか。さらに例の〈南隣の〉〈四十くらゐの女〉である。石田の冷淡な受け流しを物ともせず、〈鶏が垣を踰《こ》えて行つて畠を荒らして困まるといふ〉点を〈主題にして堂々たるPhilippica（注―攻撃演説）を発してゐる〉というのもやはり石田の認識であり、彼が同じような一貫性を見ていることを証すものに思える。何故彼らに一貫性があるのかは見易い。既述の須田論や松村論が言うように〈本能に忠実だからである。こうした庶民の発見は、あるいは北村透谷「徳川氏時代の平民的理想」（『女学雑誌』明25・7）で言う民衆の〈生命〉と類縁性を持つのかも知れない。それは〈明治の政治的革新にてしがらみ留むべきものにあらざる〉〈地底の大江〉であって、それ故それぞれの〈時代の理想を造〉る原動力なのであるから。いずれにしろこういう庶民は、「青年」の〈小泉純一〉によって創造力の源泉としても見出されていくのではないか。そしてそうだとすれば、「鶏」は、〈本能〉に忠実な行動に一貫性のある下層庶民群がフィルターとなって知識人たる石田の迷走する日常が批評的に浮き彫りになる仕掛けの作品と捉えることも出来よう。

（三）

「鶏」の方法は、おそらく「金貨」（『スバル』明42・9）に受け継がれていく。例えば竹盛天雄氏は、この作品を〈本能に突き動かされて行動する人間の心理状態の解釈〉と意味付けてみせるが[12]、その当否は今置くとして、主人公たる左官の八は、別当の虎吉や女中の婆あさんなどと極めて類縁性を持つ人物と考えられる。しかもこの小説は、「鶏」同様、継起的時間に沿って事件が進行する。すなわち左官の八は、〈千駄《せんだ》ヶ谷《や》の停車場脇《わき》の坂の下に〉〈ぼんやり立つてゐ〉る姿で登場するものの、その折〈午後八時頃でもあつたらう〉と時間が明示される。そしてその後、電車から降りてきた荒川大佐に付いて行きそのまま荒川邸に侵入するのだけれど、それからの物語は、時計が作り出す時間世界に侵犯されていくかの如くである。

○時計の音がする。八が数へたら、十時であつた。
○小男の客は又局に対した。矢張容易には石を下さないのである。十一時の時計が聞える。
○十二時の時計が聞えた。暫くしてから、棋の勝負が附いた。
○主客は一間を取り散らした儘にして置いて、次の間に弔《つ》つてあつた蚊屋に這入つて寝たらしい。時計は一時を打つた。
○八は傍《そば》にある湯沸かしの湯を割つて、又一口（コニャックを）飲んで見る。口当りが好いので、ぐつと飲む。時計が二時を打つた。
○其間に時計が三時を打つたのをも、八は知らなかつた。転寝といふものは、少し為ると一時は存外精神を恢復させるものである。

要するに人物像・方法とも「鶏」の延長線上に構想された小説と見て、ほぼ間違いあるまい。そこで左官の八がどう描かれたかであって、冒頭、既述の千駄ヶ谷駅前で立ち竦む彼の心理を語り手が次のように解説する。

八が頭の中は混沌としてゐる。飲みたい酒の飲まれない苦痛が、最も強い感情であつて、それが悟性と意志とを殆ど全く麻痺《まひ》させてゐる。

と。〈悟性〉や〈意志〉が行為の目的を立ち上げいわば心理を単線的に整えていくと考えられるから、それが〈麻痺〉した状態とは、確かに〈混沌〉としか言いようがない。ならただ〈混沌〉たるままかと言うと、〈酒の飲みたい〉という〈強い感情〉に支配されてはいる。続く彼の〈空想が或る光景を画き出す〉として紹介される〈水船〉すなわち水槽の中の〈綺麗な水〉を飲もうとする情景は、正にその〈強い感情〉が左官の八の〈頭の中〉を占めていることを示唆するものと考えられる。

しかし言うまでもなく、この〈強い感情〉だけでは彼は行動しようがない。だから左官の八は、〈どこへ行つたら好からう〉との迷いに置かれているのであり、そこへ〈電車〉から降りた〈軍人の三人連〉が現われ、〈八は殆ど無意識に跡に附いて歩き出した〉というのである。問題はこの〈無意識〉の行為だが、それは、荒川邸の門前の場面で再度繰り返される。すなわち、〈別当が門を締めに出て来るとき、殆ど無意識にぬかるみ道を歩き出した〉と。さらに、荒川邸に忍び込もうと〈唐突に〉思ったという形で三度現われると考えられる。そしてそこで語り手が顔を出し、この左官の八の〈無意識〉なる心理の分析を披露するという寸法になる訳で、次の如くである。

八の頭の中で、此時どこへ行かうかといふ問題が再び提起せられた。そして八はこの黒い板塀の中へ這入らうと思つた。八は自分では全く唐突にかう思つたやうに感じてゐるが、実はさうではない。閾の下の意識がこれまでに働いてゐて、その結果が突然閾の上に出たに過ぎない。八はどこへ行つて好いか分からずに、停車場脇の坂の下に立つてゐた。そこへ軍人が通りかかつたとき、八はそれに附いて歩き出した。その時八は此軍人と自分とに何か縁があるやうに感じたのである。そして軍人が家の中に隠れてしまふと、八は自分のたよりにするものを亡くしたやうに感じた。（略）そしてかういふ感じが順序を追つて起つている背後に、物を盗まうといふ意志が、此《これ》等《ら》の閾の下に潜んでゐる感じより一層幽《かすか》に潜んでゐたのである。そこで今此黒塀の内へ這入らうと、はつきり思つたときには、物を盗まうといふ意志も、一しよに意識の閾の上に跳《おど》り出たのである。

つまり、左官の八にとって〈唐突にかう思つた〉こと、言い換えれば〈無意識〉の行為が、語り手によって〈閾の下の意識〉すなわち潜在意識の流れとして説明されていると見て間違いない。いずれにしろ彼は、〈此軍人と自分とに何か縁がある〉という〈閾の下に潜んでゐる感じ〉に引き摺られて荒川邸の門前まで来たのだけれど、それだけでは屋敷内に侵入する動機にはなり得ない。そこで〈物を盗まうといふ意志〉が発動されるものの、それは住居侵入という行為をいわば合理化すべく用意されたに過ぎないことは、後々の彼の行動によっても窺えよう。従ってあくまで左官の八を動かしているのは、〈此軍人〉との〈縁〉なる〈感じ〉なのである。

こうして彼は〈家敷〉に忍び込み、〈主人〉と〈客〉が〈棋《ご》を打〉ちつつ〈酒〉を飲んでいる様子を〈竹藪《たけやぶ》〉から窺うことになる。そして次第に〈酒の飲みたい〉という元来彼の心を領略していた〈強い感情〉が揺り起され、囚われ出していくことになる。

○主人は手桶に漬けてある麦酒の瓶を出して栓を抜いて、三つのコップに注いで、自分は一息に飲み干した。八は覚えず唾《つば》を飲んだ。
○只麦酒が主客の咽《のど》を通る度に、八は唾を飲み込んで我慢する。これが一番つらい。八はこんな事も思つて見た。（以下、彼の妄想が続く）
○あの軍人は酒を飲んで小便をする。己《おれ》は酒も飲まずに小便をする。果《はか》ない身の上だといふやうな事を考へた。

その後〈コニヤック〉が持ち出され、三人の軍人が飲む様子が執擁に繰り返されていくものの、むろんそれは左官の八の〈強い感情〉を再度立ち上げていく過程でもある。そのうち家内が寝静まりいよいよ左官の八が侵入する場面となる訳で、その折の彼の心理について、語り手が再登場してやはり分析しつつ語ってみせるのである。

併し八には早く家の中に這入りたいといふ意志は十分にある。そして彼の意識の中で、最もはつきりした写象をなしてゐるのは、酒を飲むことである。這入りたいのは主として酒を飲みに這入りたいのである。同時に物を取らうといふ考が無いことはない。これは泥坊になつたからには、物を取らなければならないと思ふのであつて、余り取りたいのではない。酒の飲みたいのは猛烈なる本能である。物を取らうと思ふのは、物を取つて泥坊たる面目を保たねばならないといふ一種の義務心に過ぎない。

つまり、三人の軍人が酒を飲む行為を見ているうちそれが〈彼の意識の中で、最もはつきりした写象〉を成していき、彼の〈酒の飲みたい〉という〈強い感情〉、ここではそれを〈猛烈なる本能〉と言い換えてみせているその〈本能〉を掻き立てていく、ということであろうか。そのため先程荒川邸に忍び込もうと思った折〈意識の閾の上に跳り出た〉という〈物を盗まうといふ意志〉は、〈本能〉の前に翳み、〈一種の義務心〉の如く感じられるところまで後退することになる、と。〈泥坊になつたからには、物を取らなければならない〉という言い方は、〈泥坊〉が彼の行為を合理化すべく持ち出されたに過ぎず左官の八の行為の本質ではなかったことをよく示していると言えるものの、とまれ左官の八の〈意識の閾の上〉で、〈物を盗まうといふ意志〉が彼の〈感情〉を領略する〈酒の飲みたい〉という〈本能〉に負けてしまうのも必然なのである。

ならば、左官の八は〈本能〉に支配される人間ということで正に通説通りの人間像が呈示されているのかというと、そうではない。ここで言う〈本能〉は満たした瞬間消滅する態のものであり、だからその後〈意志〉を貫くべく盗みを遂行することになる。しかしそれは、本来彼の行為に整合性を与えるべく立ち上げられただけに、彼の行動は全く散漫で〈転寝《うたたね》〉の末に捕まってしまう羽目になる。さてそうして左官の八に何が残ったかというと、彼の〈閾の下の意識〉に揺曳していた〈此軍人と自分とに何か縁がある〉という〈感じ〉であろう。それだから、

荒川の四角な大きい顔で、どこか余裕のあるやうな処が、八は初て見た時から気に入つてゐて、跡から附いて来て盗みに這入つたのも、一部分は主人が気に入つた為だと云つても好《い》い位である。

となるのである。つまり彼の〈意識の閾の上〉を領略した〈本能〉と〈意志〉と二つながらに消滅した後でこの〈閾の下の意識〉が浮上して来るという仕掛けである。

以上のように見てくると、左官の八の〈混沌〉たる心は情況次第で〈意志〉やら〈本能〉やらに動かされているに過ぎない。しかもそういう傾向は彼の行動全体を貫いていて、〈泥坊〉に入りながら、〈をりをりは何の為めにかうしてしやがんでゐるかといふことを、丸で忘れてしまつてゐる〉かと思えば、〈泥坊らしくもない、のん気な事をも考へる〉といった調子である。そうかと思うと、既述の如く主人が小便をする〈音を聞くと、自分も小便をしたくなつた〉と実に場当り的なのである。ただし左官の八のこうした気儘な心が〈閾の下の意識〉とか〈写象〉とか心理学用語を援用する形で説明されている点は注意されねばならない。それ故こうした気儘な心の、その〈閾の下の意識〉において、既述の如く〈此軍人と自分とに何か縁がある〉という〈感じ〉が一貫して流れていると考えられる点が見過しに出来ないのである。

では、その〈縁〉とは何かだが、冒頭彼が〈どこへ行つたら好からう〉と思案に暮れていた折、電車から降りた三人の軍人が通り掛かった場面を見てみたい。

八は子供の時に火傷《やけど》をして、右の外眦《めじり》から顳顬《こめかみ》に掛けて、大きな引弔《ひつつり》があるので、徴兵に取られなかつた。

と説明された後、〈先に立つて行つた四角な顔の太つた男〉すなわち荒川は〈八の方を見返りもせずに行つた〉のに、続く〈二人（の軍人）〉はというと、

どれも八の顔を見て通つた。中にも苦味走つた顔の男は、巡査の人を見るやうな見方をしたと思つたので、八は癪《しやく》に障《さわ》つたが

なのである。左官の八は〈暗い、鈍い生活が顔に消されない痕跡《こんせき》を印《しる》してゐる〉と見られる人物であって、それもこれもこの〈傷跡〉故であることは見易い。つまりそれが彼の強烈なコンプレックスだったことが二人の軍人の視線に対する反応から窺える訳で、従って対照的に荒川は彼を特別視しなかったことになる。要するに彼を普通の人間として遇しているのだけれど、なればこそ行く当ての無い彼は、〈無意識〉に荒川の跡を追ったのであり、〈盗み〉といった〈意志〉を掻き立て邸内に侵入したのである。飲酒という〈本能〉に一時支配されたとは言え、左官の八の心を支配し続けたのは、大きな人物に包まれたいという願いなのである。

「鶏」の石田小介は、全くその行動が場当り的であったが、一方虎吉は、対照的に〈本能〉に忠実であるが故に一貫性があった。しかし見ての通り、「金貨」の左官の八は、〈意識の閾の上〉レベルでは確かに、石田同様〈本能〉や〈意志〉その他諸々の感情に揺さ振られ続けるだけであるものの、〈閾の下の意識〉では一貫した流れがある。こうした人間心理の緻密な把握に、清田文武氏が指摘するように[13]ヴントを始めとする心理学の受容があることは無論ながら、特にこの小説が、行動の目的から解放された無選択の精神状態を描いている点、現在形が基調になっていて記録的である点などを考えると、漱石同様、《意識の流れ》がかなり方法的に受容されていたと言えるのではあるまいか。また『鷗外日記』によれば明治四一年一〇月二七日に盗難にあったことが著されていて、それがモチーフになって

いるという論があるけれど、この作品全体は、落語の『穴どろ』のパロディーと言ってよい。[14] つまり「鶏」と異なり、意識を二重構造で捉え閾下の意識に一貫性を認めるならば、話を拵えること、プロットを導入することも充分可能である。その意味で、「鶏」の方法を一歩進めたと言えよう。

（四）

さて、続く「金毘羅」（『スバル』明42・10）であるが、やはり私小説的に読まれることが圧倒的に多い。その場合、須田喜代次論が典型的にそうであるように、鷗外の分身たる小野翼博士の〈形式のみで内容がない〉という人生問題だけにスポットを当てようとする論[15]があるかと思えば、その一方、小野の子供の病気や死を描くプロセスにアクセントを置く例えば大石直記論のように、〈科学／信仰〉の対立といった世紀末的コード以外に何も目に入っていない論があったりする。[16] こうした分裂した評価があるのは、小野博士が〈講演〉を終えて〈琴平華壇〉に立ち寄るところから帰宅するまでを描く前半と、その後二人の子供の病気を日録風に描く後半とで大きく分裂している印象を与えるからである。ならば、この前半と後半とで全く内的繫がりが見出せないのかというと、実は「金毘羅」は、この両者を重ね合わせることで、金毘羅に背を向けた祟りで我が子が病気になるという〈百年も前の因果物語〉が炙り出される仕掛けが施されている節がある。

併し好くも古風な小説家が拵へたやうな夢を見られたものだ。一月十日には自分が高知から琴平へ着いて、象頭山の麓《ふもと》にある宿屋へ這入つて、小川が一晩泊つて参詣しろと云ふのを、無理に参詣せずに立つたのである。丁度その日湯に入つた赤ん坊が咳をし出す。それは湯で風を引いたのであらうが、その時百日咳らしい子供に湯屋で逢つて、跡で赤ん坊は百日咳になる。お負にその晩に百合さんが同じ病気になるのを予言したやうな夢を細君が見る。それが溺れるといふ水難らしい夢にまでなつてゐる。今は小説にでもこんな事を書いたら、伏線が置いてあるに呆《あき》れるどころの騒ぎではない、百年も前の因果物語だと云つて、作者がひどい目に逢うだらう。

もちろん鷗外は〈因果物語〉を書こうとしている訳ではないにしろ、この引用文に続けて〈奥さんは〈本と云つては紅葉と天外との小説しか読まない人〉との説明が来ることが端的に示す如く、〈紅葉と天外〉レベルで捉えれば、この小説は、正しく〈因果物語〉になってしまいかねない構造を内包しているのではあるまいか。いわばこの小説は両義的なのであって、こうした〈因果物語〉が反転すると、それとは全く異質な小説世界が現前するように拵えられていることが予想されるのである。以上の点を確認した上で、本論と係る前半を中心に見ていきたいのだが、先ず気になるのは、三つの場面で構成されている点である。すなわち〈琴平華壇〉の場面、〈大阪行の船中〉の場面、そして〈東京行の急行〉の場面である。

初めの〈琴平華壇〉の場面では、〈金毘羅《こんぴら》様の御利益《ごりやく》〉や〈祟《たた》り〉について、〈ルルドの奇蹟〉などと比較しつつ〈迷信〉と一蹴する小野博士を描いていく。彼はいわゆる西欧流の合理主義者とされているけれど、形式的な整合性にこだわる人物であって、例えば前掲須田論が指摘する如くそれは博士の〈華壇（旅館）〉での立ち居振舞いに端的に現われている、物を定められた場所に置かないと気が済まない性格が事細やかに描写されているのである。あるいは〈人を観察するといふことが出来ない〉

ため〈人にうるさがられても分らない〉小川光に対して、〈博士は此男のゐるのが気になれば気になる程、わざわざ念入《ねんいり》に相手になってゐる〉と感情より礼儀にこだわっている様が描かれる。ただしここで注意しなければならないのは、博士の形式主義的性向が強調されてはいても、この後での場面の如くしかし内容がないなどという自己認識は博士にはないし、また語り手にもそんな批評意識はない。例えば世話役の小川光に、博士が〈講義〉について説明する場面がある。すなわち、

講義なんといふものも、自分で新しく組み立てて、それに使ふ材料も選《え》り抜いた上に、聴く人が退屈しないやうに、かういふ処で人に感動を与へようといふ箇所まで工夫して置いて為るとなると、なかなか容易ではないでせう。わたくしなんぞは行きあたりばつたりで遣《や》るのに、（略）さぞ諸君がお困《こまり》でしたらう。

と。むろん〈行きあたりばつたり〉などとは謙遜である。ここで述べている〈講義〉の遣り方が博士のものであることは、続く〈船中〉の場面で次のように言っていることでも窺えよう。

講義なんぞをするときには紙切に、あの事から此事と順序を書き附けて、所々に字眼のやうなものさへ書き入れて持つて出るのであるが、（略）講義をする前には、参考書は随分広く調べる。そしてそれを雑然と並べて置くやうなことは決して為ない。自分の立脚地から、相応な批評を加へる。

比較して見てそう違った〈講義〉の遣り方とは思えないのに、前者の、小川光に話している折には、一つのモデルとして呈示しているのに、後者においては〈形式〉ばかりで〈内容〉が空疎と自省しているのである。さて博士は、〈何の目的もなく、一晩ここに泊るのは無駄〉と〈吝《けち》な性分〉も手伝ってそう思うのだとはいえ、彼の如き合理主義者が、閑散とした〈一月の琴平〉で〈参詣〉する気もなく、しかも案内された旅館といえば〈客は一人も無い〉〈十五畳敷の広間〉、加えて窓外の光景も〈寂しい家〉や〈下の道には丸で人通りがない〉という有り様であってみれば、帰りたくなって当前であろう。しかし大切なのは、さらに〈今一つ其底に伏在してゐる動機〉として〈妻子が恋しくなつた〉という理由が挙げられている点である。というのもこの感情もまた〈船中〉の場面で相対化されてしまうからである。

そこで、続く〈船中〉の場面を見ると、博士は、〈日記〉を書くうちに〈今回〉の〈講演〉を〈回顧〉していく。しかも〈博士はいつも自分の為た事を跡から考へて見て、その瑕瑾《かきん》を気にする人〉であるため事態が批判的に見え出してくるのである。〈日記〉の無味乾燥な記述スタイルに対する批評から、〈生活その物〉や既述の〈講義〉の批評へと博士の思考を辿っていく語り手は、総じて〈形式があつて内容がない〉と断案を下してみせるのだが、さらにそれは、〈性命を吹き入れるといふやうな事がない〈堅牢《けんろう》な哲学上の立脚地のない〉と具体化されていき、最終的には博士の肉声によって次の如く追認される。〈何だか自分の生活に内容が無いやうで、平生哲学者と名告《なの》つて、他人の思想の受売をしてゐる〉と。それればかりか彼の自己省察はさらに進んで、既述の如く〈琴平華壇〉を引き揚げ帰途に着く折〈妻子が恋しくなつた〉という、その気持ちにまでメスが入る。

世には夫婦の愛や、家庭の幸福といふやうな物を、人生の内容のやうに云つてゐるものもある。併しそれも自分の空虚な処を充たすには足らない。妻も子供も、ただ因襲の朽ちた索《つな》で自分の機関に繋がれてゐるに過ぎない。

見ての通り博士は、〈船中〉で〈日記〉を書くうちそれまでの出来事を相対化していることは明白であり、しかも〈琴平華壇〉の場面とこの〈船中〉の場面とがある対応関係のもとにある。つまり小川光への〈講義〉の説明にしろ彼に帰宅を促した〈妻子への愛〉にしろ、博士にとって疑問の余地がなかった筈の日常の心態が、〈船中〉にあって、〈形式があつて内容がない〉正に空疎なものに過ぎないと否定的に見え出したということである。そしておそらくこうした自己省察、さらに一歩進んで自己否定を齎しているのが〈船旅〉という条件であったと考えられまいか。つまり小野博士は、外部情況に伴なって《内面》がいかようにも移り変る人物として造型されているように思える。

その点、続く〈汽車〉の場面を重ねることでより明瞭になる。すなわち博士は、〈汽車〉に乗っている感覚について〈只貨物の如く受働的に、汽車に運ばれて行くといふ風である〉と説明しているが、それは、W・シヴェルブシュ『鉄道旅行の歴史』が初めて汽車に乗った西欧人の感覚として紹介するものと全く同一である。(17)〈貨物の如く〉とあるようにいわば〈物〉化された状態と認識しているのであって、それだから博士は〈単に器械的に自分の体に感ずる〉のである。しかもそれと呼応するかのように〈頭の鈍いやうな感じになる〉とも言っている。そして、こうした汽車の感覚に心身を委ねているうちに博士のいわゆる理性が麻痺させられてきて、次のような状態が生じるに到る。すなわち、聞き馴染《なじ》んだ俗謡の旋律のやうに、薄明《うすあかり》の意識を襲って、忽《たちま》ち消え去つてしまふ。をりをり又何の写象の連鎖に引かされてか、東京にゐる子供のことなぞを思ひ出す。想像力がはつきり子供の姿を目の前に結晶させて見せることさへある。

と。この後続けて〈こんな想像の起る時には、博士はいつも殆ど無意識にこれを抑制しようとする〉と言っている以上、汽車旅行において〈物〉化された博士は、汽車の運動に支配されていくうち、日頃彼の思考や行為を〈形式〉に繫ぎ止めていた理性、その理性の統御を破られ抑制されていた〈想像力〉が頭を擡げてくると言っていることになろう。それはまた、〈自分に遠慮をする〉といういわば摺り込まれた心態を抜け出せないため〈時計を見たくなるのを、見たつて詰まらないとレフレクト（注—反省）して見ずにゐた〉と同様の衝動が重ねて体験されていることからも確認できるだろう。

いずれにしろ、小野博士の内面は、西欧流の合理主義に装われた堅固な精神ではなく情況次第で直ちに流動化する態のものだからこそ、子供の病気治療を日録風に描く後半において、〈大学の広沢教授の助手〉西田の科学的合理主義、本来博士のものでもあったそれに逆って唐突に娘の〈百合さんの性命〉力すなわち科学を越えた不可思議な力を信ずるという、正しく〈冒険〉に打って出ることが可能だったのである。結末において語り手が〈哲学者たる小野博士までが金毘羅様の信者にならねば好いが〉と心配するのも、無理からぬところがあるものの、こうした博士の曖昧な自我を描くことこそ、「金毘羅」本来の面目だったと言うべきか。この小説は、小野博士の家が「半日」（『スバル』明42・3）の高山家の隣りにあり、奥さん同士が親しく交際していると設定されている点から見ても、いわゆる《学者小説群》の流れの上に位置付けられると見てよい。(18) しかし小説の方法の問題としては「鶏」

の延長線上にあると見た方が自然であろう。石田小介は、〈哲学や道徳〉を持っているように見えながらその言動は矛盾に満ち場当り的だった、そしてそのまま作中世界に投げ出されていた。一方、小野博士はというと、見ての通り同じ人間像でありながら方法化された形で呈示されている訳で、明らかに一歩進めた造型である。その意味で、「鶏」の虎吉などの下層庶民を発展させた「金貨」と対をなす作品と言ってよいかもしれない。鷗外は、人間心理を実体化し単線的に整えていく自然主義に代表されるリアリズム文学に対し、文字通り《ありのまま》な人間の姿を捉える方法、譬えてみればファジー理論のようなものの確立をこれらの小説において企んでいるのではあるまいか。

［注］

（１）例えば「青年」については、竹盛天雄『鷗外　その紋様』（昭59・7小沢書店）が〈自分の書きたい方へ、自分が書ける方へむけて筆を執っていった作品〉と、西欧リアリズム小説のような閉ざされた小説形式とは異ったいわば開かれた小説形式であると指摘している。さらに野村幸一郎「森鷗外『青年』の構造」（『論究日本文学』平5・5）は、〈物語の時間軸の中に現実の時間軸が流れこむ〉、要するに現実の出来事によって物語の内容がいかようにも変容していく態の作品と指摘している。極めて前衛的な作品と言えるが、拙稿「青年（森鷗外を読むための研究事典）」（『国文学』平10・1）を参照されたい。

（２）安東璋二「鷗外・『鶏』の位相」（『語学文学』平4・3）は、〈『鶏』という小説の骨子となる、鶏と馬丁（別当）をめぐる話は、ほとんど鷗外の小倉生活の事実に忠実に即している〉とした上で、〈鷗外が小倉に着任してから二年余を経た出来事を、赴任直後の二ヶ月余にくりあげ、短縮した話に仕立てた〉

とする。また高橋春雄「『鶏』」（『解釈と鑑賞』平4・11）も、同様の認識を示した上で、それを〈十年後の時点で集約・整理・再構成したのが『鶏』一編だった〉と述べている。

（3）寺田透『文学その内面と外界』（昭45・12清水弘文堂）は、〈鷗外が、自分を素材として一個の理想像を作り出そうとしている〉〈ありうる自分のひとつの場合を作り上げようとしている〉と述べている。また山田晃「「鶏」・「二人の友」」（『現代国語研究シリーズ6森鷗外』昭51・5尚学図書）は、〈鷗外の「鶏」は、漱石における「坊っちゃん」ではないか〉とし〈理想的人間像とでもいうべきものが描かれている〉と述べている。

（4）田中実「戦時下の鷗外―「鶏」の方法と構造―」（『一冊の講座森鷗外』昭59・2有精堂）は、〈石田は日常的な生にあって戦時下の非日常的な凝縮した生を生きている〉とし、さらに〈拒絶と孤高の位置を占め、その存在自体が時代への一つの批判であった〉と述べている。

（5）高橋義孝『現代作家論全集1森鷗外』（昭32・11五月書房）は、〈わり切れた、しゃんとした、レプレゼンタティーフな姿勢をもった人物〉と〈低俗な世間〉の断絶を見、さらに石田の〈自我の優位は小ゆるぎもしない〉と述べる。中野重治『鷗外　その側面』（昭47・2筑摩叢書）も、〈鷗外を代表するような人々の処世哲学と、そういう人々の目から見た下層日本人の生活の観察とをよく描いたもの〉とし、彼らの目を〈民衆を愚衆として見る目〉であると述べている。

（6）須田喜代次『鷗外の文学世界』（平2・6新典社）

（7）松村友視「知と神話と距離―泉鏡花『湯島詣』をめぐって」（『国文学』平7・9）

（8）小泉浩一郎「『青年』〈森鷗外〉」（『解釈と鑑賞』平1・6）は、小泉純一が〈植長の上さんのお安〉に、坂井夫人などとは対照的な〈女といふ自然〉を見出す点を取りあげて、それを大村の〈利他的個人主義〉なる発想の観念性と拮抗する《〈近代〉》の毒にも染まらぬ人々〉の発見であると見て、さらに純一が〈伝説〉に向う契機と捉えている。

（9）鷗外のこの時期の小説は、〈三人称小説〉でありながら〈私小説〉の問題が付き纏っている。例えば

「半日」（『スバル』明42・3）だが、〈三人称小説〉だから、むろん〈透明な語り手〉がいる。本来その語り手は、視点人物たる高山博士の眼差しを相対化する機能を持っている筈である。ところが小泉浩一郎「森鷗外『半日』―癒着する〈語り〉―」（『解釈と鑑賞』平3・4）が言うように、語り手は、視点人物たる博士の眼に〈潜在化（癒着）〉してしまって、ために奥さんを一方的に批判する結果を招いている。だからこの〈「語り手」＝「視点人物」〉という事態は、ほぼ〈一人称小説〉、ひいては〈私小説〉という現況を呈することになる。しかしこの小説には、数々の〈エピソード〉が示すように、明らかに〈透明な語り手〉レベルからなされる言表行為があり、その中には博士の認識を相対化する態のものが見られる。とすると一見〈癒着〉的と思える語り手だが、確かに存在し続けていると考えた方がよい。その点について古郡康人「劇的アイロニーの成立―森鷗外「半日」論」（『日本近代文学』平8・10）は、鷗外が〈口語文体〉を採用した理由を重視し次のように言う。例えば〈(主人は) ゆっくり起きても、手水を使って、朝飯を食ふには、十分の時間があると思った〉という文である。この文を〈現在形〉で〈…と思ふ〉としてみると、〈主人（一人称主体）〉の主観の表出に過ぎない文になるが、〈思った〉となると、語り手の言表行為に回収されることになる。つまりこの文が〈三人称主体〉の主観的表出として客観化する機能は、〈た〉が担っていると言える、と。〈自家用小説〉としての性格を否定し切れない「半日」にして、以上のようだとすると、他のこの時期の鷗外作品について、〈私小説〉性を問うが如き論法は、厳しく排除されねばならない。詳しくは、Ⅰ章一節を参照されたい。

(10) 渋川驍『森鷗外　作家と作品』（昭39・8筑摩書房）

(11) 注（4）に同じ。

(12) 注（1）に同じ。

(13) 清田文武『鷗外文芸の研究　中年期編』（平3・1有精堂）に、例えば次のような一節がある。〈心理学との関係からいえば、鷗外が小倉でこの方面の書を積極的に読み、斯学を一般の人にも講義したことである。その際、ヘルバルト学派のリントナーの右の書『経験的心理学教本』（一八九一）を主テキストにし、随時キュルペの『哲学入門　第二版』（一八九八）、ヴントの『心理学概論』（一九〇一）、キュルペの『心理学概論』（一八九三）にも言及することがあったはずである。パウルゼンの『倫理学体系』（一八八九）も無関係ではなかったと思われる〉と。

(14) 興津要編『古典落語（大尾）』（昭49・2講談社文庫）解説は、「穴どろ」について次のように言う。〈原話は、嘉永（一八四八―五三）ごろに刊行された笑話本『今年はなし』所収の「どろ棒」で、別名を「穴庫の泥棒」という〉と。金の工面が出来ないため女房に罵られた主人公が、暮れの町を当て所もなくさ迷ううち、とある商家の前で、若い衆が吉原に繰り出そうとするのを見る。戸締りを忘れて出かけたのを察した男は、盗みを働く気になるが、忍び込んだ座敷は宴会の後の様子。生来酒好きなところから、つい酔っぱらってしまい、そこへひょっこり現れた子供をあやすうち男は、誤って穴蔵に落ちて遂に家人に見つかってしまう、という話である。主人公のやるせない心境に主眼があって、再び興津氏の解説によれば、〈とかくナンセンス物の多い泥棒噺の中では、異色の佳編〉であるという。「金貨」には、こういう主人公のやるせない心境に分析のメスを入れた小説、という側面があるのではなかろうか。

(15) 注（6）に同じ。

(16) 大石直記「庶物と聖性―鷗外『金毘羅』の世界」（『日本文学』平4・1）

(17) ヴォルフガング・シヴェルブシュ『鉄道旅行の歴史』（加藤二郎訳、昭57・11法政大学出版局）は、初めて汽車に乗った人々の感覚に言及して、〈これではもう旅人ではなく、ラスキンの言うように、途中の風景には目もくれず、パリで乗せられたままの形で目的地点に輸送される、人間の形をした鉄道小荷物と同じである〉と述べている。近代日本における同様の事態については、拙著『独歩と藤村―明治三十年代文学のコスモロジー』（平8・2有精堂）を参照されたい。

(18) 《学者小説群》なる指摘は早くからあるものの、最近、小倉斉「明治四二年の鷗外の一面―小説の方法への模索―」（鷗外研究会編『森鷗外『スバル』の時代』平9・10双文社）が次のように述べている。

《『スバル』誌上に連作的に発表された大学教授もの・博士ものとでも呼ぶべき学者群〉、すなわち『半日』（明42・3）・『仮面』（明42・4）・『魔睡』（明42・6）・『ヰタ・セクスアリス』（明42・7）・『金毘羅』（明42・10）などであるが、それらは〈いわば同じ社会に属し、相互に親しい関係にある人物をひとりひとり主人公として取り上げながら、各人各様の問題を担わせつつ追究しようとした連作なのだ〉と。こういう連作性は、ジェイムズ・ジョイスの方法を連想させるし、さらには、後々のウィリアム・フォークナーの《ヨクナパトーファ》小説に通じるものがある。いずれにしろ鷗外のこの時期の小説は、すぐれて二〇世紀的であると言えるのではなかろうか。

三節　「花子」と「ル・パルナス・アンビユラン」

――自然主義批判を企む語り手

〈森鷗外は謂はばテエベス百門の大都〉[1]という木下杢太郎の著名な評語を引用する論をよく見かける。〈鷗外の業績のまことに広範囲にわたる複雑多岐な性格〉[2]を示す言葉とみる限りそれは『スバル』や『三田文学』を主な舞台に書かれた夥しい作品群の豊穰さの形容としてふさわしく、正に言い得て妙であるように思える。しかしながらこれらの作品群にアプローチする際、先行研究の導きに従ってみても、どの作品もこの作品も鷗外の《私》が溶かし込まれているようにしか見えてこないとなれば、少なくとも先行研究の現況は、杢太郎の評語が続けて言う如く〈百家おのおの其一両門を視て而して他の九十八九門を遺し去る〉どころか、〈百家〉挙ってただ〈一両門〉のみ見据えているに過ぎないと言う他はあるまい。むろんこうした隘路を抜け出し別に〈一両門〉の発見に赴く論もないではない。例えば小倉斉氏の論だが、『スバル』誌上に連作的に発表された《学者小説群》、早くから言及されてきたそれについて、

いわば同じ社会に属し、相互に親しい関係にある人物をひとりひとり主人公として取り上げな

がら、各人各様の問題を担わせつつ追究しようとした連作と、斬新な枠組みを呈示してみせる。[3] ハムリン・ガーランド『本街道』（一八九一）やシャーウッド・アンダソン『ワインズバーグ・オハイオ』（一九一九）のような《連鎖小説》が念頭にあっての指摘であろうが、それ故、短篇の連作によって一つの全体的な世界を創ろうとする鷗外の志向が齎した作品群と言い換えても差し支えない筈である。明治四〇年代の鷗外は、同時代の文学の最新のモードに穎敏であって、さらに《意識の流れ》を方法的に受容したと考えられる作品系列を見出すことも可能なのである。[4]

以上のように見てくると、『スバル』や『三田文学』が鷗外にとって〈複雑多岐な〉文学上の実験を試みる大掛かりな工房と化していた事態を窺えるのではあるまいか。明治四〇年代の彼の創作の豊穣さをそう捉えてみたいと思う。

（一）

ここで取り上げようと思う「花子」（『三田文学』明43・7）は、志賀直哉「新作短篇小説」（『白樺』明43・8）や高村光太郎「鷗外先生の「花子」」（『風経』昭15・10）が高く評価するように大正期の作家に多大な影響を与えた作品と考えられる。芥川龍之介も、短篇集『涓滴』（明43・10新潮社）の目次に「花子」を集中第一の傑作としてマークしたことを、菅虎雄の話として平川祐弘氏が紹介している。[5]しかし、そのテーマに関して〈ロダンのライフの一頁〉を描いたとする志賀直哉の見方を大きく逸脱するものがないせいか、「花子」論の方位は、作者鷗外が参看したとされるリルケ『ロダン』（一九〇七）やポール・グゼル筆録『ロダンの言葉』（一九一一）、それらが伝えるロダン像をいかに差異化したかという点に絞られていく。確かに、ロダンのアトリエの様子や花子なる日本人モデルとの関係は言うに及ばず、ロダンの創作がダンテ『神曲』（一三〇四―二一）に題材を得ていたことやボードレールの思考と深い交渉を持つ点、さらには〈成長する〉〈霊の鏡〉〈内の焔〉といった語彙レベルに到るまでリルケやグゼルの著作の影響で成り立っているのだとすると、[6]鷗外の企てが一篇のロダン論であったかの如くである。

しかし、こうした「花子」の研究情況の安定性は、作品解釈のある意味での放棄によって齎されていることを忘れるべきではない。そこで作品構成から見ていきたいのだが、日本人女優の花子が自ら通訳を買って出た〈L'Institut《ランスチチユウ》 Pasteur《パストヨオル》（パスツール研究所）〉勤務の〈医学士久保田某〉を伴いロダンのアトリエを訪れ裸体モデルを承知するまでを描く前半と、ロダンの書斎で〈ボオドレエル〉の〈おもちやの形而上学〉を読み耽る久保田にやがて仕事が済んだロダンが来て語りかける後半とで大きく分かれる。アステリスクによって標示されるので見易いが、ただ前半を注意して見ると花子の登場の前後では作品世界が質的に異なっているように思え、いわば三部構成のように捉えた方が都合がよいかもしれない。[7]

先ず、この小説は次のように始まる、〈Auguste《オオギユスト》 Rodin《ロダン》は為事場へ出て来た〉と。つまり三人称視点の小説にも拘らずその後に続く場面で次のような語り口に取って変えられることになる。

> 此人の手の下に、自然のやうに生長して行くのである。此人は恐るべき形の記憶を有してゐる。

（略）此人は恐るべき意志の集中力を有してゐる。

と。〈此人〉なる人称代名詞をもって語る表現主体とは、果して黒子に徹した透明な語り手なのだろうか。一般的には、作中世界に顔を出し目前のロダンについて語ってみせるいわば一人称の語り手の如き存在を想起させる筈で、そう思えば、こうした人称代名詞の使用は、この小説の主体がロダンではなくロダンについて語る側にあることを示唆する仕掛けであるかのように思えてくる。ある戦略性を持った語り手であることすなわち語り手の戦略こそ我々が読まねばならないものなのである。冒頭でこの語り手は、ロダンの〈為事場〉について、以前は高級住宅街たる〈Faubourg《フオオブウル》 Saint《サン》-Germain《ジエルメン》の娘子供を集めて〉〈此間《ま》で讃美歌を歌はせてゐた〉という話を紹介し、〈一列に並《なら》んだ娘達が桃色の唇《くちびる》を開いて歌つたことであらう〉というコメントを付け加えている。この点に注目して三島由紀夫は、娘子供の桃色の唇が〈控え目なだけに新鮮な清浄な官能性〉を感じさせ、この後登場する花子の姿の感覚的伏線になっていると述べる。[8] しかし、確かに花子も〈十七の娘盛《むすめざかり》なの〉だとはいえ久保田が〈日本の女としてロダンに紹介するには、も少し立派な女が欲しかつたと思〉う程度のみすぼらしい女なのであって、〈フオオブウル・サン―ジエルメン〉の官能的な娘達とはむしろ正反対な印象の人物と言える。そこで気になるのは、〈娘達が桃色の唇を開いて歌〉う官能的なイメージを態々喚起してみせた語り手が次の瞬間、〈その賑やかな声は今は聞えない〉と打ち消し、さらに次のように言っている点である。

併しそれと違つた賑やかさが此間を領してゐる。或る別様の生活が此間を領してゐる。それは声の無い生活である。声は無いが、強烈な、錬稠《れんちゆう》せられた、顫動《せんどう》してゐる、別様の生活である。

以前とは〈別様の生活〉の〈それと違つた賑やかさ〉といった言い回しによって何が語られようとしているのかというと、〈フオオブウル・サン―ジエルメン〉の娘達の〈賑やかさ〉が醸し出す官能的な美とはおよそ異質な美が、このロダンのアトリエとなった今、立ち上げられようとしている事態に他なるまい。むろんそれは花子の美が発見されていく伏線でなければならない。

そして、いよいよ花子の登場するシーンになるものの、不思議なことに、先程まですぐ傍らに居たように思えた語り手が作中世界から消えてしまったどころか、本来の三人称全知視点の語り手に姿を変えてしまったかのように見えるのである。ところがこのニュートラルである筈の語り手が人によって接し方を変えている節がある。つまりロダンとはいわば共犯関係を結んでいて彼の内面を極くナチュラルに語ってみせているのに、何故か久保田に対しては、次のような語り口になってしまう。

久保田は暫く考へた。外の人の為めになら、同国の女を裸体にする取次は無論しない。併しロダンが為めには厭《いと》はない。それは何も考へることを要せない。只花子がどう云ふだらうかと思つたのである。

かう云つて、久保田はぢつと花子の顔を見てゐる。はにかむか、気取るか、苦情を言ふかと思ふのである。

見ての通り、先ず語り手は久保田の《行為》を外側から眺めて報告し、次でそうなった彼の《心情》を〈…と思う（った）のである〉という形式で説明していく。要するにこの語り手は、久保田に対し他人行儀な対応をするのである。こうした気紛れな語り手を想定することで次のような文章が納得できるように思う。

久保田の心は一種の羞恥を覚えることを禁じ得なかつた。日本の女としてロダンに紹介するには、も少し立派な女が欲しかつたと思つたのである。

さう思つたのも無理は無い。花子は別品ではないのである。日本の女優だと云つて、或時忽然ヨオロツパの都会に現れた。（略）一言で評すれば、子守あがり位にしか、値踏が出来兼ねるのである。

意外にもロダンの顔には満足の色が見えてゐる。健康で余り安逸を貪《むさぼ》つたことの無い花子の、些の脂肪をも貯へてゐない、薄い皮膚の底に、適度の労動によつて好く発育した、緊張力のある筋肉が、（略）躍動してゐるのがロダンには気に入つたのである。

初めから見ていくと、例の如く久保田の《行為》の描写にその《心情》説明を重ねていく文体が登場する。語り手の言表行為として捉え直すと極めて余所余所しいのだけれど、次の瞬間、〈さう思つたのも無理は無い〉と久保田の心情に共感しつつそう思える客観的情報を呈示していく。しかしそれは、結果的に久保田寄りの語りになっているからこそ〈意外にもロダンの顔には〉という反応になるのだとはいえ、さらにまた、もともとロダンと共犯関係を持つ語り手だけに、直ちに、花子のこれこれこういう点が〈ロダンには気に入つたのである〉とあたかも自明なことを語るように語ってみせることになる。いずれにしろ花子や久保田が現われ登場人物の対話が中心となって進行する場面になっても、主導権が語り手にある事態に変りはないらしい。

ところが、アステリスクの後、語り手は、ロダンが花子をモデルに裸婦デッサンをする間〈書籍室〉に入った久保田に寄り添うことになるものの、もはや久保田に対し他人行儀な態度を示すことはなく、その後デッサンを終えたロダンが来て再び久保田と語らう場面になっても、両者の扱い方に違いが生じたりはしない。語り手はいわばその気配を断ち、今度こそ当り前の三人称全知視点の小説に戻ってしまった如くである。

（二）

久保田に対する語り手の距離感は何故消えたのだろうか。別に言えば、久保田に対する語り手の扱い方の変容は何を意味しているかである。そこで注目されるのは彼が医学者と設定されている点である。というのも彼が、ロダンの〈書籍室〉で〈ボオドレエル〉の〈おもちやの形而上学〉を繙き、〈子供はPhysique《フイジツク》よりMétaphysique《メタフイジツク》に之《ゆ》く〉という思考に囚われ出すからである。言うまでもなくフィジックとは自然科学などの経験的対象の学を言い、メタフィジックはそうした経験的対象の向こう側を探る形而上学の謂いであって、要するに医学徒たる久保田は、まさしくフィジックな思考の持ち主だったと見做していいだろう。〈子守あがり位にしか〉見えない花子に同じ日本人として〈一種の羞恥を覚える〉のも、それ故であろうし、またロダンの依頼で〈裸になつて見せては貰はれまいか〉と花子を説得する際の〈お前も見る通り、先生はこんなお爺いさんだ。もう今に七十に間もないお方だ。それにお前の見る通りの真面目なお方だ〉という物言いが端的に示す生理的レベルの羞恥心にも、久保田の思考の質は露呈している。一方、ロダンの方はどうかというと〈人の体も形が形として面白いのではありません。霊の鏡です。形の上に透き徹つて見える内の焔が面白いのです〉と言っている以上、典型的なメタフィジックな思考の持ち主であることは疑いない。そして言うまでもなく、彼のそうした眼差しによって花子のいわゆる〈強さの美〉が見出されていく訳である。

問題は、語り手がロダンのそうした思考を初めから承知していて共感しつつ語っていた点であろう。例えば作品の結末で、ロダンが彼の芸術観の核心に触れる次のような言葉を披瀝してみせる。すなわち、

マドモアセユは実に美しい体を持つてゐます。脂肪は少しもない。筋肉は一つ〳〵浮いてゐる。Foxterriers《フォックステリエエ》（注―猟犬）の筋肉のやうです。（略）強さの美ですね。

と。この言い分は語り手の言表行為に注目してきた我々にとって目新しいものではない。繰り返せば、みすぼらしい花子を満足そうに見つめるロダンの心境について語り手が〈些の脂肪をも貯へてゐない〉〈緊張力のある筋肉が〉〈気に入つた〉と全く同じ説明をしているからである。要するに語り手は、ロダンとメタフィジックな芸術観を共有する共犯者なのであって、そのため一方のフィジックな思考に囚われる久保田に対しては距離を置いて語らざるを得なかったのである。しかしその久保田も、やがて〈ボオドレエル〉の〈おもちゃの形而上学〉を受け入れることでメタフィジックな思考回路を獲得

するに到る、語り手が彼に対する距離感を捨て去るのも当然なのである。

以上の如く見てくると、語り手の思惑が〈ロダンのライフの一頁〉を紹介する点にあった筈はなく、それはあくまで《地》なのであって、《図》として立ち上げられているのは日本人医学生の久保田がロダンのメタフィジックな思考を確認するに到る過程なのではあるまいか。それ故久保田の設定には、ロダンとは相容れない何らかの芸術観が托されていた公算が大である。例えば次のような言説がどのような戦略性に基づいて導入されているのか、注意して見たらどうであろう。

花子はこんな世渡をする女の常として、いつも人に問はれるときに話す、極まつた、stéréotype《ステレオチイプ》な身の上話がある。丁度あのZora《ゾラ》のLourdes《ルウルド》で、汽車の中に乗り込んでゐて、足の創《きず》の直つた霊験を話す小娘の話のやうなものである。度々同じ事を話すので、次第に修行が詰んで、routine《ルウチイヌ》（注—熟練という蔑語）のある小説家の書く文章のやうになつてゐる。

エミール・ゾラの『ルルド』（一八九四）は「金毘羅」（『スバル』明42・10）でも引かれていたものの、いずれにしろロダンは、花子の、こうした『ルルド』の〈小娘の話〉の如きステレオタイプではない話を引き出すに到った訳だが、そういう後々の展開まで視野に入れてみると、こうした挿話そのものは、ありふれた《官能的な美》に囚われず花子特有の《力の美》を発見するというプロットの変奏であったと知れる。そしてそういう枠組に制約されているのだとすると、〈ステレオチイプな身の上話〉とか〈ルウチイヌのある小説家の書く文章〉とかそのまま田山花袋の自伝小説批判として通用しそうな、つまり一見自然主義批判を内に潜めたような言葉の過剰な露出が何がしか戦略性を持つものの如く見えてくる。例えばここに鷗外の明治二〇年代の代表的評論「医学の説より出でたる小説論」（評論集『月草』所収、明29・12春陽堂）を置いてみたらどうであろう。それはクロード・ベルナール『実験医学序説』（一八六五）に基づく方法すなわち《ゾライズム》を指しているなどといらざる解説をしなくても、前掲文は、直ちに医学徒たる久保田の認識批判に転ずる筈である。

要するに久保田のフィジックな思考とは、具体的には自然主義的認識の謂いなのであって、とすると、その久保田がやがてロダンに導かれてメタフィジックな思考回路に切り換えるというプロットには、日本の自然主義文壇に向けて発信されたメッセージが托されているように思えてならない。それは、こうしたメッセージ性がより露わな前作「ル・パルナス・アンビユラン」（『中央公論』明43・6）をいわば準拠枠とすることで確認される筈である。例えば「花子」には、この実在した日本人女優の評価をめぐってロダンと久保田が対峙する構図を見出せるものの、その同じ名の花子が、「ル・パルナス・アンビユラン」では自然主義文壇の第一人者の愛人として登場していて、やはり日本の文壇のオピニオン・リーダーと本家フランスの自然主義者が彼女をめぐって鍔迫合いを繰り広げることになる、要するに二つの作品には明らかな対応関係が見られ、双生児の小説として構想された可能性すらあるからである。

（三）

「ル・パルナス・アンビユラン」は、「花子」に比べれば実に単純な仕組みの小説に見える。それ故かそのテーマも、〈歩く文壇〉なる題名に端的に表れているように当時の自然主義主流の文壇に対する諷刺ということで、同時代評以来今日まで衆議一決しているかの如くである。[9] しかし、この作品に見え隠れしている〈政府の文化政策、弾圧方針、いわば警察国家的行き方〉への批判を重視する論がないではない。[10] これを一つの見識として大切にしたいと思うのは、これまでの解釈を反転させたいからではなくこの作品の文学性が軽妙な喜劇《コメディー》のように受け止められ兼ねないのを警戒しているからである。

さて、この作品は、竹盛氏の言葉を借用すれば〈葬式の行列を組むまでの、さながら文壇地図をほうふつさせる〉前半と、やがて行列が行進し〈歩く文壇が引っ掻き廻される文壇になっていく〉後半とで大きく分けられる。[11] 初めから見ていくと、冒頭で語り手がこの葬式をめぐって次のような解説を行っている点が注目される。

此人は当世第一流の作家と云はれてゐたのであるから、独逸や仏蘭西でゞもあらうものなら、ヰルヘルム陛下とか、フアリエエル大統領とかの花輪でも来てゐる筈であるが、(略)第一流でもなんでも、小説家である以上は、政府は厄介ものだと思つてゐるのだから、死んでくれゝば喜ぶのである。中にも此人なんぞと来ては、発売禁止を五六遍食はせられてゐたのである。注意人物になつてゐたのである。いかに警察が行き届いても、泥坊の跡は絶えないと同じ事で、小説家は跡から跡からと出て来るのだが、それにしても第一流と云はれる先生は三人か四人であるから、それが一人死んでくれゝば、神聖なるcensure《サンシユール》(注―検閲)の任務に当るお役人が大いに助かるのである。そんなら学士院だとか大学だとかいふものはどうかと云ふと、(略)小説を読むやうな、じだらくなものは学士院にもゐなければ、大学にもゐないのである。

こうした言説は、同時代の読者にとって既に馴染み深いものだったに違いない。というのも、ほぼ一年前に文壇に衝撃を与えた永井荷風「歓楽」（『新小説』明42・7）の〈九〉章と同じもののように見えるからであって、例えばインパクトのあるフレーズをいくつか拾いあげてみるとよい。すなわち〈国家が要求せざる、寧ろ暴圧せんとする詩人たるべく、自ら望んで〉とか、〈詩人は実に、国家が法則の鎌をもつて、刈り尽さうとしても刈り尽し得ず、雨と共に延び生へる悪草〉、さらには〈博徒にも劣る非国民、無頼の放浪者、これが永久吾々の甘受すべき名誉の称号〉など、その発想は言うに及ばず措辞レベルにまで類縁性が見られる。そしてそうした「歓楽」との類縁性を通して前掲「ル・パルナス・アンビユラン」冒頭文を窺うと、その国家に対して挑戦的な語り口は、小説家としての強烈な矜持を持つ主体を想定して立ち上げられていることが分る。

ところが、おかしなことに、その後描かれる小説家の実態はおよそそれとは正反対な印象を与える。葬式の采配を振るう〈シルクハット〉氏は、〈当時の自然主義を中心とする文壇状況を具現した人物〉とか〈編集者・時評家的な存在を諷した〉人物と見做されていて[12]、その彼の言うがままに全員が整然と列を組み行進して行くことになる。〈シルクハット〉氏の采配は実に尊大なのに、〈先生が亡くなる前まで自由恋愛を遣つてゐた〉という〈花子さん〉も日頃放蕩無頼を気取る〈四人の使徒〉も何故か従順なので、あるいは文壇の〈若い諸君〉も、それと呼応するが如く〈身体検査を受ければ、丁種になりさうなのが揃つてゐるのである〉。こうした文壇人の姿は既述のような小説家像を抱く語り手を苛立たせずにはおかない筈で、〈シルクハット〉氏に〈やれ〳〵、跡は並の会葬者だ〉と極め付けられた〈第二流以下の小説家、isme の違った批評家、戯曲家、長詩家、短詩家なんぞ〉の番になった時、その怒りは爆発する。彼等の乗る〈人力車〉が〈自然淘汰の方則の下に〉粛然と行列をなしていく様子を見るや次のような批判が語り手の口を突いて出る。

人力車に乗つてゐる連中は、皆お人好しばかりで、シルクハットに何と云はれようが、自分が後にならうが、そんな事には頓着しない。不断から、書かせることは書かせて遣る、息の根丈は留めずに置いて遣る、第二流だと心得て書いてゐろと申し渡されて、書いてゐる位なのだから、感覚が鈍つてゐるので、（略）洋行帰のハイカラアでカイゼル髭を生やしたのもゐるが、ひどくmartial（注—武張った）な風采の割には、従順極まつてゐる。まさか警察国の空気に喘いで来たからでもあるまいが、兎に角従順極まつてゐる。

それでも多少の混乱が起るのだけれど、そうすると〈幸に近処から駈け附けた巡査が制して、喧嘩をさせないやうにして行く〉という。要するに語り手が呈示する文学者のあるべき姿を裏切る形でいわば文学者のあるがままの姿が語られていくという文脈であって、さらにこうしたズレが生じる理由が、例えば文壇の大御所の〈棺〉の左右に並ぶ〈四人の使徒〉に関する次のようなコメントに托されていく。すなわち、

シルクハットが一人に山高帽子が三人であるが、黒の洋服といふ所丈は揃《そろ》つている。尤《もつと》も服の所有権に関しては、多少の疑を挟むべき余地がないでもない。

と。この借りものの服なる措辞が彼等四人の文学思想の実体を暴くものとして機能しているのなら、要

するに、どんなにラジカルに見えようと所詮借りものの思想にすぎず身に付いたものではないから現実の前には無力で権力に従順なのだと、そう揶揄しているかの如くである。しかも続く外国からの弔問客の話題を重ねることで、そうした意味作用が炙り出されるように浮び上がる仕掛けになっているとみて先ず間違いない。彼等外国人は〈U.C.Delanature〉なるフランス人を筆頭に〈Dr.Symbolicus（象徴主義）〉〈Dr.Mysticus（神秘主義）〉〈Dr.Neoromanticus（新ロマン主義）〉の四人、〈四人の使徒〉と全く同数である上に全く同じコンセプトにおいて紹介されてしまっているからである。

　同じ黒服でも、此連中の著てゐるのは、羅紗《ラシヤ》の光沢《つや》が違ふ。帽子も同じ事である。手袋も大き過ぎて指の尖《さき》が余つたり、細過ぎて無理に嵌めたやうになつたりしてはゐない。

と言う次第だが、むろんこうした言い回しそれ自体の意味作用もあって、彼等外国人文学者は、その命名法からも窺えるように正に文学理念の人格化とでも言ったような役柄を演じている。それが後半の展開に大きく係っていくことになるのは、言うまでもない。

（四）

後半に入ると、この四人の西洋人の中で一番中心的な、おそらく自然主義を意味する〈ドラナチュウル〉氏と、日本の文壇のオピニオン・リーダーたる〈シルクハット〉氏の対立を軸に話が進行するのだけれど、当初、この二人の関係は次のように描かれていた。すなわち、例の西洋人は、（略）影の形に添ふやうに、同じ歩調で附いて行く。二人は棺の直後の廂髪の傍《そば》まで来て、シルクハットが花子さんの左に並ぶと、ドラナチユウル君は心得顔に花子さんの右に並ぶのである。

と、この、行列を組む段階では、〈ドラナチユウル〉氏がまだ〈シルクハット〉氏のいわば〈影〉の如き存在だったことが示唆されている。ところが葬列が動き出すやたちまち〈廂髪〉の〈花子さん〉の心を俘虜にし、さらに〈弁慶橋〉付近に到ると彼は、〈「一寸御免なさいよ」と云う〉や否や先頭に立って葬列に向かって〈halte!（止まれ）〉と号令を掛ける存在に変ってしまう。以降、〈ドラナチユウル〉氏がこの葬列を支配していくことになるものの、皆に君臨していた筈の〈シルクハット〉氏まで彼の命今に逆らえず〈半縛主義半囚主義〉の状態に陥ってしまう。一度は、〈弁慶橋の欄干に浅葱《あさぎ》色の風炉敷を頸に巻いて、頤の下に結んだ、いが栗頭の小僧〉の〈「気楽な葬だなあ、まだ休んでゐやがる」と云ふ声〉に鼓舞されたかのように、〈ドラナチユウル〉氏のマインド・コントロールが解けて〈吹き消したように、体のぎこちないのが直つた〉とはいえ、それも束の間、再び〈ドラナチユウル〉氏の声が響いて、そして、

「Tais-toi!-Ne-bouge-pas!（注―黙れ、動くな）」最後の詞が響き已《や》んだかと思ふと、シルクハットの体は又凝り固まつたやうに、動かなくなつてしまつた。

というのである。もはや〈シルクハツト〉氏は、〈器械的に、否諾《いやおう》なしに、西洋人の右後に引き添つて、橋の方へ歩き出〉す以外手が無かったのであり、両者の関係は完全に顚倒してしまったと言う他はない。

その後は、この西洋人に引き摺られるまま猛スピードで〈斎場〉のある〈青山〉を素通りして、とうとう〈多摩川の岸〉まで行ってしまうことになる。この構想自体はおそらくグリムの「ハーメルンの笛吹き男」(『ドイツ伝説集』一八一六)に学んだのであろうが、問題は、この小説が書かれた頃アメリカ映画界に登場する《スラップスチック・コメディ》を真似たと思われ兼ねない表現方法であり、それによって何を主張しようとしたかである。この葬列の暴走によって引き起された事態の中で極立って見えるのは警察の対応ではなかろうか。慌てた〈会葬者〉の一人が〈警察署へ届けに行くと〉、

それより先に巡査が見たまゝを報告してゐたので、先々の駐屯所へ電話を掛けてゐる所であつた。電話はそれぐ〵通じたが、駐屯所にゐる一人か二人の巡査には、手の附けやうがなかつた。

というのである。前半で、〈シルクハツト〉氏の采配によって行列を組む折にも多少の混乱があって〈巡査〉が出張ってくるという場面があった。そしてその折にはこの葬列全体が警察の規制に従順であった筈だが、それを念頭に置いてこの暴走を眺めると、〈ドラナチユウル〉氏に導かれた文壇人達によって警察の法的規制が破られている事態が浮かんでくる。つまりこれは明らかに国家権力に対する挑発行為なのであり、彼等日本の文壇人は、冒頭で語り手が呈示していた文学者本来の面目をどうあれ取り戻したのである。しかも四人の西洋人は、〈多摩川の岸〉に着くや忽然と姿を消してしまい、残

された〈Delanature《ドラナチユウル》〉の名刺が〈Dr.Diabolus〉すなわち〈悪魔〉に変っていたと言う。自然主義から悪魔主義へ向かう文壇の動向を示唆したとの見方もあるにしろ、[13]既述の如くこの西洋人達が正に文学理念そのものを担う存在であるのなら、〈悪魔〉は自然主義の本質を証すものでなければなるまい。言い換えれば、暴走の理由が因襲の破壊者たる自然主義の面目の奪還にあったとの、いわば種明かしなのではあるまいか。

　さらに、そうしたテーマは、葬列が暴走するうちに唐突に死んだ筈の自然主義の大家が蘇生するという設定にも托されていくと考えられる。この日、すなわち〈時は維《こ》れ明治四十三年五月二十日〉は、五月六日崩御した英国王エドワード七世の葬儀の日でもあった。それ故語り手は、〈ドラナチユウル〉氏が行列に向かって〈halte!（止まれ）〉と号令するのを見守りつつ、一方で〈三一会堂で英国の大使が法会をするので、弔砲が鳴る筈〉と注意を怠っていないのだし、また葬列が青山斎場を素通りしてしまった折にも、〈三一会堂でする葬式の為めに打つ号砲の音《ドン》が、微かに聞え始める〉と報告しているのだが、要するに二つの葬儀が同時進行している事態を印象付けようとしているように思える。これが、冒頭で語り手の呈示する《国家対小説家》という対立図式の変奏であることは見易く、なればこそ死んだ筈の文壇の大家は自然主義の正統を襲う者でなければならない。そしてそれは、〈発売禁止を五六遍食はせられて〉〈注意人物〉とする冒頭の解説で既にそれとなく示唆されていることではあるものの、さらにこの葬儀の日に〈彗星が見える〉日を重ねることによって示されていくと考えられる。この文壇の大家の葬列を見送る学生が〈矢つ張彗星的人物だね〉と評する科白に両者の相対的関係は仄めかされていると言ってよく、問題はその〈彗星〉のイメージである。実はこの日は〈ハレー彗星〉地球接近のエックス・デーであった。当時、地球滅亡論が飛び交い一寸したパニック状態を呈したことを思えば、彗星は元来妖星であるなどと改めて言うまでもないだろう。そしてそれに限定される文壇の大家の人物像とは正しく因襲の破壊者と言うことでなければなるまい。もはや多言を弄すまでもなくこの人物の蘇生は、自然主義の、文学の面目の復活の寓意である他はない。

さて、以上のようだとすると、「ル・パルナス・アンビユラン」は、フランス自然主義というカノンを遵守することによって、日本の自然主義文壇が失った矜持を、毒や牙を奪還する話ではなかったか。だとすれば、そこに鷗外の皮肉な眼差しを見るよりも、むしろ自然主義文壇に向けて発信された彼の願いを見た方が適切であるように思う。そして、こうした鷗外の願いは、次作「花子」においてさらに一歩踏み込んだものになり、〈事実は良材なり。されどこれを役することは、空想の力によりて倣し得べきのみ〉（「医学の説より出でたる小説論」）という彼本来の文学観を突き付けるに到ったのは、既述した通りである。それにしてもこの二つの小説に埋め込まれたメッセージを繋いでみると、あたかも「青年」（『スバル』明43・4―44・8）の小泉純一が、平田拊石の講演でイプセンを例に自然主義の本質を教えられやがてメーテルリンクの〈平凡な日常の生活の背後に潜んでゐる象徴的意義〉に開眼するに到る過程を見せられているような感がある。むろん偶然であろう筈はない。

［注］

（１）木下杢太郎「森鷗外」（『講座日本文学』昭７・11岩波書店）は、〈森鷗外は謂はばテエベス百門の大都である。東門を入っても西門を窮め難く、百家おのおの其一両門を視て而して他の九十八九門を遺し去るのである〉と述べている。

（2）小堀桂一郎『鷗外とその周辺』（昭56・6明治書院）
（3）小倉斉「明治四二年の鷗外の一面―小説の方法への模索―」（鷗外研究会編『森鷗外『スバル』の時代』平9・10双文社）
（4）I章二節を参照されたい。
（5）平川祐弘『和魂洋才の系譜　内と外からの明治日本』（昭46・12河出書房新社）
（6）影響関係については、既に、稲垣達郎「花子」（『近代文学鑑賞講座第四巻森鷗外』昭35・1角川書店）が詳細に言及している。
（7）清田文武『鷗外文芸の研究　中年期篇』（平3・1有精堂）は、〈I為事場におけるロダン〉〈II花子に対するロダン〉〈IIIボードレールを読む久保田〉〈IVロダンと久保田との対話〉に分けて、〈全体として典型的な起承転結の構成の妙を見せている〉とするが、従えない。
（8）三島由紀夫「解説」（『日本の文学2森鷗外（一）』昭41・1中央公論社）
（9）金子幸代『鷗外と〈女性〉―森鷗外論究―』（平4・11大東出版社）
（10）竹盛天雄『鷗外　その紋様』（昭59・7小沢書店）は、片上天弦「小説月評」（『文章世界』明43・6、10）が遊戯的であって真摯な批判がないと評した点を捉えて、なればこそ、この作品が批判の対象としているのは文壇より〈政府の文化政策〉なのだと見做している。
（11）注（10）に同じ。
（12）前が金子幸代・前掲書、後が竹盛天雄・前掲書。
（13）注（10）に同じ。

Ⅱ章　鷗外短篇論2——〈隣接ジャンル〉との交響《コラボレーション》

一節　「普請中」論

――〈演劇〉的趣向の小説

先行論を整理してみたら屋下に屋を架す論ばかりという目に遭うことがよくあって、鷗外「普請中」(『三田文学』明43・6)も、他の解釈コードなどあり得ないかの如く一枚岩に見えるのだけれど、それ故平川祐弘氏の論は際立っている。氏は、当時一世を風靡したメルヒオール・レンジェル『颱風』(一九〇九)なる《黄禍論》的モチーフの〈人種演劇〉が〈日本人の留学生と西洋の女性との〉恋愛を描いていて、〈『舞姫』の作者としても〉〈興味を覚えずにはいられない立場にあった〉とした上で、さらに次のように述べる。「普請中」は、日露戦争を切っ掛けに急速に高まった日本人への関心に答えようとした筈のレンジェルの戯曲が人種偏見に満ちていることに異議申し立てすべく書かれた作品であって、それ故、

『颱風』の主要人物であった日本人留学生官吏トケラモと西洋女性とその情人ベインスキーの三人が、『普請中』では日本人元留学生の官吏渡辺と西洋女性とその情人コジンスキイに転位しているように思われてくる。

と。[1] なるほど二〇世紀は人種論の時代だったと言ってよく、人種をめぐる問題系は、神に代る新たな世界解釈《パラダイム》として登場した《進化論》が立ち上げたテーマであった。例えば島崎藤村『破戒』（明39・3自費出版）は、被差別部落問題である筈の事態を、

人種の偏執といふことが無いものなら、『キシ子フ』で殺される猶太人もなからうし、西洋で言囃す黄禍の説もなからう。

と、人種問題に変容させている点で特異なテキストなのだが、それは、後に瀬川丑松が〈開化した高尚な人間〉とか〈野蛮な下等な人種〉なる思考に囚われ出すように、明らかに《進化論》的パラダイムに侵犯された結果生じた捩れなのである。実にこの『破戒』のスキームは、鷗外『人種哲学梗槩』（明36・10春陽堂）や『黄禍論梗槩』（明37・5春陽堂）で紹介、批判するナチス人種論の原典たるゴビノー『人種不平等論』（一八五三）そのもののように見え、こうした人種論の根深さを思わずにいられない。[2] ともあれそれらの文業の延長線上にレンジェルの戯曲を眼差す鷗外を想定するのは、そう無理ではないにしろ、しかしそれを「普請中」の執筆動機に読み替える訳にはいかない。というのも精養軒ホテルの食卓で向い合った〈女〉が、〈コジンスキイが一しよなの〉と言ったのに対し、渡辺参事官が平然と〈あのポラツクかい。それぢやお前はコジンスキアなのだな〉などと応じる場面があるからである。〈ポラツク〉なるドイツ語は、ルール地方に移住してきたポーランド人を差別する蔑称であって、この小説世界に、人種問題に対する批判的な眼差しが介入しているとは思えないと言うこと

である。「普請中」の背後に『飇風』の影を見ようとする平川説には、どうやら無理があるようだ。

そうすると、この作品の最もポピュラーな批評に戻る以外にない。すなわち「舞姫」後日譚なる見方だが、同時代評の中に既に見出せることを思えば、それが最も素朴な読後感であったとも言えよう。阿部次郎「六月の小説」(『ホトトギス』明43・7)に次のようなコメントが見える、〈『舞姫』の作者が此『普請中』の作者になったかと思ふと、人生は淋しいものだと思ふ〉と。むろん阿部次郎がそう読んだのは鷗外の小説の忠実な読者だからである。つまり、「舞姫」後日譚なる読みは読者の解釈の問題であって作品の主題とは無関係に思えるけれど、しかしこの時代、雑誌メディアなどを通じて作家の個人情報が多量に流通し、そういう情報を前提とするいわば《楽屋落ち》小説の類いが自然主義文壇を中心に成立していたことはよく知られている。《豊熟の時代》の鷗外も、そうした時代のモードを睨みつつ創作していたことは、「半日」(『スバル』明42・3)にしろ「カズイスチカ」(『三田文学』明44・2)にしろ〈自家用小説〉に見紛う作品を書いていることでも窺える訳で、いわば彼は、文壇という解釈共同体に向けて執筆していたのではあるまいか。彼の小説が横文字を他用することを見ても大衆読者など眼中になかった筈で、ともあれ「普請中」を、「舞姫」後日譚と読まれることを充分計算に入れた戦略的な作品と見做したとしても、さして問題はないように思う。

（一）

そこで、その「普請中」を読んでみたいのだが、《時》は夕方〈五時〉前から〈八時半頃〉まで、《場所》は精養軒ホテルの主に〈食卓〉、さらに《筋》は渡辺参事官とドイツの歌姫というかつての恋人同士の軽妙な会話によって進行するとなると、まるで一七世紀のフランス古典劇でも見ているかの如くである。それ故、それを逸脱する晩餐の場面以前の渡辺参事官の行為に即して心理を長々と叙述する部分が際立って異質なものに見えてくるものの、そう考えたかどうか清田文武氏も、

すなわち前半の描写が後半の会話と巧みに照応し、会話の進行とともに、そこに隠れている意味とそれの陰影・襞とを開き示し、静かな中にも劇的展開が招来されるという構造になっている

と述べている。(3)〈前半の描写〉が〈後半の会話〉の解釈コードの如く機能しているという意味にとってよいなら、その前半は、とどのつまり次のような渡辺参事官の心中思惟に回収されるべく構成されていると考えられる。

不思議な事には、渡辺は人を待つてゐるといふ心持が少しもしない。その待つてゐる人が誰であらうと、殆ど構はない位である。あの花籠の向うにどんな顔が現れて来ようとも、殆ど構はない位である。渡辺はなぜこんな冷澹な心持になつてゐられるかと、自ら疑ふのである。

と。それにしてもこの渡辺の感情は今一つ理解し難いものがある。この後に登場するドイツ女性が〈おとつひ来て、きのふあなたにお目に掛かつたのだわ〉と言っているのだから、二人は昨日偶然会って今日の再会を約したのは疑いない。しかも渡辺の方が誘った状況証拠はいくらでもあり、竹盛天雄氏が言うように、そこには多少なりとアヴァンチュールへの期待もあった筈である。(4)その肝心の相方が

姿を見せもしない段階で何故彼は〈冷澹〉になってしまうのか。考えられることは、〈五時〉前に〈歌舞伎座の前で電車を降り〉た渡辺が精養軒ホテルの〈二階〉の〈二人の客を通すには、ちと大き過ぎるサロン〉に落ち着くまでのわずかな時間に、我ながら〈不思議〉に思う程〈冷澹〉になってしまう何らかの出来事があったということである。

　電車を降りた後の渡辺の行為として先ず何が注目されているかというと、〈雨あがりの道の、ところ〴〵に残つてゐる水溜まりを避けて〉歩いたことか。この〈日本の首都の中心部にあたる街路の悪さ〉が舞台たる〈精養軒ホテルの普請中の状況〉を先行表示するものであるのは見易く[5]、つまり彼は、日本の後進性についての自覚を予め与えられていたのである。しかもその体験は繰り返されていて、続いて彼は、〈役所帰りらしい洋服の男五六人のがや〴〵話しながら行く〉のに行き合う一方で〈お茶屋の姉えさんらしいのが〉〈小走りに摩れ違〉う事態に遭遇することになる。これまた、この後渡辺が精養軒ホテルの二階の窓から眺める次のような光景の先行表示と言ってよい。すなわち、

　動くとも見えない水を湛へたカナル（注―堀割）を隔てて、向側の人家が見える。多分待合か何かであらう。往来は殆ど絶えてゐて、その家の門に子を負うた女が一人ぼんやり佇んでゐる。右のはづれの方には幅広く視野を遮つて、海軍参考館の赤煉瓦がいかめしく立ちはだかつてゐる。

と。日露戦争後に戦勝記念として建てられた〈海軍教育参考品陳列館〉と〈待合〉とが並び立つ猥雑な光景は、精養軒ホテルという舞台を相対化せずにはおかない筈で、この時もし渡辺参事官がこれが日本の現況だとの感慨を抱いているのだとすれば、それは既に、ここへ来る途上の思いだったという

ことである。

要するに、日本の現況を痛感させられる事態が次々と展開する訳であって、それらをいわば一定の認識に回収する装置のような感じで、最後に精養軒ホテルが立ち現われる仕掛けなのだ。それは、このホテルが、〈あたりはひつそりとして人気がな〉く〈殆ど休業同様にしてゐる〉一方で〈釘を打つ音や手斧《ちような》を掛ける音〉で〈騒がしい〉という正に〈普請中〉の状態にあるからというだけではない。〈五時には職人が帰つて〉その後にやって来た〈女〉が、にも拘らず〈なんだか気が落ち着かないやうな処ね〉と言っているのだから、そもそもこの精養軒は一流ホテルらしいシックな雰囲気に欠けているという他なく、すなわち〈普請中〉たる日本の現況認識を促す何らかの要素を予め具えていたということである。しかも、渡辺にとって青春の恋を演じた相方との再会の舞台だから余計その猥雑な様子を意識せずにいられないという演出になっているように受け取れるのだけれど、のみならず〈あなた官吏でせう〉〈お行儀が好くつて〉と〈女〉に問われた渡辺が、〈恐ろしく好い。本当のフイリステル（注―俗物）になり済ましてゐる。けふの晩飯丈が破格なのだ〉と答えているとなると、その演出にはあるいは、ある種《異化効果》のような戦略があるのかもしれない。

ともあれいったん成立した日本は〈普請中〉という認識は、〈けふの晩飯丈が破格〉という気持ちそのものを〈冷澹〉にせずにはおかない筈で、その後の渡辺参事官がいわば《見る人》に徹してしまうのも必定だったのである。例えば〈サロンの中を見廻し〉一流ホテルらしからぬ内装の様子が報告されていく。すなわち〈偶然ここで落ち合つたといふやうな掛物が幾つも掛けてあ〉ったり、しかもそれが部屋との調和が全く無視されているため〈尻を端折つたやうに見え〉たりするばかりか、〈某大教正の書いた神代文字といふもの〉まで掛けてあると言うのだ。この〈神代文字〉については、平川氏

が、

いま一歩を進めれば、『かのやうに』の中で論ぜられた明治末期の日本における歴史と神話の未分化の問題

を読んでいるものの、[6]渡辺が見ているのは、味噌も糞も一緒にしてしまう正に〈日本は芸術の国ではない〉と言わざるを得ない事態なのではあるまいか。彼は〈唯咽草を呑んで、体の快感を覚えてゐる他はなかったと嘆息を漏しているけれど、日本では〈芸術〉の如き精神的〈快楽〉がないことを反語的に語っているので、その絶望は計り知れないものがある。

かくして渡辺は、〈女〉との晩餐を前に若き日の恋の幻想に酔う心など雲散霧消してしまったばかりか、いわば《演ずる》ことを拒まれた彼は、やがて現われる〈女〉に対しても《見る人》である他はなく、その実体を情け容赦も無く暴いていくことになる。彼は先ず彼女の装いを点検し始めるのだが、〈おもちやのやうな蝙蝠傘を持つてゐる〉などという口振りが気にならなくはないにしても、その眼差しはまだしも穏やかだ。しかし彼女の〈褐色の、大きい目〉に視線を向ける時の〈併しその縁にある、指の幅程な紫掛かつた濃い暈は、昔無かつた〉なる言い種が、その落魄と老いの身を抉り出すだけに止まらない毒気を含んでいることは、続く、優美に振舞う彼女の動作に対する物言いを見れば明らかである、その、〈傘を左の手に持ち替へて、おほやうに手袋に包んだ右の手の指尖を差し伸べた〉という動作の報告には〈ぞんざいな詞と不吊合《つりあい》に〉なるシニカルなコメントが付けられていて、いわば彼女の身の程を知らない振舞いの滑稽さが言い立てられているからである。その後さらに、その振舞い

が〈女が給仕の前で芝居をする〉すなわち〈給仕〉の目を意識した演技と素破抜かれるに到って、彼の冷視は極まったと言うべきか。そして話題が彼女の現在のパートナー、〈あなたも御承知の〉コジンスキイに及ぶものの、これまた辛辣を極め二人の関係の歪みを剔抉することになる。すなわち〈コジンスキイが一しよなの〉と〈女〉が言ったのに対し、渡辺が〈あのポラックかい〉と応ずる既述の場面である。続けて彼は〈それぢやあお前はコジンスカアなのだな〉と畳み掛けるのだけれど、〈ポラック〉がポーランド人差別を意図するドイツ語である以上、それをこのドイツ女性が屈辱的な科白と受け取らなかった筈はなく、あるいはその後の歯切れの悪い物言いから察して彼女の最も触れられたくない点を突く科白だったのかもしれない。

しかし、彼女はすぐさま攻勢に転じ、渡辺を恋の語らいの場に連れ出すべく、先ず〈キスをして上げても好くつて〉と誘い、次には〈「シャンブル・セパレエ」と笑談《じようだん》のやうな調子で〉挑発してみせる。問題は渡辺の反応であって、前者に対しては〈渡辺はわざとらしく顔を顰めた。「ここは日本だ。」〉と軽く躱す態であったのに、その直後に食事の準備が整ったことを告げに来た〈給仕〉が〈叩かずに戸を開け〉たのを見るや、今度は自分に言い聞かせるかのように〈ここは日本だ〉と繰り返すことになる。言うまでもなく彼は、一流ホテルらしからぬ〈給仕〉の無作法に日本の後進性を噛み締めているのみならず彼女の科白の白々しさをも痛感していない筈はない。後者の〈シャンブル・セパレエ〉は特別室を意味するフランス語だが、むろん三好行雄氏の言うように〈むかし、渡辺と泊ったことのあるホテルの部屋を思い出させ〉[7]ようという挑発であることは、〈「偶然似てゐるのだ。」渡辺は平気で答へた〉と応じることでも明らかである。〈平気で答へ〉る渡辺と〈女〉との懸隔は埋め難いものがあって、〈女〉が過去の幻影を見ているとすれば、渡辺には生きられてある今しか眼に入らないのだ。

それ故に彼の眼差しは、またしても〈二人の客に三人の給仕が附き切り〉という〈気が利かな〉さに向けられるのであり、〈給仕の賑やかなのを御覧〉という科白は、〈ここは日本だ〉恋もへったくれもあるかいとの思いを反語として潜めているのでなければなるまい。

ところが、渡辺の思いが読めない〈女〉は焦れて、〈突然「あなた少しも妬んでは下さらないのね」〉と言い出す。これまでの間接話法を捨て掛かった形であるとはいえ、ただ〈笑談のやうに言はうと〉して〈図らずも真面目〉な口調になったというからには彼女にとっても予期せぬ展開だったに違いない。ともあれ、こうした直接話法が渡辺の〈はつきりした声〉を引き出すことに繋がったのは確かで、〈Kosinski soll leben!（コジンスキイの健康を祝って）〉という乾杯の発声は、無防備なままの彼女の心を直撃し、一瞬にして〈微笑〉を〈凝り固ま〉らせ、〈手〉に〈人には知れぬ程顫〉えを走らせたのだった。

さて、アステリスクを挟んで置かれる結末の二行は、それまでの精養軒ホテルの場面と対照性をなし、反転した彼女の命運を象徴的に示してみせる。〈燈火の海のやうな銀座通〉、その同じ《光》の中に身を置いていた筈の彼女が、今やそれに背を向けるかの如く〈一輛の寂しい車〉に身を沈め、さらに〈ヱエルに深く面を包〉み《闇》の奥へ奥へと消えてしまうかのようである。

（二）

《男》は〈処女作『舞姫』以来二十年目に現われ〉た〈官吏〉(8)、《女》はドイツの歌姫といったら、鷗外の読者であれば阿部次郎ならずとも「舞姫」の後日譚と見做してしまうだろう。そしてまた、この時と場所をはるかに隔てて再会する設定に〈ロマネスク〉な〈筋〉の展開を期待してしまうのは、一人平川氏だけではあるまい。(9) 事実、この小説作者の念頭にもそれはあるようで、《女》は正にその要請に応じた行動を取り、《男》も、一時は確かに日常的心態を脱ぎ捨てこのロマンチックな再会に身を委ねるつもりだった筈だ。しかし彼はそうならなかった。〈まだそんなに進んでゐない〉〈普請中〉の国、〈芸術の国ではない〉日本という認識に直前で引き戻された彼は、《女》との再会の場面に到っても、彼に割り振られた役に同化せず、むしろその役に距離を取りつつ批判的に演じ続けることになる。その結果、相方の、再会した恋人の役をごくナチュラルに演じ続ける《女》を相対化し、それがいかに無神経無自覚で型通りのものであるかを、さらに言えばそのグロテスクな実体を暴き出してみせるのだが、それは例えば、《非アリストテレス的演劇》を見せられているかの如くである。

実は、こうした二人の差異はその命名法《ネーミング》を通してシンボライズされていると言ってよく、分り易い渡辺参事官の方から見ていくと、《姓》と《官職》が明示されているのに《名》は不明なままである。つまり家や国に対する同一性は確立されていても、近代的恋愛の前提となる《私》が非在であるという人物像が示唆されているのであって、ミードの言葉に従えば、渡辺は、《I》すなわち社会的に期待されるものに合わせて出来ていく自我は明確であっても《Ｍｅ》すなわち自分の内に向いている自我が全く欠落しているということになるだろうか。(10) そしてそうだとすると、相方のドイツ女性がただ〈女〉としか指示されないのも偶然ではない筈で、彼女の現在のパートナーたるコジンスキイの如き背景的人物ですら《名》が与えられている点をみても、その匿名性は明らかに方法の問題なのである。渡辺参事官の造形との関係性に力点を置けば、このドイツ女性は《Ｍｅ》もなければ《I》もないことになり、恋愛の資格がないばかりかそもそも人格が与えられていないのである。それは、彼女がただ型通りに、昔の恋人と再会した女という役所を演じていることと正確に見合っているのではあるまいか。渡辺参事官が太田豊太郎と違い《Ｍｅ》と《Ｉ》の相剋に悩むことのない人物に変容しているのと同様、〈女〉の恋も、狂気を孕むエリスのそれとは大きく異なっている。いわば《Ｍｅ》を断念した渡辺の知がドイツ女性の情の猥雑さ空疎さを裁くという構図になっているのであることは、繰り返すまでもあるまい。

ちなみに、この小説を「舞姫」後日譚と読むことを戒める勝本清一郎氏は、その論拠として、「舞姫」のエリスが〈金髪〉で〈青い目〉をしているのに、「普請中」の〈女〉は〈ブリュネット（栗色）の髪で〈褐色の目〉とされている点をあげ、それが〈西洋の小説では〉〈非常に大きな意味の差を示す〉ことを鷗外が知らない筈はないから、二人は別人として造形されたとしている。[11] しかしこれは日本の小説の話だと言う他はなく、もし鷗外が二人のドイツ女性を意図的に差異化しているのだとしても、それは、別に戦略があってのことなのではあるまいか。すなわち、〈ブリユネット〉の髪と〈褐色〉の目にされたということは、明らかにくすんだ印象の女性に変容させられたということであって、その彼女が〈鼠色〉の〈ジユポン（下着）〉に同じ〈鼠色の長い着物式の上衣〉を纏っていることから見ても、それは、落魄したエリスの可視的な像《イメージ》である他はないということである。

［注］

（1）平川祐弘『和魂洋才の系譜　内と外からの明治日本』（昭51・9河出書房新社）。ちなみに平川氏は、『颱風』の詳しい梗概を示している。
（2）〈キシ子フ〉は、ルーマニヤのベサラビヤ地方の政治の中心地で、一九〇三年にユダヤ人虐殺が行われた。永井荷風「成功の恨み」（後に改題「再会」『新小説』明41・12）には、〈吾々には米国の社会の余りに常識的なのが気に入らない。ロシヤの様な、例えばキシネフの如き虐殺もなければ、ドイツ、フランスに於いて見るやうな劇的な社会主義の運動もない〉とあり、当時、人種問題の象徴のような事件だったことが窺える。
（3）清田文武『鷗外文芸の研究　中年期篇』（平3・1有精堂）
（4）竹盛天雄『鷗外　その紋様』（昭59・7小沢書店）
（5）注（4）に同じ。
（6）注（1）に同じ。
（7）三好行雄「普請中」頭注（『近代文学注釈大系森鷗外』昭41・1有精堂）
（8）注（4）に同じ。
（9）注（1）に同じ。
（10）ジョージ・ハーバード・ミード『精神・自我・社会』（稲葉三千男・滝沢正樹・中野収訳、昭48・12青木書店）。山口昌男・前田愛「対談『舞姫』の記号学」（『国文学』昭57・7）は、ミードの概念を援用して、太田豊太郎のいわゆる自我が重層化している様態を分析してみせている。
（11）勝本清一郎「『舞姫』と『普請中』」（『文庫』昭26・10）

二節　「カズイスチカ《Casuistica》」化する〈Casus《カズス》〉

――印象派絵画との出会い

著名なわりに評価の低い「カズイスチカ」（『三田文学』明44・2）は、そのせいかどうか、「蛇」（『中央公論』明44・1）や「妄想」（『三田文学』明44・3―4）などを重ねて何らかの作家論的なコードを引き出すべく論じられるかと思えば、大作「青年」（『スバル』明43・3―44・8）解釈の補助線のように扱われることが多い。一方、いわばそうした演繹的見方に捕われず作品分析に基づいて見た場合どんな風に理解されているかと言えば、父親発見に到るプロセスを語る前半が三つの〈カズイスチカ〉を一見ランダムに並べたかの如き後半のフレーム、というような解釈が幅を利かせている。

概ねそれを承認するにしても、竹盛天雄氏の指摘にあるように、前半の父親発見のプロセスを、それが全体の要であるにも拘らず〈ト書き〉風に済ませている点が気になるばかりか[1]、肝心の父親発見に係るコメントも〈そのうち、熊沢蕃山の書いたものを読んでゐると〉とか〈其時から遽《にはか》に父を尊敬する念を生じた〉といった調子で、極めて曖昧な表現でしか示されないのも気になる。前半と後半との相関関係まで疑う必要はないにしろ、こうした枠小説紛いの見方は一度念頭から追い払ってみた方がよいように思う。先ず三つの〈カズイスチカ〉そのものをどう読むのか、そこを出発点にしてみる発想も必要なのではあるまいか。

（一）

いかにもランダムに並べられているかのような三つの〈カズイスチカ〉をこれまでどんな風に読んできたかというと、例えば三好行雄氏が、花房医学士の学んだ〈実験的医学〉と老開業医の〈熟練〉すなわち〈Coup d'《クウド》 oeil《ヨイエ》（一瞥で判断する）〉との〈対比〉を認めた上で、さらに、

〈若い花房がどうしても企て及ばない〉Coup d' oeilに、解剖学や内科各論や聴診器などによって、よく拮抗しえた得意の記録である。

と言うの[2]に対し、基本的には同じように〈医者らしい生活〉をした〈記念すべき、歓ばしい記憶〉としつつも竹盛氏は、しかしそれが、作品前半における花房医学士の〈『或物』を追いかけないでは充たされない精神傾向〉を〈逆照射〉し、若い花房の〈近代の病的な精神徴候を浮き上がらせ、それこそ最大の症状《カズス》として差し示している〉と述べている。[3]要するに、三つの〈カズイスチカ〉は花房医学士の精神傾向を〈症例記録〉として抉り出すための仕掛けと見做しているのである。いずれにしろ三つの〈カズイスチカ〉が横一線に見えていることに変りはない。確かにそれらは、各々独立したエピソードを構成しているばかりか態々《見出し》まで付けて呈示されているとあらば、オムニバス形式の映画さながら何ら内的合目的性もないまま並べられていると見たとしても不思議はない、しかし因果関

係が分りづらい一種蕪雑な書振りは鷗外の文体の特徴ではなかったか。「カズイスチカ」も例外とは思えず、見易いのは時間の流れが配慮されている点である。すなわち初めの〈両側下顎脱臼〉を意味する〈落架風〉のエピソードが〈丁度新年〉のことなら、続く〈一枚板〉こと〈破傷風〉は〈これは夏のことであつた〉であり、そして最後の〈生理的腫瘍〉こと〈妊娠〉は〈秋の末で〉と言った具合である。それ故、〈落架風〉や〈一枚板〉と同一の発想で命名された筈の〈生理的腫瘍〉がその一方で近代医学風の造語になっているのも、あるいは、〈落架風〉の診察では〈老先生が一寸お出下さるやうにと仰やいますが〉と呼び出されたかと思うと、〈一枚板〉の折には〈余り珍らしい話だから、往つて見る気は無いか〉との〈翁〉の声掛りがありといずれも老花房に促された形なのに、〈生理的腫瘍〉に到って、老花房が不在で〈越後生れの書生〉に相談されたとはいえ少花房が自発的に診察を行うようになるのも、決して偶然ではなく、この三つのエピソードがある特定の設計図のもとに配されていることを予想させる。これらが〈Casus《カズス》（臨床例）〉ではなく〈Casuistica《カズイスチカ》（臨床記録）〉として呈示されたのも、故無しとしない。

　最初の、〈落架風〉のエピソードは見易い。その施術について老花房が、〈昔は〉〈大家〉が〈整復の秘密を人に見られんやうに〉していたけれど実際は〈骨の形さへ知つてゐれば秘密は無い〉のでと語っている通り、解剖学を習得した医学士たる少花房にとって何の事もなかったという話である。老花房は〈学問は難有いものぢやなう〉と言い少花房も〈したり顔に父の顔を見た〉とある以上いわば近代医学の勝利の話と言ってよく、このエピソードに関しては確かに花房医学士の〈得意の記録〉とする三好説は正しいだろう。ただし〈翁〉の変らぬ〈微笑〉が注がれているため、少花房の〈したり顔〉が小人の高上りのように見えて、気になる。〈落花風〉から〈両側下顎脱臼〉へという変遷を経験や勘が物を言った時代から分析的理性の時代たる今への進化と見る近代主義的な見方が、続く〈一枚板〉のエピソードにおいて一変する事態の伏線のように受け取れるからである。その〈一枚板〉は、〈瓶有《かめあり》村《むら》の百姓〉が〈倅が一枚板になつた〉と訴えて来て、何の事か分らぬまま老花房に促されて往診に行ってみたら〈破傷風〉だったという話である。その患者を診察する折、少花房は次のような体験をしている。

　卒業して間もない花房が、まだ頭にそつくり持つてゐた、内科各論の中の破傷風の徴候が、何一つ遺《わす》れられずに、印刷したやうに目前に現れてゐたのである。鼻の頭に真珠を並べたやうに滲み出してゐる汗までが、約束通りに、遺れられずにゐた。

と。正に〈落架風〉の患者を〈両側下顎脱臼〉として治療したのと全く同じ体験になっているものの、既に彼にとって〈得意の記録〉ではない。それは、花房医学士がもはや〈したり顔〉などしないばかりか、経験や勘が頼りの民間療法の世界で流通しているらしい〈一枚板〉なる認識に対し、

　一枚板とは実に簡にして尽した報告である。智識の私《わたくし》に累《るゐ》せられない、純樸な百姓の自然の口からでなくては、こんな詞の出やうが無い。あの報告は生活の印象主義者の報告であつた。

と、驚嘆していることでも窺えよう。要するに〈破傷風〉が近代医学の〈智識〉に基づく〈詞〉であり、その認識の正しさは少花房の体験的に確認した通りなのだけれど、〈一枚板〉の方も、〈生活の印

象主義者〉のいわば〈報告〉に過ぎず〈智識〉とは言えないにしても、近代医学に劣らず正確であることが分ったと言うのである。端的に言えば、〈生活の印象主義者の報告〉を概念枠にして〈一枚板〉なる認識の刮目すべきことを発見したという話になろうか。こうした認識の変容を経た少花房だからこそ、〈生理的腫瘍〉に到って老花房に促されるのではなく自らの意志で診察を行っているのである。そのエピソードは、〈土地の医師〉に〈脹満〉だの〈癌〉だのと、あるいは〈腹水か、腹腔《ふくかう》の腫瘍か〉と見立てられた〈婦人の患者〉を診察して〈妊娠〉と見抜いた少花房が、これは〈生理的腫瘍〉だと洒落てみせたという話である。三好氏に言わせればこれまた〈聴診器〉という近代医学の器具《テクノロジー》を行使したことによる勝利の話になるのだけれど、しかしこの〈聴診器〉は〈父の診察所〉の備品ではなかったのか。それに第一、

> 子が無くて夫に別れてから、裁縫をして一人で暮してゐる女なので、外の医者は妊娠に気が附かなかつたのである。

と、話を結んでいる訳だから、彼の診察のポイントは〈聴診器〉の有無ではなく、「青年」の小泉純一風に言えば〈esprit《エスプリイ》 non《ノン》 préoccupé《プレオキユペエ》〉すなわち先入観のない眼差しにあったことになろう。彼がいかに観察力を働かせていたかは、この〈婦人の患者〉を認めた瞬間〈Cliente《クリアント》（注—患者）としてこれに対してゐる花房も、ひどく媚のある目だと思つた〉といっていることでも分る。むろんこうした観察の延長線上に立って少花房が患者の妊娠を見抜いたということなのであって、これが〈生活の印象主義者〉の方法そのものであるのは見易く、〈一枚板〉でその方法に刮目した彼はその後自らも実践してい

たと言うことである。だからその見立てにしても〈生理的腫瘍〉と、正に〈印象主義〉的な〈報告〉体とでも言う他はないものになったのであろう。

（二）

作品後半を一瞥しただけではランダムに羅列しているとしか思えない三つの〈カズイスチカ〉も、実は緻密な計算に基づいて布置されていて、念押しすれば、近代の分析的理性の特権性を疑わない花房医学士が〈生活の印象主義者の報告〉といったスタイルの伝統的認識方法の合理性を認め自らも実践するに到るという風にいわばプロットを引き出すことも可能だった。のみならず少花房を刮目させたこの伝統的方法が何よりも先入観に囚われず物を見ることであり、いわば〈Coup d'oeil〉なる老花房の見立て、それを支える〈詰まらない日常の事にも全幅の精神を傾注してゐる〉心態に重なることを思うと、要するに後半の三つの〈カズイスチカ〉は、前半の、〈ト書き〉風に展開される父親発見のドラマの変奏として書かれたということにならないか。両者の筋書が符節を合わせるようになっていることがその何よりの証しであろう。例えば、最初の〈落架風〉のエピソードだが、〈花房が父に手伝をしようと云つてから、間のない時の事であつた〉とあり、それは、前半の次のような場面と対応関係にある。

或日かう云ふ対坐の時、花房が云つた。

「お父うさん。わたくしも大分理窟丈は覚えました。少しお手伝をしませうか。」

と。その〈或日〉から間もなく〈落花風〉の事件が起ったことが確認できる、などと瑣細なことを言いたいのではない。大切なのは、その〈お手伝〉を始めた頃の少花房が〈父が詰まらない、内容の無い生活をしてゐるやうに思つて〉いたとある訳だから、〈落架風〉のエピソードもそう〈思つて〉いた頃の体験として書き止められていたことになるという点である。だから既述の如く患者の〈両側下顎脱臼〉を〈直ぐ整復〉してみせた後〈したり顔に父の顔を見た〉と報告されているのであって、その時の少花房がどんな表情をしているか目に見えるようである。また、前半のドラマの《山《クライマックス》》である少花房の父親発見の《場《シーン》》、すなわち〈そのうち、熊沢蕃山の書いたものを読んで〉父の人生態度との類縁性を認め〈其時から遽《にはか》に父を尊敬する念を生じた〉という話が、丁度〈一枚板〉の件があった〈夏〉以降で〈生理的腫瘍〉事件の起きる〈秋の末〉以前のことだったのも察しがつく。それ故父親発見という事態が伝統医療の方法への認識を促したということになるものの、ことはそう簡単にはいかない。確かに前半のドラマからそういう流れを想定することはさほど無理ではない。既述のように老花房の方法が〈生活の印象主義者の報告〉と類縁性を持つ以上そう読んで間違いないとはいえ、後半のエピソードの中に父親発見を示唆する情報が一切見出せないのはどうしてであろう。例えば蒲毛芳郎氏の「青年」論に倣って、花房医学士の認識の変容に係る〈上部構造〉と〈下部構造〉の関係で捉える手がないではないにしろ、[4] それにしても両者の関係性が観念的であり過ぎるのだ。前半から後半へ移行する時に何かしら座標変換された、と考えるしかない。

　そこで気になるのが少花房に対する語り手のスタンスの変化である。作品前半は、例えば〈花房も疾《とつ》くに気が付いて〉とか〈花房の気の付いた通りに〉という言表行為が端無くも示唆するように、いわば透明な語り手が少花房の心情に終始寄り添いつつ語るという何の変哲もない三人称小説のスタイルなのに、ところが彼の〈医者らしい生活〉の記録たる三つの〈カズイスチカ〉の紹介という段になると唐突に少花房を突き放し、今の彼には〈その記憶には唯Curiosa《クリオザ》〉すなわち知的好奇心〈が残つてゐる〉だけと介入する語り手さながらに振舞ったかと思うと、次には黒子たる身の程も弁えず、素顔も露わに、〈作者が漫然と医者の術語を用ゐて、これにCasuistica《カズイスチカ》と題するのは、花房の冤枉《ゑんわう》とする所かも知れない〉などと口走ってしまう。今の少花房にとって単なる〈カズス〉、ではないにしても知的青春に繋がる細やかなエピソードに過ぎないとかくもなりふり構わず訴えねばならなかったのは何故かだが、その後に紹介される三つの〈カズイスチカ〉を少花房の認識の変容に係る重大な体験と承知しているのは、語り手たる自分だけであって、少花房の与り知らぬこととする戦略である他はない。つまり、前半の父親発見に到る心理が少花房の意識にのぼったことを語り手が承認する形で呈示されているのに対し、後半の三つのエピソードに托されている心理は、少花房にはそれと意識されることがない、ただ彼の行為を事後的に語ってみせる〈作者〉氏の言表行為が言わずもがなに仄めかすのみなのである、むろんその場合、〈作者〉氏が少花房の潜在意識を見ているのでなければならないが。〈一枚板〉なる命名の背後に極めて合理的認識があると知ったのも未婚の女性の妊娠を瞬時に見抜いた炯眼が〈生理的腫瘍〉なる洒脱な診断《ネーミング》となって現われたのも、少花房にとって取り立てて脈絡のない場当り的な出来事でしかなかったのだけれど、それもこれも、実は老花房の〈詰まらない日常の事にも全幅の精神を傾注してゐる〉心態への驚嘆が少花房の心の奥深くまで滲透した結果生じた一連の出来事と、〈作者〉氏によって報告されているということである。こうした人間把握は、「金貨」(『スバル』明42・9)にその先例を見出すことが出来るものの、[5] 一見無意味で場当り的行為に終始する〈左官の八〉についてその〈閾の下の意識〉を照射することで構造化するというのは、つまりは《豊熟の時代》

の鷗外の小説の方法そのものだったということになるだろうか。それにしても、作品後半が少花房の〈閾の下の意識〉を焦点化しているのだとすると、三つの〈カズイスチカ〉をランダムに並べるというのはそのための方法でなければならない、つまり《意識の流れ》を方法的に受容したと思われる「鶏」（『スバル』明42・8）があえて日録風のスタイルを採る、[6]それと基本的には同じだったと言うことなのだが。

この作品の出だしには奇妙な言表行為が見られる。舞台である〈花房の父の診察所〉を紹介する語り手がまるで口を滑らしたかのように、〈小金井きみ子といふ女が「千住の家」といふものを書いて、委《くは》しく此家の事を叙述してゐるから〉〈省筆〉すると言い出すのである。さらに〈尤もきみ子はあの家の歴史を書いてゐなかつた〉として家具やら柱やらの来歴に言及するという展開をみると、鷗外の妹を登場させて「千住の家」（『スバル』明44・1）を話題にすること自体に意味はなく、いわゆる方便に過ぎないように思える。こういうことが鷗外の作品では珍しくなく、作品という限定を逸脱して身内の誰彼の言説と交響してしまう事態を問題にするのが定石だったとしても、[7]やはり、語り手たる仮構を毀して作者の素顔が露わになっているように見える事態は問われねばならないのではあるまいか。というのも、既述の如く三つの〈カズイスチカ〉を目の前にした語り手がそこではっきり〈作者〉を名乗って登場しているからであり、しかも〈千住の家〉に対する小金井きみ子の認識を訂正するばかりか、それを時間的パースペクティブのもとに開くことでいわば立体画像として呈示してみせるという言表行為は、後半の〈作者〉氏の戦略そのものだからである。要するに、作品構造を壊し兼ねない危険を犯してまでこうした言表行為に走らねばならなかったのは、この小説の戦略について先行表示することがともあれ必要と考えられていたからであって、しかも面白いことに、その同じ語り口で

印象派の画家〈Monet《モネエ》〉の情報がそれとなくリークされてしまうのである。そしてそれが、

同じ池に同じ水草の生えてゐる処を何遍も書いてゐて、時候が違ひ、天気が違ひ、一日のうちでも朝夕の日当りの違ふのを、人に味はせるから、一枚見るよりは較べて見る方が面白い。

とあるように、正に方法に関する情報である以上やはり何らかの先行表示でない筈がない。すなわち印象主義と言えば、伝統的医術に対して〈生活の印象主義者の報告〉なる讃辞を送った上に自らも実践した少花房のものでもあり、それ故〈Monet《モネエ》〉の方法への言及が少花房の思考を照射せずにはおかないとはいえ、より直接には、青春の一時期における少花房の臨床医としての体験の何齣かをただ重ねていくことによって彼の《闖下》で進行した認識の変容を炙り出す作品後半の方法、それそのものを示唆するものでなければならないということである。

（三）

鷗外が印象主義の方法に囚われているのは、同時期に自然主義陣営がそれを問題にしていることと無関係ではあるまい。例えば早稲田文学社の企画になる『文芸百科全書』（明42・12隆文館）を繙くと、「現代日本文学」を解説する中で、次のように述べている。

自然主義には、本来自然主義と印象派的自然主義との二面があるといふことが、島村抱月氏な

どに依つて説かれた。即ちたゞ実験し解剖して報告するものと、自己の主観を挿入して人生現実の事象から意味ある印象を受け、そのまゝに再現しようとするものとの二つである。

と。さらに、〈主観〉とは〈全人格の影〉であって〈私念〉ではないなどという但し書きが付くものの、ほぼ抱月「文芸上の自然主義」（『早稲田文学』明41・1）の主張のパラフレーズといってよいこの言説のどこにも、〈閾下の意識〉を炙り出す方法というニュアンスはない。しかし鷗外の印象主義観を独創と、必ずしも言えないのは、田山花袋『インキ壺』（明42・11左久良書房）所収の「印象派」に似たような発想が見られるからである。初出は同年三月の『文章世界』だが、〈印象派の文芸〉を説明すべく、

眼に見えるものは、行為である。行為だけである。心理は行為を帰納して得来つた結果である。心理は眼を経て互に相通ずるが、眼に映つたものゝ如くしかく明確ではない。人間は立体ではあるが、平面だけで相触れて居て、立体の内部には容易に触れしめない。寧ろ触れ得ないやうに出来て居ると言つた方が好い位だ。

と述べている。問題はこの〈立体を備へた平面〉なる比喩であって、花袋はそれに島崎藤村「印象主義と作物」（『文章世界』明42・8）中の〈複雑の中から来た単純といふ言葉〉を焼き重ねて、〈眼に領略したものだけを描いて、そして心理に触れしめやうとする〉という方法を説く文脈に鋳直してみせる。さらにそれを運用問題に発展させ、〈現象的に見るから自然に連絡がない。従つて長い作でも短篇

に短篇を重ねると言つたやうな形になる〉と述べているとはいえ、やはり藤村の前掲文によく似た主張がある上に、「春」（『東京朝日新聞』明41・4―8）が印象主義的情景を重ねて長編を構成する方法で書かれたことを思うと、花袋の印象主義観には、藤村の思考が相当組み込まれているのかもしれない。しかしどうあれ花袋が描き出す印象主義の方法は、「カズイスチカ」のそれと類縁性を持つと言う他はなく、花袋の思考を、鷗外がそのまま〈閾下の意識〉を炙り出す方法に応用したと言っても強ち間違いとは言えまい。

そもそも文壇復帰以降の鷗外にとって、自然主義が自己の文学的方向を見定める上での試金石であったのは、「青年」や「ル・パルナス・アンビユラン」（『中央公論』明43・6）などによっても窺えるけれども、「不思議な鏡」（『文章世界』明45・1）を見ると分けても田山花袋から目が離せなかったのではないかと思える。役所に出仕していた筈の己の魂がいつの間にか身体を抜け出し磁石に吸い寄せられるようにある書肆に入って行くと、そこには花袋を中心に大勢の自然主義作家が控えていて近作の朗読を要請されるものの、応じられず、嘲笑されるという「不思議な鏡」は、一幅の諷刺的戯画《カリカチュア》のようなものである。舞台が博文館であるのは見易く、それ故〈「文芸唯一之機関」と金文字で題してある大座敷〉とは、〈此座敷の王様〉が〈田山君〉とあるからには自然主義の牙城たる雑誌『文章世界』の寓意《アレゴリー》に他ならず、要するに鷗外は、その『文章世界』より御座敷が掛かったことそのものをテーマにして小説を書いたという次第である。一見、軽妙な諷刺以外何もないようでありながら、自らの作品傾向と自然主義文学観との差異と同一性を〈己の魂〉が正確に見据えている訳だから、むしろ文芸批評を主題化した作品と言った方がいいぐらいである。(8)つまりこうした企図に、取り分け花袋の文学方法を差異化しつつ自らの領域を開拓していく鷗外の戦略を見たとしてもさほど不都合ではない。要するに「カズイスチカ」もそうした戦略のもとで書かれた作品ということなのだが、しかし印象主義の方法的認識をめぐる両者の関係には、それとは別にもう一つ奥深いものがあるように思える。花袋の文学観に彼がその感化を語って止まない《桂園派》最後の歌人・松浦辰男の考え方が影を落としていることは周知の事実ながら、実は松浦の語っているものとは同時代的言説に過ぎず、それ故鷗外にも共有されていたのではないかということである。ともあれ松浦は、天保一四年一二月京都で生まれ、父に伴って出仕した有栖川家で和学・漢学・書道・雅楽・和歌などを修めた人である。その後二八歳の折遷都と共に東京に移住し、やがて修史局に務めて田山実弥登と同僚になる。弟の花袋はその縁で松浦の門人となり、柳田国男も兄の井上通泰が松浦と同門であったことから入門し、彼等若手を中心に《紅葉会》が結成される。当時和歌が文学修業の基本であったため太田玉茗・宮崎湖処子・国木田独歩が次々参集し、新しい文学運動の母胎となったのはよく知られている。[9] 松浦は明治四二年一〇月に六七歳で世を去るものの、その教えがいかなるものだったかというと、例えば『花袋歌集』（大7・7秀英社）の「序」を見ると意外な気がする。〈先生は歌は日記であると言つた〉などと平凡な認識に始まり、〈生活即歌である松浦先生の教は、今日でも私の歌乃至芸術に大きな影響を齎らして来てゐるのである〉と結んでいるからである。花袋にとっていわば文学的青春であった明治三〇年代は、与謝野鉄幹・晶子の《明星》であれ正岡子規の《根岸短歌会》であれ、新派が文壇を席捲した時代であったにも拘らず、松浦はそうした動向に逆行する旧派の最後の歌人として活躍した、つまり彼が作っていたのは、《短歌》ではなくあくまで《和歌》であったと言える。松浦の《和歌》は、それ故と言うべきか平明でかつ無個性なものにしか見えず、文学を個性の表出と見做す近代の文学観からすれば、それは即凡庸と貶められ兼ねない。例えば丸谷才一氏は、近代になって文学史のパラダイムが変り成熟が無視され処女作中心に叙述されるに到った事態に注目しているけれど、[10]それも、個性を立ち上げることが何より重視された結果である。しかし松浦のいわゆる〈歌〉は、そうした個性など一顧だにされないおそらく円環の時間世界のような場で制作されていたのであり、それが、花袋の伝える〈生活即歌〉の意味である。すなわち彼にとって〈歌〉とは、近代芸術観に言う《作品》ではなく正に日常的心態を《調ぶるもの》なのである。言い換えれば一日たりと欠かすことの出来ない精神の営みだったということであり、だから〈歌は日記〉だったのである。

花袋が囚われた松浦の思考の正体とはいわばこうした旧時代のパラダイムだったという次第であり、とどのつまり、物事を〈現象的に見る〉から相互の〈連絡〉がないまま列挙するだけの叙述になるもののそこには自ずと〈心理に触れしめ〉るところがあるというような既述の彼の印象主義観も、たとえ近代主義的言説の洗礼を受けたにしろ、そうした旧時代の思考様式を概念枠に整えられた主張という他はあるまい。そしてその花袋と同じ考え方に立つ人物を「カズイスチカ」にも見出すことが出来る、老花房である。断えず〈生活の目的〉問題に悩まされとあるばかりか、

　始終何か更にしたい事、する筈の事があるやうに思つてゐる。併しそのしたい事、する筈の事はなんだか分からない。

という呟きまで報告されているとなると、少花房がいわば個性を問わずにいられない近代人的心性に囚われた人物であるのは間違いないが、老花房は、まるでそうした心性を嘲笑うかのように〈詰まらない日常の事にも全幅の精神を傾注してゐる〉というのである。少花房は、これが陽明学の泰斗〈熊

沢蕃山の書いたもの〉に説かれている心のあるべき姿に由来するように思っているけれど、要するにこの心態を《調ぶる》のが松浦にとっての〈歌〉なのではあるまいか。そしておそらく、〈作者〉を名乗るこの小説の語り手の思考もそうしたパラダイムのもとにあるので、だからこそ〈Monet《モネエ》〉の連作という手法に印象主義の本質があるかのように見えてしまっているのである。ただ花袋と違ってこの〈作者〉氏がそれをさらに〈閾下の意識〉を炙り出す方法に鍛え上げていったのは、既述の通りである。正に古い皮袋に新しい酒を盛ってみせたと言えようか。むろんそれが鷗外の方法であったと言ってもさしたる不都合はなく、「カズイスチカ」を書く鷗外は、影響関係を穿鑿される前に、先ず花袋と同じ土俵の上に立っている点を問われねばならない、と言うことになろうか。

［注］

（1）竹盛天雄『鷗外　その紋様』（昭59・7小沢書店）
（2）三好行雄『鷗外と漱石　明治のエートス』（昭58・5力富書房）
（3）注（1）に同じ。
（4）蒲毛芳郎『森鷗外　その冒険と挫折』（昭49・4春秋社）
（5）Ⅰ章二節を参照されたい。
（6）注（5）に同じ。
（7）例えば矢部彰『森鷗外　明治四十年代の文学』（平7・4近代文芸社）が、〈『カズイスチカ』は、妹の小金井喜美子がそのわずか一か月前の「スバル」に発表した小説『千住の家』と「可逆自在な通路」

（三好行雄）で結ばれている、と読まれるのが定説のようである〉と述べている。

（8）「不思議な鏡」の〈己〉は、自然主義文壇に〈書くものに「情《じやう》」がない〉と批判されていた。〈情〉の有無が文壇の評価のモノサシな訳だが、ある時〈みじめな生活に安住してゐる腰弁当の身の上を書いて、その男に諦念《あきらめ》の態度を自白させる時、あそびと云ふ事を言つた〉ら、むろん「あそび」（『三田文学』明43・8）を指しているのだが、〈己の自白〉として評価されたと言う。つまり〈情〉がないのではなく、人生への〈諦念〉から〈「あそび」の心持で万事を扱〉っているに過ぎないと見做され、評価されたのである。そこで文壇から御座敷が掛かり〈近作〉を所望されることになるものの、言うまでもなく、〈腰弁当の身の上〉を〈あそび〉に逸らさず吐露すること、要は〈情〉をそのまま書けと要求されているのだ。おそらく〈己〉が奥さんと家計の遣繰りをあれこれ語らう場面に始まり、役所の細々とした収支決算を〈属官〉と行う場面に終わるのも、それ故である。しかし文壇好みのこうした〈みじめな生活〉は、その間に肉体を離れた〈己の魂〉の体験が語られていく以上、正に〈魂〉の抜けた〈蝉脱《もぬけ》の殻の体〉の生活という他はない。それこそが自然主義が描くものの実体なのである。他方〈魂〉は、〈気の利かない体のする事〉など構わず、〈あそび〉の精神を高らかに掲げる。文壇の評価とは裏腹にそれは、〈生活〉に密着した〈情〉など極力排し、観念の世界に遊ぶ精神である。以上、この作品自体が文芸批評になっているという次第である。

（9）兼清正徳『松浦辰男の生涯　桂園派最後の歌人』（平6・6作品社）による。

（10）丸谷才一『日本文学史早わかり』（昭53・4講談社）

三節　四つの〈鷗外小品〉
——挑発する散文詩／詩的散文の夢

《豊熟の時代》の鷗外の文業にあって小品の占める割合は決して軽くない。彼は、この新興の表現ジャンルの生成に与って力があった筈なのに、論者の関心は必ずしも高くはない。おそらく、小品に付き纏う習作的ニュアンスが禍いしているのであろうが、しかし小品は、日露戦後から大正初期にかけて大流行し、多くの作家がその創作に駆り立てられたことを忘れるべきではない。

そもそも小品を立ち上げたのは日露戦後の自然主義文壇であった。合理的科学的文学観に基づいて極めて方法的に書かれるフランス自然主義文学とは違い、日本のそれは、人生の真実に迫ろうとする余り、むしろ形式や方法から自由であることを望んだ。そのため日記や書簡の類いまで文学の範疇に数えられるに到るものの、『欺かざるの記』（明41・10、42・1左久良書房）にしろ『愛弟通信』（明41・11左久良書房）にしろ、国木田独歩の人間的真実がより露わに表出した文学として受容されたのではなかったか。[1] 要するに随筆ないし写生文以上短篇小説未満のような小品も、フレキシブルである分より真実の表現が可能なジャンルと見做されたのかも知れない。鷗外は、「追儺」（『東亜之光』明42・5）で〈小説といふものは何をどんな風に書いても好いものだ〉と〈断案〉を下しているけれど、そういう彼がこういう形式に縛られない小品、いわば自然主義風の小品に関心を抱くのは、よく分る。しかしその後、鷗外の小品への期待値が上がるようで、新たな方法的実験を試みるための散文詩に近い表現ジャンルと考えられていく。日露戦後の詩壇では、口語自由詩への要請が高まり韻文と散文の境界が見えにくくなった結果、散文詩が注目される。その散文詩をジャンルとして立ち上げたのはシャルル・ボードレールであったが、実は彼は、リアリズム文学を支える科学的実証主義に対し想像的世界の自立を主張しつつ、その一方ロマン派の文学とは一線を画し痛烈な批評精神を創作に持ち込んだとされる。そのため自ずと創作と批評の垣根が取り払われいわば脱領域的文学へ傾斜していくと考えられるけれど、彼の散文詩への志向も、それと無縁ではない筈である。

ボードレールの文業への認識は、フランス象徴主義の導入を図る上田敏や『悪の華』（一八五七）に心酔する新帰朝者・永井荷風の活躍によって日露戦後文壇で広く共有されていたとはいえ、本格的受容となると、やはり大正四年以降の東京帝国大学における大塚保治らの講義やそれを受け継ぐ辰野隆『ボオドレエル研究序説』（昭4・12第一書房）の登場を待つ他はない。[2] しかし、ボードレールの逸速い紹介者であるばかりか「花子」（『三田文学』明43・7）で「おもちゃの形而上学」（一八五三）を援用する鷗外であってみれば、新たな表現ジャンルとして期待した小品を散文詩風のスタイルに変えたことには、何か深い結縁がなければならないように思う。

（一）

もしかして鷗外は、初めから文学ジャンルなどに縛られていなかったのであり、既述の「追儺」の

〈断案〉もそういう意味に受け取ってもよいのかも知れない。例えば「大発見」(『心の花』明42・6)であるが、〈群書を渉猟しているうちに、ヨーロッパの白皙人種も鼻糞をほじくるということを発見したというもの〉[3]などとその趣旨が紹介されている作品を、どう受け止めたらよいのか。先行論でも、〈「小説」のかたちをとった諷刺を含む評論〉[4]とか〈戯作といってもよい、気楽な、軽い味はひのもの〉[5]といった極めてアバウトな捉え方になっているものの、要するに随筆か、せいぜい小品と見るのが適当であるように思える。それかあらぬかこの作品には長い前口上が付いていて、〈発見〉という主題について滔々と弁じている。いわばそれは、世の隠された真実を〈掘り出す〉ことで発明とは似而非なるものだけれど、ただその〈発見〉が重要か否かは客観なる概念が曖昧である以上〈僕〉の〈主観〉によるより他はない、要するに〈僕〉にとって〈大発見〉ならそれでよい、と。これが〈僕〉の体験譚の準拠枠になっていることは見易いが、大切なのは、瀧本和成氏も示唆するように、田山花袋「主観客観の弁」(『太平洋』明37・9)などの、恣意的〈小主観〉の対極に措定し得る〈大自然の主観〉を概ね客観と見做すが如き思考への批判が内包されている点である。[6]つまりこの作品の前口上そのものが文学論を企図しているのであって、それに続く〈僕〉の体験譚もそう読まれることを要請されているのではあるまいか。

ところで〈僕〉は、真実の〈掘り出し〉の例に〈坪井正五郎〉や〈僕の弟〉こと小金井良精の考古学的発掘を持ち出している。この二人は、明治二〇年代の考古学会で争われた《日本列島先住民族論争》の立役者で、コロポックル説を唱える坪井とアイヌ説に立つ小金井の間で激論が交わされた。[7]いずれにしろこうした考古学によって、明治国家のイデオロギー的支柱たる建国神話が揺さ振りをかけられていることは疑いなく、《五条秀麿もの》を通して神話と歴史が混乱する明治近代の暗闇に切り込んでいく鷗外にとっても無関心ではいられなかった筈である。つまりは、この二人の〈掘り出し〉が明治国家の根幹を揺るがし兼ねない〈大発見〉たり得ることを示唆している訳で、〈僕〉の発見譚の先行表示であることは言うまでもない。

さてその発見譚だが、詳述すれば、かつて〈洋行した時〉ベルリンの〈公使S.A.閣下〉こと青木周蔵特命全権公使に〈人の前で鼻糞をほじる国民に〉〈衛生学〉など無用であると言われたのを、二〇年間こだわり続けた〈僕〉が、ついに〈グスタアフ・ヰイド〉なるデンマーク作家の〈「手紙の往復」と題した短篇〉に〈欧羅巴人の鼻糞をほじる〉場面を発見し、青木公使に認識の訂正を迫ろうと考える話である。この話で見逃せないのは、〈僕〉が留学生たる我が身を〈椋鳥〉と称し、のみならず態々自分が〈官名を持つてゐ〉ることをアピールしている点である。つまり〈僕〉は、青木公使と自身をいわば正官と稗官という関係性で捉えていると言ってよく、例えば青木公使を〈宮廷のイントリグ（注―陰謀）や戦争の勝敗なんぞばかりを書く〉すなわち〈正史〉を〈書くのが忙し〉いと語っているのが何よりの証拠である。思えば〈僕〉が〈大発見〉として語る真実は《稗史》に他ならない筈で、要するに〈僕〉は、青木公使の〈正史〉的言説を訂正し補完すべく〈欧羅巴人の鼻糞をほじる〉か否かを探り出そうとしていたのである。むろんそれが日本における〈衛生学〉の必要性に係る大問題と思うが故に〈大発見〉なのである。

この《稗史》をもって〈正史〉を撃つというのが、坪内逍遙『小説神髄』（明18・9―19・4松月堂）の言う〈稗官者流〉を持ち出すまでもなく近代の小説家の立ち位置であるのは見易いけれども、あるいは、田山花袋の主張する〈大自然の主観〉など〈正史〉の境位であって《稗史》のものではないとの含意も込められているのかも知れない。ともあれこの作品が文学観を主題にしている点は、疑いようもない。

（二）

「電車の窓」（『東亜之光』明43・1）は、散文詩風の小品に進化しているようで、その創作に音楽的要素を持ち込んでいることが既に指摘されている。(8) またこの作品は、走る電車の車内を舞台としたモダンな感覚の小品であるが、その概要紹介を示せば、

ある冬の午後の市内電車の中、同じ停留所から乗った美しいが寂しげな女を、主人公は「鏡花の女」だと思う。車外に過ぎる街の光景を眺めながら、女の身の上を、それからそれへと想像する。

というだけの軽いスケッチにしか見えない。(9) しかし作品の展開を仔細に窺うと、停留所から車中に場面が切り替わる上、その通り過ぎる車外の光景も途中で大きく様変りしていることが分る。しかもそこに、同乗の〈女〉のイメージの反転が仕掛けられている節があるとなれば、この「電車の窓」は、起承転結風の構成を具えた本格的な散文作品と見做さざるを得ないのではあるまいか。むろんそこで問われているのは、〈僕〉と〈女〉の関係である他はなく、例えば〈ある薄暗い駅の待合室で、顔も判然としない女の身上話を聞く〉という鷗外の翻訳作品の一つ、リルケ「白」（『趣味』明43・1）の影響を見て、〈いわば霊の対話〉を描いた作とする説がある。(10) しかし竹盛天雄氏がつとに指摘するように、

これは語り手の〈僕〉のモノローグであって、描かれた〈女〉の心理なるものも要するに〈視る人の内部を投影したもの〉に過ぎない。[11] いったい鷗外はこんな好い気な男の心情に何を托しているのであろうか。

先ず停留所の場面を見ていくと、初め〈俯向き加減になつて、両袖を掻き合せて〉いた〈女〉が、〈車〉に驚いて〈顔〉を上げたため、〈僕は女の顔を見〉ることが出来たばかりか〈女の目も始て僕といふものの存在を認めた〉とある。そしてそれを機に〈女〉の〈この目がこんな事を言ふのである〉として彼女の人間不信に満ちた心内が報告されていくことを思えば、正に心の窓たる〈目〉を通路に二人の〈霊の対話〉が交わされていくかの如くである。しかし〈僕〉が受信した〈女〉の人間不信の思いというのはおそらく誤解であって、実は、

ふいと横町から自動車が飛び出して来て、ぶつぶつぶつと、厭な音をさせて線路を横ぎつて行つた。／青い、臭い烟がきれ〴〵にその跡に残る。

という突発事が起ったため〈女が一足二足退〉くとある以上、それに対する不快感の表情であった可能性が高い。ところが彼女との〈霊の対話〉が成り立ったかのように錯覚した〈僕〉は、車内にあって終始〈俯向〉いている彼女のわずかな仕種を糸口に〈女〉のイメージを増殖させていく。〈髪の油の匂〉が〈鏡花の女〉なる想像を掻き立てたかと思うと、窓外を行進する賑やかな〈倶楽部洗粉の広告隊〉に無関心な様子を見ては〈その姿勢がこんな事を言ふ〉としてその憂鬱な身上話が脳裏を掠めるといった具合である。

〈僕〉は、〈鏡花の女〉を彼女の実像の如く思い込んでしまっている節があるが、ところが〈或る町の角を電車が鋭く曲つ〉て〈風〉が吹き込むようになったため、慌てて〈窓を締めようと〉して締め倦む彼女に手を貸したのを機に、初めて〈女〉の肉〈声〉を耳にし、その〈瞳〉を通してこれまでと真反対の人間的信頼に溢れたメッセージを受け取ることになる。もっともその信頼は、〈僕〉の〈報〉を求めぬ好意の賜物という首を傾げざるを得ない話なのだけれど、ただし〈僕〉がそう受け取ったのは訳があり、その肉〈声〉が〈思の外に力のある、はつきりした声〉であったのみならず〈不思議な事には、それまで俯向いてばかりゐた鏡花の女が、頭を擡げてゐた〉のに気付いたからである。ところが、そこにまた誤解があり、それまで暗く寒々としていた車内が〈繁華な通り〉に入った途端〈電車にぱつと明りが附いた〉とあることを、忘れてはなるまい。それが〈頭を擡げ〉た理由であって、〈女〉に何か心境の変化が起きた訳ではない。要するにこの作品は、その折々の状況の変化に応じているに過ぎない〈女〉の表情や様子を深読みした〈僕〉の、好い気な想像を廻らす点が問題になっているのではあるまいか。もはや単なる妄想と分り切っている〈鏡花の女〉なるロマンチックな呼称に最後まで拘泥する〈僕〉の姿は、不毛としか言いようがない。

ともあれ、「電車の窓」で語られた〈女〉とは、他者の眼差しによって自由な主体を奪われたサルトルの所謂《対他存在》に違いなく、[12]繰り返すまでもなく語り手の〈僕〉が他者の心内に迫っている訳ではない。この〈僕〉に作者鷗外を重ねる自由が許されるなら、心理分析なる方法に振り回される近代リアリズム小説家をややアイロニカルに演じていると言えるのではあるまいか。つまりこの小品は、文学批評をテーマにした作品なのである。

実はこの同時期に、鷗外はもう一篇、「杯」（『中央公論』明43・1）と題する小品を発表していて、しかも〈「一行一文」という短いセンテンス〉で構成され、〈散文詩風のスタイル〉[13]がより徹底された作品になっている。いかにもメルヘンタッチなその内容は、例えば、

七人の美少女が、「自然」と銘のある銀の杯で泉の水を飲む。そこに第八の少女がきて、粗末な杯で水を汲む。七人が自分たちのを貸そうとすると、娘は沈んだ。しかし鋭い声で、「わたくしはわたくしの杯で戴きます」と答える。自然主義にたいする鷗外の態度が寓されている。

という風に紹介されている。[14] 先行論にあっては、概ね〈七人〉の日本人少女を焦点化し、前掲文のようにそこに自然主義文学の寓意を見ることで衆議一決しているように見えるとはいえ、中にそれをスバル七連星と受け取りいわば雑誌『スバル』同人の比喩とする説もある。[15] しかしこの作品はどう考えても、〈七人〉の日本人少女と〈第八〉番目に登場する〈西洋〉風の少女の対照性が問われているように見える。すなわち日本人少女等が〈七人〉共〈お揃〉の恰好で現われ、しかも全員〈自然〉の〈二字の銘〉が刻まれた〈銀の杯〉を持っているのに、〈西洋〉風の少女の方は、人に嗤われる〈火の坑から流れ出た熔巌の冷めたやうな色〉の粗末な〈小さい杯〉しか持っていない。そしてその〈銀の杯〉で〈清冽な泉〉を汲む日本人少女の振舞いが、結果が〈分つてゐ〉ても〈酸漿〉を小川に投げ入れずにはおれない行為に見え隠れしている彼女等の形式主義的傾向に照らして、自然を自然概念の枠内でしか見ようとしないイデオロギッシュな思考の寓意であるとすれば、〈西洋〉風の少女のそれは、その眼が〈永遠の驚を以て自然を覗いてゐる〉とあるように、正に熱い心そのものの器で自然そのままを汲み取ろうとする行為の寓意と言う他はない。

こうして見てくると、〈七人〉の日本人少女の行為は、かつて夏目漱石「人生」（『竜南会雑誌』明29・10）が、近代リアリズム文学を〈『サイン』『コサイン』を使用して三角形の高さを測ると一般〉と批判したことを思わせる。特定の文学観なり創作方法なりに縛られた文学の不毛さを見据えた上での批判に他なるまいが、それ故他方の〈西洋〉風の少女の振舞いには、自由な心態で対象に迫る文学への志向が託されていることになり、「追儺」の〈小説といふものは何をどんな風に書いても好いものだ〉という〈断案〉の変奏と見てよいかも知れない。そしてもしそういう自由さを小品に求めたということであるなら、「杯」は正に、小品のオマージュの小品である他はない。

あるいは、〈七人〉の日本人少女が〈真赤なリボン〉や〈藍色〉の着衣に〈赤い端緒〉の草履という派手な身支度であるのに、〈西洋〉風の少女はあくまで地味な装いという点に着目してみてもよい。その代りこの〈西洋〉風の少女が〈琥珀いろの手〉〈青い目〉〈黄金色の髪〉の美しい身体の持ち主とされていることを思うと、日本人少女等は、単に美しく装っているだけのこと、つまり内田魯庵『社会百面相』（明35・6博文館）で言う〈鍍金ハイカラ〉と同類のように見える。しかもその言説は国木田独歩「紅葉山人」（『現代百人豪第一編』明35・4新声社）の〈洋装せる元禄文学〉の如き文学批評に変換可能となれば、要するにこの小品には、日本の近代文学が鍍金近代文学に過ぎないとのメッセージが込められているとみてよいかも知れない。

（三）

さて、文学観がテーマの「大発見」、やはり文学批評を主題化する「電車の女」、さらに小品のオマージュたる「杯」と、いずれも創作と批評が一体不可分の斬新な文学内容になっているばかりか、次第に詩的散文のようなスタイルに整えられていくとなれば、鷗外は、ボードレールなどのフランス象徴主義の思考や方法を受け止めていたとしか思えない。少なくとも彼を小品に駆り立てているのが単に脱領域的文学の自由さなどではなく、いわば芸術性と思想性という文学における両面価値的な要素の止揚であったことは、続く「桟橋（写生小品）」（『三田文学』明43・5）を見ればよく分る。

「桟橋」は、態々〈写生小品〉なるコメントを添えて発表された珍しい作品であるけれど、それかあらぬか、〈桟橋が長い長い〉という象徴的にして律動的なフレーズを五回に亙ってリフレーンされるのみならず冒頭と結尾に配し呼応させるといった具合に、より韻文的性格を強めている。またその内容にしても、一見すると〈フランス船でロンドンへ発つ夫を見送りにきた妻の別離を描く〉[16]というだけのさりげないスケッチのようでありながら、実は、夫を見送るべく〈長い〉〈桟橋〉を歩く往路とその帰りの復路とが細かい点までシンメトリックになるよう工夫されている。しかもそれが妻の心境の変化に大きく係っているとなると、こうした仕掛けを単なるレトリックと見過ごす訳にはいくまい。

先ず、往路にあっては、何より発話主体の曖昧な文体が目に立つ。例えば、

桟橋が長い長い。／右にも左にも大きい船が着いて居る。黒く塗つたのもある。褐色に塗つたのもある。／着いてゐる船は風の垣をしてゐる。船のある処を離れる度に、冷い風がさつと吹いて来て、吾妻コオトの裾を翻すのである。

といった調子で、要するに人称代名詞がないために、これがナラティブなのか視点人物プロパーの描

写なのか分らぬまま出来事が進行していく。それ故竹盛天雄氏が次のように言うのも、頷けないではない。(17)

ここで鷗外がとっている方法は、自分の目で補足した情景に夫人の心理を冠して接木をなし、一つの心象風景として示すというやり方であった。

と。作中の情景描写が夫との離別で胸が塞がる思いでいる妻の視点で捉えたものとしては余りに細やかであるから、こういう見方が出てくるのであろうが、既に「半日」（『スバル』明42・3）で、語り手の眼差しが視点人物のそれに潜在化する文体を考案していた鷗外にしてみれば、(18)こうしたやり方は御手の物であったろう。ともあれ問題なのは発話主体を同定できない点であり、つまりはそういう文体が客観的写生文を装うべく必要であったとの予想が付かないでもない。そのため主体を消し去られたに等しい視点人物の妻は、まるでその代償のように、〈夫の胤を宿して、臨月の程遠からぬ体〉とか〈夫の二人目の胤を包んだ体〉といった、いわば自己を《他有化》(19)された認識に囚われ出す。こうした自己疎外は、希望に燃え〈新しく為立〉た服を着て、〈ずんく〵〉先を歩く様が繰り返し強調される夫との関係において齎されたことは言うまでもないが、それ故妻も、身も心も重く〈徐かに跡から附いて行〉く様子が繰り返し描かれ、のみならず〈皆悄然としてゐるやうに見えるのは、思ひなしであらうか〉という嘆息や残される身にとって〈船の給仕女〉や旅の〈猶太人〉〈も羨まし〉く思う焦心にまで触れられていく。既述の〈桟橋が長い長い〉というリフレーンのうち四回までが往路に置かれているのも、遣瀬無い妻の心象表現としての役割を担っているからに他ならない。ちなみに結尾に置かれた分に意味はなく単に形式的整合性に基づくものであることは、繰り返すまでもない。

ところが、復路になると、〈夫の胤を宿し〉た〈体〉なる自己を《他有化》された認識が消え、代って〈自分〉なる一人称代名詞が八回も顔を出す。これが主体性の回復である証拠に、この復路にあっては、別れを惜しむ人々に対して彼女は〈自分にはそんなはしたない真似は出来ない〉と繰り返すばかりか、一転して夫との立場の違いを言い立てるようになる。

夫と子爵とは舷に立つて見下してゐられる。こちらは傘の下から見上げてゐる。

夫と子爵との立つてゐられる処と、自分の立つてゐる処との間に、Parallaxe（注—視差）の差が生じて来る。

といった認識だが、その結果〈自分の目が、次第に大きく大きくなるやうな心持がする〉との思いを繰り返し述べていく以上、その認識が文字通り見る主体の定位であることは疑うべくもない。彼女の眼差しが〈人の別離〉にだけではなく、帰国に浮き立つ仏蘭西の少年にまで及ぶのも頷ける。復路における妻は、同じく〈四五人の女中に取り巻かれて歩〉んでいても、〈自分は徐かに踵を旋らした〉という表現が示唆するように、もはや夫に盲従しその不在に狼狽するような〈自分〉を持たない女ではない。それ故船が出航した後の海面が相変らず〈日の光を反射して〉いるのに、往路のように〈黒い波〉ではなく〈耀いて〉見えるのも、彼女の心境の変化の反映に他なるまい。

要するに「桟橋」は、構成や表現などの形式的な側面が可能な限り韻文仕立てになっていて、いわば散文詩に著しく接近しているにも拘らず、その一方で、人称代名詞の巧みな操作によって一人の女の精神的自立を描くある意味の心理小説に成り果たせていると言える。すなわちこの小品は詩的にして小説的な極めてアンビバレントな作品のように見えるのだけれど、しかしそれは、見方を変えれば、芸術性と思想性が一体不可分な新しい文学ジャンルが登場したとも言えるのではなかろうか。ボードレールなどの促しもあって、小品に新しい文学の可能性を見出そうとしていた鷗外にとって、「栈橋」は、その究極の一作であったのかも知れない。

［注］

（1）拙稿「「余は如何にして小説家となりし乎」の記」（『新日本古典文学大系明治編28国木田独歩　宮崎湖処子集』平18・1岩波書店）を参照されたい。

（2）矢野峰人「日本に於けるボードレール」（『矢野峰人選集2比較文学・日本文学』（平19・8国書刊行会）。ちなみに鷗外がボードレールに言及しているのは、鷗外訳・オシップリ＝シューピン作「埋れ木」（『しがらみ草紙』明23・12）においてである。

（3）竹盛天雄編『森鷗外必携』（平2・2学燈社）

（4）大島田人「鷗外の小説「大発見」と璉馬の作家グスタフ・キイドとの交渉」（『明治大学教養論集』昭50・1）。ちなみにグスタフ・ヴィーズ（一八五八―一九一四）は、デンマークのユーモア作家であり、辛辣な諷刺小説や戯曲を多く書いている。

（5）小堀桂一郎『森鷗外　文業解題（創作篇）』（昭57・8岩波書店）

（6）瀧本和成『森鷗外　現代小説の世界』（平7・10和泉書店）は、〈花袋の主観論や平面描写の主張と対応する〉として、「作者の主観」（『新声』明34・8）や「『生』に於ける試み」（『早稲田文学』明41・9）の一文を引用している。
（7）拙稿「〈遠近法〉の時代—森林幻想と「高野聖」と」（『稿本近代文学』平9・12）を参照されたい。なお沼田頼輔『日本人種新論』（明36・1嵩山房）が手際よく論争を整理している。
（8）錦織なな子「森鷗外における「耳」の表現—その戯曲、小説に響く「音」—」（『富大比較文学』平23・12）は、頻繁な文章の改行と合間に挟まれた電車の音が走る電車のテンポを演出している、と述べている。
（9）注（3）に同じ。
（10）清田文武『鷗外文芸の研究　中年期篇』（平3・1有精堂）
（11）竹盛天雄『鷗外　その紋様』（昭59・7小沢書店）
（12）サルトル『存在と無』Ⅱ（松浪信三郎訳、昭33・2人文書院）
（13）稲垣達郎「鷗外の現代小説」（『稲垣達郎学芸文集』昭57・4筑摩書房）
（14）注（3）に同じ。
（15）山田晃「「杯」異説」（『青山語文』昭51・3）
（16）注（3）に同じ。
（17）注（11）に同じ。
（18）小泉浩一郎「森鷗外『半日』—癒着する〈語り〉—」（『解釈と鑑賞』平3・4）
（19）木村敏『自己・あいだ・時間』（昭56・10弘文堂）。吉田凞生「近代文学における身体—「舞姫」を中心に—」（『文学における身体』昭59・12笠間選書）は、例えば太田豊太郎が〈まことの我〉という自覚を持ちながら、エリスへの愛か国家的使命か決定不能の状態に陥ってしまう点について、木村敏の概念を援用しつつ、彼は単に西欧の自由な大学の風に〈他有化〉されていたに過ぎなかったのだ、と説いている。

Ⅲ章　鷗外短篇論3——文化的社会的文脈《コンテクスト》の中で

一節　「有楽門」論
――日比谷焼打ち事件と〈群衆心理学〉言説

いわゆる《豊熱の時代》の森鷗外の文業を見究めようとする時、主に作品集『涓滴』（明43・10新潮社）に所収されることになる多くの小品の存在を見過ごしにはできない。しかも同じ頃に翻訳小品文を集めて『現代小品』（明43・10弘学館書店）を編んでいるとなれば、このジャンルへの鷗外の関心の高さは疑うべくもない筈なのに、これまでさほど問題にされた形跡がない。この問題に関する私見は既に前章で示しているとはいえ、同時代の文学言説を参照することでさらに別の可能性が見えてくるのではあるまいか。ところがこれまで鷗外小品への言及というと、要するにそれを〈小説とも随筆とも〉つかぬものと見做す千葉俊二氏の、

個別ジャンルのもつ安定性や自明性によって思考が定型化されることを拒み、すでに成立している形式のもつ専門性や硬直性から抜け出して、あくまで自己の思考の運動やリズムのままに表現する

試みなる見解を知るのみである。[1] それかあらぬか、木下杢太郎に〈テエベス百門の大都〉[2]と称えられたこの時代の創作の華やかさの陰で、その多くは、ともすれば島崎藤村の「壁」（『早稲田文学』明41・10）や「一夜」（『中央公論』明42・1）そして「芽生」（『中央公論』明42・10）の如き大作『家』（明44・11自費出版）の先行スケッチレベルくらいにしか見られてこなかったように思える。そしてそうした評価を促しているのが何より小品なる言葉そのものであったことは、術語解説の類いを並べてみるとよく分る。生田長江・森田草平・加藤朝鳥共編『新文学辞典』（大7・3新潮社）では、

小品物〔Sketch〕一寸した事柄を書きたる短き文章、即ちただ漫然と自己の心に触れし自然とか事物とか感想とかを書きしものにて、特別に定まりたる形成等なし。

という風にスケッチと同一視されていて、後の長谷川泉・高橋新太郎編『文芸用語の基礎知識』（昭54・5至文堂）でも〈西洋文学のスケッチと同系統〉としている。また阿部知二・野間宏編『現代文芸用語事典』（昭42・3河出書房新社）のように〈短篇小説よりも一歩手前のもの〉とより露骨に定義している例もある。

しかし、日露戦後から大正初期にかけていわば小品隆盛期においては、スケッチ（写生文）レベルを超えて独自の文芸ジャンルとしてあった。そのブームは明治三九年三月博文館創刊の『文章世界』に〈小品文〉欄が設けられた頃に始まるが、『小品文集』全四冊（明41・12―45・7新潮社）や『小品叢書』全七冊（明42・1―43・1隆文館）、さらに『現代小品叢書』全六冊（大2・5―11忠誠堂）などの企画が打ち続く事態を思えば、正に小品の時代であったとでも言う他はない。[3] そしてその小品が

いかなるものであったかというと、例えば小品作家の第一人者であった水野葉舟が代表的小品集『響』（明41・12新潮社）や『森』（明45・7新潮社）の〈序〉で繰り返す如く、形式の打破や自由な表現にその持前があるのだとすれば、当時文壇の主流を占めた自然主義文学と無関係であろう筈もなく、両者の消長が軌を一にしているのも従って偶然ではない。折しも葉舟は『愛の書簡』（明43・5春秋社）・『日記文』（明43・11文栄閣春秋社）・『小品作法』（明44・7春秋社）を次々に編集刊行し、それを《新様式文範》三部作と称していた。日露戦後の文壇を席捲した自然主義文学は、佐伯彰一氏の言葉を借りれば〈脱制度の文学〉[4]であることを本質としていたと言えるが、それ故日記もそこに見出される自照性を特権化する形で文学の仲間入りを果たし、書簡は書簡で人生の隠された真実なる意味作用を前景化することをもって文学と認定されるに到った。小品もつまりは、その同じ文脈において文芸の一ジャンルへと昇格を遂げたことを葉舟の文業は物語っている。おそらく無理想無解決の人生を表現すべく最適の器と考えられたのであろうが、そうした想定が誤っていないことは他ならぬ鷗外の「不思議な鏡」（『文章世界』明45・1）によって窺える。この作品は、長い間自然主義文壇に排除されてきた鷗外が、「あそび」（『三田文学』明43・8）において偽らぬ自己を告白したと評価され自然主義文学の牙城たる『文章世界』より御呼びが掛かった事態そのものを寓意的に描いた小説であるけれど、葉舟の「幻覚」（『文章世界』明44・12）が掲載に到った経緯も全く同一であったことを次のように皮肉まじりに描いているからである。

去年の暮には、己を大そう嫌つてゐる水野君の魂が吸ひ寄せられたさうだ。ぞつとするやうな、凄い、情の有り余る魂である。

と。自然主義文壇に迎合するような葉舟の仕事振りをじっと見据えている鷗外の様子が窺えるものの、のみならず鷗外の小品が葉舟一流のそれと異なっていたであろうことも容易に察せされる。

文壇復帰後の彼の創作活動は、文学の多様な可能性を追求し《豊熱の時代》を築きあげていくものであったとはいえ、その半面、自然主義文壇に対して唐木順三風に言えば《戦闘的啓蒙》活動を繰り返していたことは、「不思議な鏡」によっても窺える。その鷗外が同時代の文学のある意味で最前衛を担っていた小品を何の問題意識もないままに書き続けていたなどとはとうてい考えられない。前章でも述べたように、形式性から自由である分極めて断片的な表現世界しか齎さないように見えるこの新興の文学ジャンルを、むしろ逆手にとって、既存の小説や詩とは異質な表現方法を求めて鍛えあげていったことは疑いない。

（一）

文壇復帰を睨んで書かれたに違いない二つの文語体小品の一つ、「有楽門」（『心の花』明40・1）は、最近編まれた鷗外文学のアンソロジーで小品として唯一選ばれている。いったいどんな魅力を見出されて採録されるに到ったかというと、川本三郎「解題・もうひとりの鷗外を追って」を見る限り〈東京の町を走る路面電車の混雑ぶりを通して普請中の国家の一面を描いている〉[5]ということでしかなく、何やら拍子抜けである。これでは名高い短篇小説「普請中」（『三田文学』明43・6）を書く作家の文字通りのスケッチにしかならないからだが、むろんこれまで独立した作品として読まれてこなかった訳ではない、例えば竹盛天雄氏は次のような読みを提出している。[6]

> 大祭日の夕、三田から来た電車が日比谷公園有楽門停留所にとまり、そこで乗客と車掌の間で演じられたほんの数分間の情景が、喜劇的にとらえられている。乗客二十人あまりが乗ろうとするのを、まだ乳臭い小倉服の車掌が、その「権能」を発揮してなかなか乗せてくれない。業を煮やした乗客が前の口の運転手の側から奇襲戦法で乗り込み、順繰りに後に詰めていって満員になってしまうと、車掌は満員の赤札を出して発車の合図をするという話である。／鷗外は「公認せられたる法規」を楯に取って、「杓子定木」を執行して澄ましている無邪気な制服的人間の度しがたさを、ほとんど歎息をもらさんばかりに見詰め（略）。その視線は「遑しげなる下女」に背負われて、「前よりの混雑の状《さま》を、演劇見る如く面白がりて見やり、円《まる》く眸《みひら》きたる黒き目を輝かし居たる」「小き日章旗持てる四歳ばかりの童部《わらべ》」のそれに紛れ込んで、まじまじと凝視しているようだ。

こうした読みはその後も再生産されていくようで、古郡康人氏も〈必ずしも完全とはいえない法規を頑なに遵守することが〉むしろ〈混乱状態をもたら〉すことを〈問題提起している〉と述べている。[7]いずれにしろ〈車掌〉の行為のみ見ようとしていると言う他はなく、これでは作品論にならないと思うのは、その〈車掌〉が〈乳《ち》の香まだ失せぬ小男〉であるのに対し〈乗客〉の代表格とも言うべき〈四十代の職人めきたる男〉が〈丈高く肉緊《しゝま》り目鋭き〉〈世馴れたる男〉と設定されていて、その対照性が作品全体のフレームになっているからである。だから〈車掌〉の〈杓子定木〉すなわち〈公認せられたる法規の保護の下に、己が権能を行ふ〉が如き態度も、〈この世馴れたる男、いかでか小忿《せふふん》の為めに利害を忘るることあるべき〉と評される職人体の乗客と真反対の心態を指示するものでなければならず、正に〈芝居めきたる姿勢〉、つまり権力体質なのではなく単に子供っぽい虚栄心に囚われているに過ぎないもののように見える。彼の規制を無視して乗客が乗り込んだにも拘らず平然と発車の合図をしたり、それを乗客の〈小僧〉に嘲られても〈かかる品卑しき戯言《ざれごと》に借すべき耳は持たじといひたげ〉に澄し込んでいるのも、それなら理解できよう。

ともあれ〈乗客〉の分析が必要不可欠であるものの、注目されるのは、職人体の男や小僧のような主要な登場人物がその与えられた役割を演ずるに先立って、多くの乗降客が必ずしも背景的人物という訳でもなく描かれていく点である。すなわち〈肥え太りたる老媼《おうな》〉が〈大なるべき袱包《ふろしきづゝみ》を擁へ〉〈あなもどかし、百忙の中《うち》に袱の結目の弛《ゆる》みたるを締め直さんとあせりた〉る様子であるかと思えば、〈麦酒《びいる》の広告に画ける如き腹したる男〉も〈後の口に立ち留まりて遽《にはか》に乗替切符を求め〉て愚図愚図するといった調子であるものの、のみならずさらにこうした行き届いた観察がいかなる興味に基づくものなのかを指示するかのように冒頭で彼らを〈群衆《ぐんじゆ》〉と称してみせるが故、無視できないのである。この〈群衆〉こそ日露戦後に到来する新しい時代そのものと言ってよく、その点について鷗外がいかに自覚的であったかは、正にその〈群衆〉なる表記自体が端的に物語ってくれている。すなわち《群衆》はこの頃、群集と区別されいわば術語的に使われた節があるからで、例えば井上健氏が次のように述べている。[8]

> 大槻文彦『言海』（明治二十二年）には「群集」のみが掲げられていて「多人数、群ガリアツマレルコト」と定義されていた。これに対して、落合直文『言泉』（明治三十一年）と上田万年『修訂・大日本国語辞典』（大正四年）はともに、「群集」を「群れあつまること」のように動名詞的に、「群衆」を「群り集りたる人」のように集合名詞的に説明している。さらに落合直文『改修・

言泉』（大正十年）では、この二語が同義であるという情報が付け足される。（略）明治後半に、「人」にアクセントを置いた集合名詞的な「群衆」が浮上してきて、大正中期にはそれが「群集」と同義と目されるに至る

と。要するに《群衆》とは群衆心理に囚われた群衆の謂いに他ならないが、そもそもそうした群衆が現われたのはフランス革命においてであった。そのため群衆研究をリードしたギュスターヴ・ル・ボン『群衆の心理学（Psychologie des foules）』（一八九五）においてもフランス革命は重要な分析対象になっているけれども、何より産業革命後の劇的な社会構造の変化、都市化工業化を重ねた末にゲマインシャフトからゲゼルシャフトへと変容した近代社会のいわば最も原理的な人間概念の一つとしてクローズアップされていく。それはまた、ルソー流の天賦人権説によって見出された《民衆》や社会主義言説によって新たな権力主体として立ち上げられた《労働者階級》などと問題系を等しくしつつも、全く異質な概念化であった。群衆はそれ自体が独立した有機体のようなものであり、群衆心理なる術語が示唆するように人がそれの細胞であるかの如き心態に陥る事態を言う。それかあらぬか群衆的現象は、デモクラシーを志向する近代社会の常に裏面であり続け、いわゆる理性の下に潜められた感情のような役割を演じていくことになる。

群衆への眼差しはやがて群衆心理学の生成を促すとはいえ、当初その担い手はフェリーやシゲーレといったイタリアのチェーザレ・ロンブローゾ門下の社会学者であった。近代犯罪学の父たるロンブローゾはパトグラフィーの歴史に大きな足跡を残し、明治末から大正期の文壇に並々ならぬ影響を与えたことでも知られているものの、要するに群衆研究は、そうした犯罪社会学の一分野として始めら

れたということである。その後、フランスの社会心理学者ガブリエル・タルドや既述のル・ボンに引き継がれるなかでようやく学問としての内実を備えるに到ったのは、よく知られていよう。ただし我が国ではル・ボンの影響が圧倒的で、既に明治三〇年代において〈育成舎の「心理書解説」中に掲げられたる者もあり、早稲田専門学校の「名著梗概」とかの中にも抄録したるもの〉(9)があり、それぞれ流布していたようだが、その全訳『群衆心理』も非売品ながら明治四三年一二月大日本文明協会より編集発行されている。それに対しほぼ同時期のタルドの著書『輿論と群衆（L'Opinion et la Foule）』（一九〇一）の方は、昭和三年三月にようやく赤坂静也訳が刀江書院より刊行されている。両者の受容にかなりの温度差があったことは疑問の余地がない。

さて、ル・ボンらの研究の背後にフランス革命の衝撃があったのと同様、我が国においても、日露講和反対の民衆暴動いわゆる日比谷焼打ち事件の衝撃が群衆問題の端緒を開いたかの如く考えられて来たのではあるまいか。しかしその最初の纏まった研究とも言うべき谷本富『群衆心理の新研究』（明41・4六盟館）を見ると必ずしもそうではない。この書は、初め『大阪毎日新聞』に明治四〇年一一月三日より二か月に亙って連載したもので、内外において続発する暴動や紛擾の原因追及を思い立った編集部が当時この方面の有識者であり京都帝国大学文科大学教授に赴任したばかりの谷本富博士に乞い、その口述を筆記したいわば概説である。しかし谷本には編集部とは別に関心の所在があったようで、次のように述べている。

回顧すれば自分が今より十六七年前大学を出でゝ始めて某地方高等中学校教授を奉職したりし時に於て、忽然激烈なる学校騒動に遭遇せしことあり、その時の実験に依れば平素個人としては極めて温厚着実にして品行も相応に方正なる学生が騒動に際しては随分乱暴に立振舞ひ居るを目撃し私に一種不思議の感を抱き居たり、斯る次第なるを以て先年仏国に留学するや教育学教育制度等研究の傍、先づ民族心理学を修め、更に転じて群衆心理学に入りルボン氏シゲーレ氏などの書籍は勿論、タルド氏の講義にも傍聴したることあり、更に伊太利に留学してより一層深くこれを研究せり

と。谷本は明治二三年九月より四年間山口高等中学校に勤めていて、その折に彼が体験した〈学校騒動〉は、明治三〇年代に入って社会現象となり、明治三八年には全国各地の学校で紛争の嵐が吹き荒れる事態に発展するに到った。折しも信州の小諸義塾の教師であった島崎藤村が『破戒』（明39・3自費出版）に着手し夏目漱石が松山中学の教師体験に基づいた「坊つちやん」（『ホトトギス』明39・4）を執筆するのも、共に学園紛争ドラマになっていることを思えばそうした同時代の問題に対する反応でない筈がない。[10]『破戒』はもっぱら教育界や教育制度への批判に終始しているものの、「坊つちやん」はのみならず、新任教師の主人公の前に群として立ちはだかる生徒らの不快な様や中学校と師範学校の対立感情が生徒間の集団乱闘事件に発展する情況を描いているところをみると、漱石は明らかに松山巖氏の指摘通り群衆の発生という新しい事態を見据えていると言う他はない。[11]おそらく谷本富の仕事も、より直接的にはいわば明治三八年問題とでも言うべきこうした事態を受け止めるべく発信されたといってよく、要するに我が国における群衆への眼差しは、メディアの要請は要請として、教育プロパーの問題系のなかで生成されていくと思われる。例えば谷本の前掲書の〈序引〉では、こうした研究が各界に波紋を投じたことに言及しつつ〈確に有効なる反響〉として〈広島高等師範学校教授小

林学士亦踵ぎて『群衆の心理』と題せる一論文を雑誌『教育学術界』誌上に掲げらるゝあり〉と述べているとことでもそれは窺える。

ただし、その後、明治三九年九月五日の東京市電値上げ反対暴動、翌四〇年二月四―七日の足尾銅山や六月四―六日の別子銅山坑夫の暴動と相次ぎ、さらに待遇改善や賃金値上げを求める労働者の同盟罷業が日常化するなかで群衆及び群衆心理なるテーマが社会学分野の問題と見做されるようになる。反自然主義の文芸評論家としても知られている政治学者にして社会学者の樋口龍峡の手によって『群衆論』（大2・9中央書院）が書かれるのもそれ故であって、〈序〉で示される次のような執筆動機にそれは自ずと明らかである。すなわち、

明治天皇の御大葬が終つて、未だ半歳ならざる其諒闇中の大正二年の劈頭に於て政界の混乱変調に基いて群衆心理上の一大暴動を惹き起したといふことは、深く痛歎に堪へない所である。勿論一般の民心が政治上に於ける大変動に伴つて互に激昂して居つた際であるから、多少の群衆心理的現象の起るべきことは、吾人の予期した所であつたけれども、而も前年の講話談判の終結の際に於けるが如き場合と異なつて、単に国内に於ける政党政派間の権力争奪から生じた動揺であつた為めに斯くまで由々しき暴動を惹き起すであらうといふことは、全く吾人の予期しない所であつた。

と。むろん樋口が言っているのは第一次護憲運動、いわゆる大正政変のことである。陸軍の増員拒否問題で退陣した西園寺内閣の後、藩閥による官僚政治の続行を企む元老会議によって首班に指命され

た桂太郎が憲政擁護を訴える政党やマスコミの動きを封じるべく議会停止の挙に出たため、民衆の怒りを買い内閣総辞職に追いやられた事件であるけれど、樋口が衝撃を受けたのは、二月一〇日に到って民衆が暴徒と化し御用新聞社を次々襲撃し出した事態についてであり、この政治学の予測を超えたダイナミズムを納得する論理を求めて群衆論に分け入ったという次第である。内容自体はル・ボン風の学問のいわばパラフレーズに過ぎず、谷本富『群衆心理の新研究』と本質的に選ぶところがない。ただ見逃せないのは、こうした屋上屋を架すかの如き繰り返しに明治末期に流通する深層心理学的言説に呑み込まれていく事態が観察できる点である。

そもそも、これらル・ボン風群衆心理学言説とでも言うべきものには理性と感情が対峙拮抗する様を階層関係の如く措定する傾向があり、あくまで後天的に生成される理知が、極めて質的な認識を齎すことをもってしても個性的な様相を描き出すものなのに対し、先天的な感情は、激昂であれ心神耗弱であれ理知の規制が破れた後に迫り出すいわばユングの《集合的無意識》に比定すべき心態と、いわばそんな風に理解されているのではなかろうか。要するに、理知が表層なら感情は深層という風に階層化されているという次第であり、それ故群衆心理とは、アイデンティティが何らかの荒波によって洗われた後に剝き出しになった本性が、樋口龍峡の言葉を借りれば〈他動的暗示と無意識的模倣とに支配さる〉る状態ということになる。やがてそれは、《野蛮人の心理》や《児童心理》と類縁性をもつ退行現象のように見做され、ついにはそうした深層的人間と同一視される事態に発展する。この手の言説化には、当時大流行した催眠術の潜在意識とか集団催眠という概念が根深く関与していたに違いないが、忘れてはならないのは、それが同時代の思考様式そのものであったという点だ。それ故と言うべきか、ニーチェの本能的人間やフロイトの精神分析学に侵犯されたと思しい創作主体が自らの内なる深層的人間を剔抉してみせるという類いの文学作品は、日露戦後にはいくらでも見出せる。国木田独歩の「帽子」（『新古文林』明39・3）であれ谷崎潤一郎「刺青」（『新思潮』明43・11）の〈真の「己」〉を見出す話であれ皆そうした作品であるものの、何より森鷗外の多様な試みを見逃す訳にはいかないのは、「鶏」（『スバル』明42・8）で本能的人間に光が当てられるかと思えば「金貨」（『スバル』明42・9）でも〈閾の下の意識〉にメスが入れられ、さらに〈新たな「意識」の発見〉[12]を期して「魔睡」（『スバル』明42・6）が書かれるといった具合に止まることを知らぬように思えるからであり、むろんその同一線上に「有楽門」を眼差すことができると思うからである。

（二）

そこで、同時代に流通した以上の如き群衆心理言説を解釈コードにしつつ「有楽門」の読み替えを試みてみたい訳だが、要するに、規則を楯に取って乗車を押し止める若い車掌の態度に業を煮やした乗客が強引に別口より乗り込んでしまうというこの話が、果して群衆を主題化する作品と言えるかどうか、である。

この作品は、舞台となる〈日比谷公園有楽門〉前の停留場で人々が電車を待つ様を次のように描くところから始まる、〈此停留場にも、あらゆる階級、あらゆる年齢の男女二十人あまり、押し合ひて立てり〉と。その後それを〈停留場に待てる群衆〉と言い換えていくところを見ると、群衆概念を念頭に置いた表現であることは疑うべくもないけれど、おもしろいのは、それがル・ボン『群衆の心理学』に言う〈群衆の分類〉を踏まえているかもしれないことだ。ル・ボンの分類では《複種群衆》と《単種群衆》に大別され、さらに前者が二つ後者が三つに細別されている。この分類は我が国でも普く受け入れられていて谷本富も《異類群衆》と《同類群衆》という風に受け止めているのだけれど、すなわちその《複種群衆》の一つ〈無名群衆（例へば街上の群衆の如きもの）〉をほぼそのままパラフレーズしたような表現に見える。しかも樋口龍峡によれば、群衆現象は必ずしも〈過度の興奮〉によってのみ発生する訳ではなく、〈過度の疲労〉、例えば〈直立の姿勢〉を続けることでも発生するそうで、有楽門前停留所で待つ〈群衆〉も正にそうした情況にあると言えまいか。さらに群衆現象が生ずる条件について、谷本富が〈区々法則規律を以て制す〉権力の態度をあげ、〈人民の従順なるを奇貨として妄に圧抑を加ふる如きことをなさば意外の変を招くに至るべし〉と警告を発している点を思えば、この小品が描こうとするものの輪郭が自ずと了解されよう。〈已が機能の十分に発揮せられたるに満足〉を覚える「有楽門」の若い車掌の態度は谷本が言う権力側のそれそのものであり、だから彼の危惧そのままについに乗客らも〈心に皆車掌の杓子定木を憤れり〉という心態に陥るのである。乗客らが群衆心理に動かされる一つの有機体状態に置かれていることは、続けて次のような軍人の様を描写していることでも窺える。

押し戻されし職人はさらなり、そが背後なる砲兵の下士官の、髯おどろおどろしく、胸に黄白の光猶鮮かなる金鵄勲章懸けたるは、その怒を押へて立てるさま（略）軍人は礼義を正しうすべしといふ句を繰り返して念じ居るにやあらん。

と。こういう車掌に対する〈憤〉りを分有する乗客を〈魔睡に陥りたるやうなりし客〉すなわち集団催眠状態にあると見做している以上、〈多数群衆する時は自ら催眠術状態に陥り容易に刺撃に応じて激昂す〉という谷本富の解説を導入するまでもなく、群衆化した状態を描いているのは明らかであって、それは規律を重んじる軍人でさえ例外ではなかったという意味に受け取れる。かくして次の瞬間、〈皆〉が挙って電車の〈前の口〉より車内に乱入することになるのである。

ところで、こうした群衆現象には《指導者》ないし《煽動者》が付き物で、「有楽門」では〈丈高く肉緊り目鋭き〉〈四十代の職人めきたる男〉がその役を担っている。ル・ボンが思想家ではなく〈寧ろ実行家なり〉と言い、樋口龍峡も〈偉大なる体格とか、朗々たる音吐とか、悠揚迫らざる態度とか、眼光炯々たる人物〉と言う指導者像と、その職人体の男が重なり合うばかりか、彼に対する〈この世馴れたる男、いかでか小忿の為めに利害を忘るることあるべき〉なる語り手目線の観察が樋口の指摘する〈唯だ自分の利益を図るに汲々として居るものが多い〉という指導者の特徴と付節を合わせていることからも、それは頷けよう。さらに、群衆現象の要因として忘れてならないのが《暗示》と《模倣》であるとル・ボンが指摘していて、樋口は、その点を次のように分り易く解説してみせる、

　一揆などの場合に於て、その中の数人が石や瓦を投げ始めると、他動的暗示の勢力が強い為めに、他の多数は全く無意識的に（略）之に倣つてやり始めるのである。

と。それに倣えば「有楽門」で《暗示》を与える役を振られているのは〈十五ばかりの小僧〉であろう。車掌の隙を窺い〈職人の腋の下を潜りて再び突貫を試み〉ようとして失敗するとはいえ、それが例の職人体の男に《暗示》を与えることとなり、前には車掌に〈押し戻され〉て〈たじろき降り〉た

のに、今度は〈前の口〉へ回ったかと思うと、果敢に〈運転手の左手より、職人は突《つ》と鎖を脱《はづ》して乗りぬ〉という挙に打って出る。むろんそれが他の乗客を誘発しついには〈皆彼職人の後《しりへ》に跟《つ》きて乗りぬ〉事態に発展するとはいえ、大切なのは、こうした《模倣》が単に次々《伝播》していくというだけでなく、結果的に彼我の力関係を顚倒せしめ〈煽動者をして、官憲権勢に代らしめ〉るに到る点である。樋口が言うように、それがまた近代社会の〈民主的傾向〉を促しもするとなれば何はともあれ問題にしないでは済まされない筈で、「有楽門」でも正にそのように〈何思ひけん、己れも力を籍《か》して、乗客の背を押しつ〉という運転手の行為や、それと見て慣うかのように〈少少づつ前の方にお詰を願ひます〉と一転して乗客に手を貸す車掌の姿が描き出されていくことになる。それ故その後電車が混乱も収まり何事もなかったかの如く動き出したといっても、その内実は大きく変っているのでなければならない。この電車が〈民主的〉な新たなルールのもとで動き出した社会の寓意のように見え、近代の行方を眼差す鷗外の思いが伝わってくるようである。

そして最後にこの〈混雑の状《さま》〉は、〈遑しげなる下女〉に〈背負〉われた〈小き日章旗持てる四歳ばかりの童部《わらべ》〉の眼差しに回収されていく。それはこの無邪気な心に刷り込みが行われていることを意味し、いわば一つの群衆現象がさらなる暗示となって次の世代を動かしていく事態が寓意されているのであって、〈童部〉の〈演劇見る如く面白がりて見やり〉、まるでその劇の主題歌でもあるかのように《電車唱歌》を〈うたひ出〉す行為が、そうした受け取り方の正しさを裏書きしてくれる。演劇が群衆心理に絶大な影響を与えるとはつとにル・ボンの指摘するところではあるけれども、例えば樋口龍峡が具体的イメージに感応し易い群衆に〈演劇の与ふる感化が滑稽な程恐ろしき〉点を強調しているかと思えば、谷本富も、演劇を〈群衆監督上殊に注意すべきもの〉としその研究を促しているからである。

（三）

以上のように作品を分析してみて改めて気になるのが、その題名である。そもそも文章の主題を集約的象徴的に呈示する筈の題名にあって、それが何故《有楽門》なのか不思議でならない。むろん〈「日比谷公園有楽門。お乗替えはありませんか。」〉という車掌のアナウンスと共に作品が始まるとあらば、漱石の「坊つちやん」が教師を辞した後でその技手となった《街鉄》、明治三六年六月開設された東京市街鉄道会社の停留所を指示するものでない筈はない。既に明治三九年三月には、東京電車鉄道（東鉄）や東京電気鉄道（外濠線）と合併して東京鉄道会社と改称されてはいたものの、この停留所が東京市街を東西と南北に貫く街鉄の交差点があるばかりか市街交通全体の中枢であることに変りはなく、しかも、それがこの作品題名に表象されていることは、結びで導入された〈童部〉が歌う「電車唱歌」（石原和三郎作詞・田村虎蔵作曲、明38・10）一番の歌詞、〈近き日比谷に集まれる／電車の道は十文字〉が呼応することでも窺えよう。いわば日比谷公園東北口たる有楽門と向き合う形の日比谷停留所は市電の顔なのであって、それ故東京新名所の一つとして度々《錦絵》の対象となっていく。藤山種芳「東京名所　日比谷公園門外電車通行之図」（明39・9東洋彩巧館）は、題名そのままに有楽門前の十字交差点で電車が行き交う風景を切り取り、田中良三「東京名所　日比谷公園有楽門外之光景」（明41・4尚美堂）でも、同様の図柄が馬場先門方向から俯瞰する形で捉えられている。(13) しかし鷗外の「有楽門」は、こうした名所図絵的文脈に連なっている訳ではなく、実に、その同じ図柄が喚起するもう一つの意味作用を担っていくと考えられる。例えば前田愛氏は、日比谷公園が〈大衆運動の容器〉であった点を指摘しつつ、

日比谷公園は、市電の開業よりわずかにはやい明治三十六年六月に開園された。上野・芝・浅草の三公園が、いずれも寺院の境内を引きついで開設されたのにたいし、日比谷公園は練兵場を改修したもので、東京の中心部に誕生した新しい都市空間であるにちがいなかった。この近代的広場は日比谷焼打ち事件ばかりでなく、明治三十九年の市電値上反対の騒擾の時にも、大衆運動の拠点として有効に機能することになる。

と述べているけれど、[14]正しくこの有楽門界隈こそ日露戦後に始まる群衆の叛乱の発祥地に他ならなかったことに改めて気付かされる。

「電車唱歌」が作られた同じ頃、明治三八年九月五日ポーツマスで調印された日露講和条約の破棄を訴える〈講和問題同志連合会〉主催の国民大会が日比谷公園で開かれる。前日に警視庁が集会の中止を勧告していたにも拘らず、予定の午後一時が近付くと数万人の民衆が詰め掛け公園の六つの門をいわばロックアウトする警官隊と睨み合いになった。やがて群衆の襲撃対象にされる〈日比谷門〉向いの内務大臣邸の警備責任者であった松井茂の手記『日比谷騒擾事件の顚末』（昭27・9松井茂先生自伝刊行会）によれば、三田―上野間の街鉄線沿いの〈日比谷、有楽、御幸の三門に集つた者は最も其の多数を占めた〉そうで、大会の実行委員側の訴えで東京市参事会員の江間俊一が駆け付けたのを機に激昂した群衆が公園内に雪崩れ込んで大会が強行されるに到る。いったん火の付いた群衆が三〇分程

度で終わった大会で収まる道理もなく、次の新富座演説会場へ押し出していくうちに暴徒と化す。御用新聞の筆頭として目の敵にされていた国民新聞社を襲撃したかと思うと再び公園の日比谷門付近に集まり、夕方には内務大臣邸をはじめ一帯の焼打ちに転ずる。かくして暴動は市内全域に拡大し、翌六日にかけて派出所や交番を中心に焼打ちが繰り返されるものの、内務大臣邸襲撃を伝える前掲松井の手記には、

折柄有楽門附近市街鉄道線路の修繕により路上にあつた尖角の石片を持ち来り、盛んに警察官に向つて投擲し、之が為め忽ち数名の負傷者を出し

とある。さらに夜に到ってその有楽門前の日比谷交差点では電車の焼打ちが行われ、この界隈一帯がいわば無政府状態に陥ったといってよく、その詳細を写真やイラスト入りで逸速く伝える国木田独歩編集『戦時画報臨時増刊　東京騒擾画報』（明38・9・18近事画報社）の記事「電車の焼打」によると、事態は次のようであった。

五日夜日比谷公園電車停留所附近に於て街鉄電車十一輌を焼払ひたり同夜民衆は先づ三田行の分五輌を数寄屋橋行分岐点の所にて妨止し（略）同所街鉄出張所に在る竹箒に石油を注ぎ之に点火して三田行電車中日比谷停留所附近に停車し居れる車室に投込みたれば（略）其光景の物凄まじさ言ふばかりもなし此時数万の群衆は一時の鯨波《とき》を揚げて万歳を大呼する其間に瓦石は一斉に他の電車に向つて投付け（略）前記の消失しつゝある電車の火（略）を其室内に投込めば火は忽

ち車体を包みて絵に見る火の車にも似たりけり忽ち見る群衆は其燃えつゝある火の車に取縋り力を戮《あは》せて日比谷門の方に押せば車は軌道《レール》を滑りて其行手に停留せる他の電車間近の所に止れば彼等は（略）新たなる電車を焼き斯くして内務大臣官舎表門より日比谷停留所を経て左折し公園に沿ひて桜田門に至る間の六輛をも焼払ひたれば（略）之を見物せんとて詰掛くる見物人更に万を以て算へられ停留所の広場は勿論、公園内の山の上、樹木の梢、有楽町の原、中山邸門前扨は濠端に至る迄苟も目の届く限り人ならざるはなく而かも水を注ぐ一人の消防夫なく、放火を防止する一人の警官なく只管烈火の燃えほこるに任せたる

と。しかしその直後、馬場先橋方面より駈け付けた警察隊によって騒動は鎮圧され、翌六日には戒厳令も敷かれるに到った。ところが一年後の九月五日の日比谷公園で、あれから一周年を謳う〈電車賃値上げ反対〉の市民大会が開催されたかと思うと、警視庁の厳戒態勢を突いて市中へ押し出した群衆がまたしても暴徒化し騒擾が繰り返されることとなった。

つまり、「日比谷公園有楽門外之光景」の図にはこうして群衆の叛乱のイメージが刷り込まれていったに違いなく、ましてその暴徒が職人・職工・人足・車夫といった都市細民で構成されているとなれば、鷗外の「有楽門」の背後に〈日比谷焼打ち事件〉のシルエットを眼差さない同時代の読者などあろう筈がない、ということである。それを裏返せばそうした事態が作者によって想定されていない訳はなく、むしろ小品創作上の方法であったと見た方がよいだろう。文学の自律性を主張していた鷗外にとり、確かに小説は〈小天地想《ミクロコスミスムス》〉すなわち渾然たる一小宇宙を成すものであったにしても、この頃〈脱制度の文学〉として極めて自由な形式であることを許されていた小品は別であってもいっこう不思

議はない。小品「有楽門」は、〈日比谷焼打ち事件〉をそのまま《借景》とすることで成り立った作品のように思える。それ故「有楽門」という作品の内実とは一見無縁なような題名も、日露戦後のパラダイムシフトを決定的なものにしたこの事件それ自体を喚起しているのであって、つまりは、以下の話の展開を、いわば群衆論ないしは群衆心理生成の物語として読むことを要請する先行表示に他ならないのである。

［**注**］

（1）千葉俊二『エリスのえくぼ　森鷗外の試み』（平9・3小沢書店）

（2）木下杢太郎「森鷗外」（『講座日本文学』昭7・11岩波書店）

（3）『小品文集』（新潮社刊）は、水野葉舟『響』（明41・12）・真山青果『夢』（明42・5）・小川未明『闇』（明43・11）・水野葉舟『森』（明45・7）の四冊。『小品叢書』（隆文館刊）は、『花袋小品』（明42・1）・『風葉小品』（明42・3）・『泣菫小品』（明42・5）・『弔花小品』（明42・7）・『鏡花小品』（明42・9）・『虚子小品』（明42・11）・『秀湖小品』（明43・1）の七冊。『現代小品叢書』（忠誠堂刊）は、田山花袋『椿』（大2・5）・正宗白鳥『青蛙』（大2・6）・前田晁『途上』（大2・7）・吉江孤雁『砂丘』（大2・7）・窪田空穂『旅人』（大2・9）・島村抱月『雫』（大2・11）の六冊。なお夏目漱石も小品に多大な関心を示し、例えば「永日小品」（『朝日新聞』明42・1・14―3・9）の連載がある。三好行雄「漱石作品事典」（『別冊国文学　夏目漱石事典』平2・7学燈社）は、〈日本の近代文学には小品と呼び慣らわされた独自のジャンルがある。小説ともつかず、感想ともつかず、短篇小説と随筆との曖昧な中間領域なのだが、小説のように身構えることをしない自由な語りくちが、逆に小味ながら鮮烈な感動をたたえていたり、切実な情感に裏づけられた新鮮な表現を獲得していたりする場合もある。作家の素顔や肉声を彷彿することも多い〉と述べているが、いずれにしろ小品の時代だったことが窺える。

（4）佐伯彰一「日記が「文学」になるとき」（『国文学』昭59・4）の指摘。拙稿「「余は如何にして小説家となりし乎」の記」（『新日本古典文学大系明治編28国木田独歩　宮崎湖処子集』（平18・1岩波書店）も参考されたい。

（5）坪内祐三編『明治の文学第14巻森鷗外』（平12・10筑摩書房）

（6）竹盛天雄『鷗外　その紋様』（昭57・7小沢書店）

（7）古郡康人「森鷗外「朝寐」「有楽門」について」（『静岡英和女学院短期大学紀要』平8・2）

（8）井上健「翻訳された群衆—「群衆の人」の系譜と近代日本」（『比較文学研究』平8・12）

（9）谷本富『群衆心理の新研究』（明41・4六盟館）の指摘。育成会編「心理学書の解説」は全一二冊で明治三三年に刊行された。その第五冊が「ルボン氏民族心理学」である。「名著梗概」の方は不明。

（10）拙稿『『破戒』とその周縁—〈社会〉・〈宗教〉・〈教育〉』（『独歩と藤村—明治三十年代文学のコスモロジー』平8・2有精堂）を参照されたい。

（11）松山巖『20世紀の日本12群衆　機械のなかの難民』（平8・10読売新聞社）。なお松山論にしろ、島村輝「群衆・民衆・大衆—明治末から大正期にかけての「民衆暴動」—」（『岩波講座近代日本の文化史5編成されるナショナリズム』平14・3岩波書店）にしろ、《日比谷焼打ち事件》を群衆論の発端としている。

（12）一柳広孝「〔ドラッグ・心霊〕—森鷗外『魔睡』を視座として」（『国文学』平7・9）。なお「鶏」や「金貨」については、Ⅰ章二節を参照されたい。

（13）田中良三「東京名所　日比谷公園有楽門外之光景」（明41・4尚美堂）↓口絵参照

（14）前田愛『幻景の明治』（昭53・11朝日選書）

二節　「沈黙の塔」一名、慨世悲歌《拝火教徒《パアシイ》》騒動始末記

——〈優生学〉言説の侵犯

当代の政治諷刺であったスウィフトの『ガリヴァー旅行記』（一七二六）はそれ故次の時代には文学であることを止めざるを得なかったのだけれど、意外にも空想物語という新たなコンセプトで受容され出したと外山滋比古氏が報告する事態に、[1]虚構テクストの多義性の問題を見る自由は許されよう。しかし空想物語なる読みはその後も揺るぎないばかりか、全く異質な現代日本社会においてさえ、沼正三『家畜人ヤプー』（昭45・1都市出版社）や宮崎駿のアニメーション『天空の城ラピュタ』（昭61・8放映、徳間書店）などパロディーの形で反復され続けていることを思うと、『ガリヴァー旅行記』の文学性は初めから空想物語にあったので、政治的メッセージが無効になるや否や隠れていたそれが徐ろに立ち上がってきたという風に考えた方がはるかに自然なのではあるまいか。

そしておそらく、そうした発想は、鷗外の小説の中でも「沈黙の塔」（『三田文学』明43・11）の如く専ら〈大逆事件〉を頂点とする当代の言論弾圧に対する〈抗議〉のみ引き出されてきた作品に正に《文学》としてアプローチする視角を提供してくれる。[2]「沈黙の塔」は、渋川驍氏の次のような解釈がいわばスタンダードとして流通してきた。[3]

そこでは、日本のこととすることを憚って、インドの西岸マラバア・ヒルにある、パアシイ族の、沈黙の塔を語っているのだが、それが当時の不当な検閲態度にたいする忠告であり、諷刺であることは、一見して明らかであるように書かれている。

と。まるで『仮名手本忠臣蔵』（寛延元年《一七四八》初演）が江戸幕府を憚って話を『太平記』の世界に仮託した同じ手を鷗外も使ったかの如き物言いであるものの、それでは〈パアシイ族〉の物語という仮構に本質的な意味はなく、要するに「沈黙の塔」は、時の政治権力の言論弾圧に対して突き衝けられた抗議である以外何もないことになる。この作品は、作者のメッセージではあり得ても《文学》であることを拒まれているようなものなのである。鷗外は文学的創造力の乏しい作家などという偏見が実しやかに囁かれる所以も、こういう点にあるのかもしれない。しかしこの作品は、当代の政治批判という企図がとうに無効になった時点にあるとの認識に立てば〈パアシイ族〉の物語である他はない筈であり、それ故、それこそがこの作品の文学性を支えていると言えるのではあるまいか。

「沈黙の塔」が単なるメッセージではなく、何よりも文学としての豊穣さを願って構想されたであろうことは、竹盛天雄氏が指摘する次のような点からも測鉛可能である[4]。すなわち〈無署名「危険なる洋書」（一）―（十四）（『朝日新聞』明43・9・16―10・4）〉に対する〈鷗外の反批判〉を企図した「沈黙の塔」はその一方、生田長江訳『フリイドリツヒ・ニイチエ　ツアラトウストラ』（明44・1新潮社）の序として、つまり「訳本ツアラトウストラの序に代ふ」という新たな装いのもと再掲載される事実が示すようにニーチェの〈アフォリズム〉形式を模倣した形跡があるばかりか、作品集『烟塵』（明44・2春陽堂）の〈自筆広告文〉で、〈ブ《ママ》ヨイエトンの形式の下に侃諤の議論を寓す〉作と言っている訳だから、そもそも〈表現形式について意識的実験的意図〉なしに書かれた作品などであろう筈はない、と。要するに文学上の新形式が実験的に試みられているのであって、それならこの作品は、《文学》であることを強く意識して構想されたことになろう。〈パアシイ族〉の物語は〈侃諤の議論〉言い換えれば何がしかのメッセージを、〈フヨイエトンの形式〉すなわち新聞の文芸寸評欄ないし〈アフォリズム〉形式によって文学化する上での不可欠の仮構だったと、言えそうである。

（一）

さて、この「沈黙の塔」がニーチェの『ツァラストゥストラ』熟読体験の延長線上に構想されたことは、先ず疑いないとしても、例えば森山重雄氏の、

> 森長英三郎の『祿亭大石誠之助』（岩波書店）によれば、「沈黙の塔」はイランの各所にあるが、大石誠之助が一か年ほど滞在したボンベイのハイギング・ガーデンの東方にもあるということである。

という言い方からすると、少なくともインドの〈パアシイ族〉をめぐる話題は、何か特定の仕入れルートを想定しない限り知り得ないもののように思える。[5] ところがそれは、当事そんな特殊な話と言う訳ではなくむしろありふれた情報だった。重田勘次郎『世界風俗志』（明37・2博文館）なる本がある。〈東洋にありては朝鮮支那印度の三国〉〈西洋に於いては英米佛獨露の五国〉を取り上げ、その〈社会

の状態〉〈教化の程度〉〈一般の慣習〉という三項目について詳述しているが、その〈「印度（英領）」編〉で〈「パルシイ」は固有の宗教を奉じ特殊の社会を作り〉と述べ、さらに次のように紹介している。

「ボンベイ」市及び其附近にすめる波斯人は一千二百年前回教徒のためにその本国より逐《お》はれたるものにしてその数、十万より少く（略）その富と企業とに於て能く歐人と競争するの勢力を有せり、（略）その墓地を「パルシー、ダクマス」（静塔《サイレント・タワー》の意）と称し「バック」湾の北方「マラパー」丘の頂なる花園の内にあり、その数五個永劫朽ちざる花崗石にて積上げたる円筒形の胸壁《けうへき》にして徑は高さより著しく長く最大なるものは九十呎もあらん、（略）而して此の胸壁の上及び近傍の樹枝《じゆし》には多くの禿鷲《ハヤブサ》静に棲まれり、さてこの種族の死者は貴賤老幼となく又距離の遠近にかゝはらず皆この塔に運ばるゝものにして（略）猛鳥の一群は直ちに下りてその肉を分ち

と。その後〈鳥葬〉の説明が続くものの、こうした解説は再生産され流通していったらしく、例えば五大洲探検家中村直吉・冒険世界主筆押川春浪共編『五大洲探検記第二巻　南洋印度奇観』（明41・12博文館）でも、「（二十九）野蠻極まる拝火教の葬式」なる見出しのもと〈孟買《ボンベイ》に来ては是非共是《これ》を見なければ、印度の土産話は未だ充分とはいへない〉として〈鳥葬〉見聞記が語られている。むろんそこで紹介される〈パルシイ〉に関する情報はほとんど前掲『世界風俗志』に変りない。ただ一つだけ、〈英国が印度を占領するや、パルシイは率先して英政府の甘心を求め、進んで英語を学び〉という情報が新たに付け加えられているけれど、これは〈パアシイ〉のイメージを構成する重要な要素であり、「達頼喇嘛会見記」を併載する山上曹源『今日の印度』（大4・9玄黄社）にも、〈教育普及の程度の高《かう》

下《げ》に随《したが》つて排列すれば、第一拝火教徒《パーシー》で〈無頼漢、娼婦、乞食の類〉がいないとか〈彼等はパーシーと云ふ特殊の社会を形成し〉〈孟買市《ボンベイ》に於ける経済界の重鎮〉であるという形で強調されている。

以上のような同時代の文脈の中に鷗外の小説「沈黙の塔」を置いてみると、〈Malabar hil《マラバアヒル》〉〈沈黙の塔〉〈Parsi《パアシイ》族の死骸〉〈パアシイ族の少壮者は外国語を教へられ（略）英語が最も広く行はれてゐる〉等々の知見が描き出すイメージは、一般に流通していたインド在住の〈拝火教徒《パアシイ》〉のそれを正確に投影したものであることが分る。のみならずこの作品において故意に伏せられたと思われる情報まで炙り出してくれるのである。例えば、

己《おれ》は海岸に立つて此様子を見てゐる。汐《しお》は鈍く緩く、ぴたりぴたりと岸の石垣を洗つてゐる。市の方から塔へ来て、塔から市の方へ帰る車が、己の前を通り過ぎる。

と、作品の舞台が紹介されているとはいえ、〈己〉が居る場所は具体的にどこなのかは全く不明である。つまり〈市〉は〈孟買市《ボンベイ》〉であり、〈海岸〉は〈「バック」湾〉であるという事実が隠されている。言い換えれば、ただ〈市〉とか〈海岸〉とか表示されているのはいわば匿名性を企図してのことだった訳で、川村二郎氏の言葉を借りるまでもなく、

具体的な特定の土地や人物を直接に指示する代りに、何がしかの抽象性、一般性を指示される対象に与えようとする試み

と受け止めてよい筈である。(6) 既述の同時代の言説を重ねてみると、インドの〈孟買《ボンベイ》〉に住むたかが一〇万人程の人々の社会がモデルになっている事態が浮き彫りになるのに、この小説で描かれる〈パアシイ族〉の社会はまるで一つの《国家》の如くである。加えて〈具体的な特定の土地〉を消去することである架空の国の話であるかのような印象を与えてしまう。かくして〈パアシイ族〉の話は、〈抽象〉的〈一般〉的な話に変容してしまうとはいえ、それはまた寓意小説化とでも言うべき事態を促し、明治四〇年代の社会現実が炙り出されることに繫がる。むろんそうなるのは、〈パアシイ族〉の社会構造に近代日本社会のそれが摺り込まれているからに他ならないが、しかしまたそういう仕掛けが可能な程両者は類似しているのもまた事実である。

既述の、〈パアシイ族〉に関する同時代の言説の最大公約数を考えてみるとよい。先ず〈パアシイ族〉は強い結束力を持った〈特殊社会〉を形成していると、繰り返せばインド国内の独立した小国家であるかの如き印象で語られている点が注目される。そしてその社会だが、概ね次のような枠組みで報告されているのではなかろうか。英国のインド侵略を容認し〈進んで英語を学び〉すなわち逸速く〈西洋化〉を企て、教育レベルの高い豊かな社会を実現しているにも拘らず、一方で〈鳥葬〉の如き〈野蛮な風習〉を国是として遵守している、と。こうした〈パアシイ族〉のイメージは、アジア世界の中で逸速く西洋（近代）化を企てる一方、天皇制国家神道を立ち上げた近代日本の縮図のように見えるということである。鷗外にとってこの対立葛藤は、《和魂洋才》の問題として「蛇」（『中央公論』明44・1）や「カズイスチカ」（『三田文学』明44・2）、さらには「かのやうに」（『中央公論』明45・1）を初めとする《五条秀麿もの》へと書き次がれていくと思しいが、「沈黙の塔」の〈パアシイ族〉の対立葛藤も、そうした《和魂洋才》なるテーマの変奏だったのではなかろうか。

（二）

さて、この小説は、〈「パアシイ族の血腥《ちなまぐさ》き争闘」〉と新聞が銘打つ事態を語る点に主眼があると見て間違いないとはいえ、それも結局は既述の如く《和魂洋才》の矛盾という鷗外お得意のモデルの反復だったとして作品分析を行ってみる。差し当って確認しておきたいのは、自然主義も社会主義も一緒くたに危険視し弾圧する〈パアシイ族の因襲〉が、〈Malabar《マラバア》 hill《ヒル》〉の〈沈黙の塔〉で死者を〈鳥葬〉に付す〈拝火教《ゾロアスター》〉の伝統のいわば裏返しであるという点である。例えば〈あんな消極的思想は安寧秩序を紊る、あんな衝動生活の叙述は風俗を壊乱する〉という自然主義に対する極め付けであるが、語り手の〈己〉からすれば〈パアシイ族の因襲の目〉による偏見に過ぎないとしても、しかし〈パアシイ族〉的には、〈危険なる洋書が海を渡つて来たのはAngra《アングラ》 Mainyu《マイニユウ》の神〉すなわち〈拝火教《ゾロアスター》〉の悪神の〈為業〉に他ならないのだから、国体を護持する上での正論ということになる。

　作品全体は、アステリスクによって六つのパラグラフに区切られているだけであるけれど、ここではそれを便宜的に六章構成と見做すこととする。そこで一章だが、〈高い塔が夕《ゆうべ》の空に聳えてゐる〉という冒頭の一文は、この祭政一致の社会のアイデンティティが象徴的に示唆されたまるで〈天地《あめつち》の初発《はじめ》の時、高天《たかま》の原《はら》に成りませる神の名《みな》は、天《あめ》の御中主《みなかぬし》の神〉と始まる『古事記』（七一二）の世界観のアナロジーであるかの如くであるものの、それにも拘らず、次の瞬間〈鴉〉が群れ〈啼き騒ぐ〉様が描かれるため、一章全体は、竹盛氏の次のような解釈で捉えられてしまうことになる。[7]

この凶々しい「鴉」の啼き騒ぐイメージとともに描き出される「高い塔」が、沈黙の塔なのである。この「塔」に市の方から馬車が、「一台の車が去れば、次の一台の車が来る」というような工合で、つぎつぎに何ものかを運び入れているのだ。「どの車にも、軟い鼠色の帽の、鍔を下へ曲げたのを被った男が、馭車台に乗って、俯向き加減になってゐる」というのが、いかにも死の使者でもあるらしく思われ、不気味さに向けて、読者をひきずっていく。

しかしよく見ると、その馬は〈不精らしく歩いて行く〉のであり、馬車も〈車輪の響〉〈が、単調に聞える〉。また打ち寄せる〈汐は鈍く緩く、ぴたりぴたりと〉と、どう考えても〈不気味さ〉とは縁遠いむしろ正反対のイメージの形容によって叙景が支えられているところをみると、この一章が〈鳥葬〉であると明示されていない以上、〈凶々しい〉と思えるのは専ら〈鴉〉それ自体の印象によるのではあるまいか。しかも〈鴉〉の〈凶々しさ〉は反復され、三章が〈そして沈黙の塔の上で、鴉が宴会をしてゐるのである〉と結ばれたかと思うと、たった一文で構成される最終章（六章）も、〈マラバア・ヒルの沈黙の塔の上で、鴉のうたげが酣《たけなわ》である〉という報告に当てられていく。本来〈鳥葬〉という神聖な儀式であるべき行為が、〈宴会《うたげ》〉と捉えられることで〈凶々しい〉ものに変容しているのだとしても、その変容に〈鴉〉の印象が係っていない筈はない。と言うのも〈孟買《ボンベイ》〉郊外の〈沈黙の塔〉に集まる鳥は、『世界風俗志』によれば〈禿鷲《ハヤブサ》〉であり、『南洋印度奇観』によれば〈人食鳥〉とあるからで、それ故あえて〈鴉〉と設定されていると言ってよく、やはりそれは、〈凶々しさ〉を演出するための戦略であると言う他はあるまい。

さらに一章では、〈鷗〉が飛ぶ場面が用意されていくものの、〈鴉〉との対照性を思うとそれにもま

た何らかの戦略的企図が働いていると考えざるを得ない。そうでなくても、

> 鴉の群を離れて、鴉の振舞を憎んでゐるのかと思はれるやうに、鷗が二三羽、きれぎれの啼声をして、塔に近くなつたり遠くなつたりして飛んでゐる。

という表現には何か隠された意味内容があるように見え、例えば森山氏は、『鷗外日記』明治四三年一〇月二九日付けの記事にある山県有朋の〈椿山荘〉で開催された晩餐会に注目し、その出席メンバーが社会主義取締まりの首謀者たる平田東助内務大臣や教育会に社会主義弾圧政策を導入した小松原英太郎文部大臣、さらには反動的な憲法学者として知られる穂積八束東大教授などであることから、〈鴉の宴会〉もそうした会を寓意したものであり、従ってその宴会に出席しつつ一線を画す〈鷗外の位地〉を〈鷗〉によって示そうとしたと述べる。[8] こうした露骨な寓意の当否はさておくとして、一章の、単調で、どちらかと言うと物憂い光景を攪拌して不吉なイメージを醸成しているのが〈鴉〉であり、そしてそれと対照的なイメージを担う形で〈鷗〉が設定され、さらにその両者の関係性を通して一つの《世界《コスモロジー》》が呈示されているという枠組み自体は動かないだろう。そこで具体的に読んでみたいのだが、先ず〈夕《ゆうべ》の空〉がいわば《地《シーン》》として機能していて、それが〈馭者〉の被る〈鼠色の帽〉さながら灰色であることは、〈己は塔が灰色の中に灰色で画《えが》かれたやうになるまで、海岸に立ち尽してゐた〉とあることでも窺える。昼と夜の間の時にふさわしい色彩であって、そして正にそれと対応するかの如く、夜の、すなわち闇の化身たる黒い〈鴉〉の群れが光の化身たる白い〈鷗〉を排除し〈宴会〉を始め、〈鷗〉はそれを批難しつつ飛び回るという《図《ドラマ》》が描き出される。〈鷗〉も、〈鴉の群を離れて〉と述べ

られているからには、初めは〈鴉〉と一緒に〈パアシイ族〉の死者を啄んでいたのであろうが、しかしたとえそうであっても、それは〈鳥葬〉すなわち霊魂の天空回帰を願う〈拝火教《ゾロアスター》〉の神聖な儀式に係る行為だったと思う。そしてそういう意味作用が〈鷗〉の白さに托されていたとしてもさして不都合ではないのだけれど、ともあれそれに対し〈鴉〉が〈宴会〉のために死者の肉を喰うとされているのは、疑うべくもない。その後〈パアシイ族の血腥《ちなまぐさ》き争闘〉について語る合間小間にこの〈鴉〉の〈宴会〉の場面が繰り返され、まるで〈鴉〉は饗宴に耽るべく〈争闘〉を煽っているかの如き印象を与える。だからこそ〈鷗〉は、〈鴉の振舞を憎んでゐる〉ように見えるのである。おそらくこの白い〈鷗〉と黒い〈鴉〉は《図像《イコン》》を編み上げているのであって、すなわち〈拝火教《ゾロアスター》〉の善神〈Ahura Mazda《アウラマツダ》〉と悪神〈Angra Mainyu《アングラマイニユウ》〉の対立葛藤を示唆しているのではあるまいか。やがて夜が更けて、世界は〈Angra《アングラ》 Mainyu《マイニユウ》〉の饗宴を髣髴させる〈鴉〉の〈宴会〉が〈酣《たけなわ》〉になっていくのだけれど、それが丁度、〈パアシイ族〉の社会で伝統の美名のもと〈言論弾圧〉が繰り返され揚句に〈Pogrom《ポグロム》（注—組織的な民族大虐殺）の二の舞が演ぜられた〉過程と正確に重なり合うものであるのは、言うまでもあるまい。善神は消え、世界は悪神が跳梁するがままなのである。

（三）

この作品は、変則枠小説とでも言うべき構造になっていて、一章と二章がいわば前枠として機能している。そうすると一章が如上のようだとして、二章はどう捉えるべきであろう。舞台はとある〈ホテル〉で〈孟買《ボンベイ》〉市内にあると思えるのにそれは隠されている。〈己〉の他に新聞を読む〈脚長〉の男が登場し、彼はおそらく英国人であろうがそれもまた隠されている。やはり〈抽象〉化〈一般〉化への企図が働いていて、例えばそこに「普請中」（『三田文学』明43・10）の舞台たる〈精養軒ホテル〉を重ねてみる自由も許容されている筈である。それ故〈Malabar hill《マラバアヒル》〉が闇に閉ざされてしまう一章の終わりに呼応するかのように、二章が、〈（ホテルの）電灯の明るく照つてゐる〉と始まるのは偶然ではなく、対照的構成を企図した結果である。とすれば、丘の上の〈沈黙の塔〉が〈パアシイ族〉の魂を象徴するモニュメントであるのと同様、この〈ホテル〉も〈西洋（近代）化〉の象徴としての意味作用を担っているのではないか。つまり一章と二章はいわば《和魂《パアシイ・スピリット》》と《洋才》の関係を構成しているということである。一章は既述の如く、〈パアシイ族の血腥《ちなまぐさ》き争闘〉というその後に展開されるテーマを先取りするかのように、白い〈鷗〉対黒い〈鴉〉として言い換えれば〈善神〉対〈悪神〉の戦いとして呈示されていた訳で、《和魂《パアシイ・スピリット》》がコンセプトと見て間違いない。ならば二章はどうか、《洋才》がコンセプトと言えるかどうか確認してみる必要があろう。

一章で〈己〉が意味も分らず見てきたものについて英国人を髣髴させる〈脚長〉氏が乞われるままに解説する、という点に二章の基本的戦略があると言ってよく、〈Malabar hill《マラバアヒル》〉〈沈黙の塔〉〈Parsi《パアシイ》族の死骸〉等々の情報が伝えられた後、〈己〉と〈脚長〉氏との間に次のような問答が繰り返される。

「誰が殺しますか。」／「仲間同志で殺すのです。」／「なぜ。」／「危険な書物を読む奴を殺すのです。」／「どんな本ですか。」／「自然主義と社会主義との本です。」／「妙な取り合せですなあ。」／「自然主義の本と社会主義の本とは別々ですよ。」／「はあ。どうも好く分かりませんなあ。（略）」

この〈脚長〉氏の受け答えから、彼が〈パアシイ族の血腥《ちなまぐさ》き争闘〉の内情などに何の興味も持っていない様子が窺えるものの、要するに彼の眼にはある種の〈権力闘争〉モデルが反復される事態が見えているに過ぎないのではあるまいか。それ故〈退屈らしい顔をして〉新聞を投げ遣る態度に、重ねて〈脚長は退屈さうな顔をして〉と報告されていくのだけれど、こうした〈脚長〉氏の眼差しイコール《洋才》という設定である証拠に、〈己〉が〈脚長〉氏に〈何か面白い事がありますか〉と声を掛けた折、〈パアシイ〉の反体制派が〈椰子《やし》の殻〉爆弾を仕掛けた記事を読んでいた彼が〈「Nothing at all!」〉と英語で答えている。〈パアシイ族の血腥《ちなまぐさ》き争闘〉など正に〈何もない〉に等しい、別に言えば退屈な権力闘争の一つと言いたげな先程の顔付きの変奏に過ぎないとはいえ、それを態々英語で言い出さねばならなかった訳が問題であろう。すなわち、〈パアシイ族の少壮者は外国語を教へられてゐ〉て〈英語が最も広く行はれてゐる〉という三章冒頭の情報を通して見ると、それは直ちに《洋才》的発想という意味作用に転ずる筈である。やはりありふれた権力闘争という捉え方は《洋才》的眼差しの然らしめるところと言うべきか。

要するに、〈パアシイ族〉にとって〈善悪二神〉の戦いだったものが、《西洋》的眼差しによって体制対反体制という〈権力闘争〉モデルが反復されているだけに過ぎない話として相対化されてしまっていると言えよう。ただしその〈脚長〉氏の《西洋》的眼差しに対しても、前掲文にあるように〈どうも好く分かりませんなあ〉と言っている以上〈己〉は組しなかった訳で、それ故その後その両者に対して距離を置いた、つまりは〈己〉の眼差しが捉えたものを立ち上げ報告していくことになる。そこで三章から見ていくと、〈脚長〉氏が読んでいた新聞記事すなわち〈「パアシイ族の血腥《ちなまぐさ》き争闘」といふ標題の記事〉の紹介に当てられている。それは〈可なり客観的に書いたもの〉とあって、〈己〉

の眼差しが介入する余地はない。ここから見えてくるのはいわゆる体制と反体制の視点の違いであろう。自然主義から社会主義まで西洋の新思想の影響を受けたいわば反体制グループは、〈因襲〉打破が共通のスローガンであるように思えるものの、その〈因襲〉とは、少なくともこの社会にあっては〈積極的〉に何かを〈建設〉することと不可分なある種の《イデオロギー的国家装置》の謂いであるため、それと対峙する彼らは勢い〈虚無《アナーキー》〉であることに囚われる傾向がある。それが体制サイドには、〈安寧秩序〉破壊と見えてしまうという次第であって、いわば脱イデオロギー化に過ぎないものがアナーキズムに見えてしまっているのである。

　四章に到ってようやく、〈己はそれを読んで見て驚いた〉という形で〈己〉の眼差しが介入し出す。〈己〉は、当局が〈危険なる洋書〉とレッテルを貼ったものについてその理由を語るという形式で、秩序破壊と言い立てる体制側の論理の実体を暴いていく。すなわち〈Dostojewski《ドストエウスキイ》〉の小説は〈癲癇病みの譫語《うわごと》〉で〈Artzibaschew《アルチバシエフ》〉は〈肺病〉病みの思想だから危険となる。さらに〈Maupassant《モオパッサン》〉は〈追《つい》躡《じょう》妄想〉、〈Strindberg《ストリンドベルク》〉は〈本物の気違〉、〈Wilde《ワイルド》〉は〈男色〉であるが故にその書物は危険思想とされていて、いわばこれらの文学が秩序破壊になるのは病んだ精神の産物だからという論理である。この論理は、《優生学》なる擬似科学のもとに健康概念をほぼ無制限に拡大解釈していったナチズムのそれそのものである。既に『人種哲学梗槩』（明36・10春陽堂）や『黄禍論梗槩』（明37・5春陽堂）でナチス人種論の原典とも言うべきゴビノー『人種不平等論』（一八五三）の紹介、批判を行っていた鷗外には、彼の死後に実際に起った事態が既に見えていたと言うべきか。〈パアシイ族の虐殺者が洋書を危険だとしたのは、ざつとこんな工合である〉と言う皮肉な語り口が端無くも示す如く、これら〈洋書〉の読者は腐った林檎として容赦なく抹殺されるのだけれども、それは戯画でもなければ誇張でもない。やがて来るべき現実であった。

いずれにしろ、こうした論理を齎したものについて五章では、〈パアシイ族の目〉とも言い〈因襲の目〉とも言う。その後さらに〈パアシイ族の因襲の目〉と捉え直したかと思うと、芸術も学問も、それを打破するところに本質があるという議論を展開してみせる。要するに〈己〉は、〈パアシイ族の血《ち》腥《なまぐさ》き争闘〉を、〈安寧秩序〉の美名に隠れ〈因襲〉に安住する者と〈因襲〉というイデオロギー装置を壊し新たな世界創造に向かう者の対立として裁いてみせたのである。そして六章において、〈因襲〉に止まる者の実体をいわば駄目押しすべく〈鴉のうたげ〉に再度スポットが当てられ、幕が閉じられる。こうした〈パアシイ族〉の近代化の過程で起った葛藤は、極東の島国たる日本でさらに大掛かりに起った。鷗外は、その点を充分承知しつつこの作品を書いていると見て間違いないと思うが、そうであれば、政治諷刺を読んで悪かろう筈はない。むしろそう読まれることを期して書かれたと言ってよいだろう、それはそうだとしても、私が言いたかったのは次のようなことである。鷗外の立ち会っていたのがいわゆる政治と文学の問題であったのは間違いないとはいえ、その解決のために安易に傾向文学のような方位に走るようなことをせず、あくまで、政治的メッセージを尖鋭化しつつなお文学であるための方法にこだわった、それが「沈黙の塔」ではなかったか、と。あるいは彼のある意味で忠実な後継者たる芥川龍之介、その代表作たる「河童」(『改造』昭２・３)の方法の先駆と言ったら、もっと明瞭に意味付けられるであろうか[9]。

［注］

（1）外山滋比古『異本論』（昭53・11みすず書房）

（2）例えば「妄想」（『三田文学』明44・3、4）も同様の方法の作品で、それ故専ら鷗外のメッセージのみ読まれてきた。それに対し小堀桂一郎「『妄想』小論」（『国語科通信』昭43・12）は、〈これは随想とか告白的自伝の一節とみなすべきものでもなく、そこに多少のフィクションや作品のフォルム上への詩的配慮もなされてあり、やはりこれを小説というほかはない〉と指摘した。この、いわば〈小説〉化という点について小堀氏は、鷗外の翻訳したハンス・ラント「冬の王」（『帝国文学』明45・1）の影響を見ているだけに過ぎないが、三好行雄「「妄想」の地底―漢文体の世界―」（『文学』昭50・2）は、〈白髪の翁〉の仮構に注目し、それは、鷗外の近未来の姿を髣髴させるものであり、いわば現在の自らの生のあり様を相対化する視座として機能しているのだと述べた。三好論は、「妄想」を小説として読む画期的なものだが、それでも基本的には、鷗外の〈思想遍歴史〉を見ていることに変りはない。ところが大屋幸世「『妄想』図式」（『現代国語研究シリーズ6森鷗外』昭51・5尚学図書）は「妄想」の〈叙述が実際の鷗外の思想受容の流れにそっていない〉ことや、〈それらの思想の要約の多くが明治43年ごろに鷗外が読んだメチニコフの書物からのもの〉であることから、これは〈思想成長史を語るものでもない。その意味で、この小説は《教養小説》ではない〉と述べ、いわば「妄想」が虚構テクストであるとの新たなパラダイムに導いてみせる。その意味で小泉浩一郎「『妄想』と『痴人と死と』」（『大妻国文』昭46・3）が〈西洋人の死生観〉に対し〈翁の死生観〉が呈示されていると読み取り、〈東洋と西洋―文化の質的差異〉というテーマを引き出している点は、極めて重要に思える。以上、こうした「妄想」論の方位は、本稿が「沈黙の塔」で試みようとしているのと期を一にしている。

（3）渋川驍『森鷗外　作家と作品』（昭39・8筑摩書房）

（4）竹盛天雄『鷗外　その紋様』（昭59・7小沢書店）

（5）森山重雄『大逆事件＝文学作家論』（昭53・3三一書房）

（6）川村二郎「解説」（中沢けい『海を感じる時』昭59・6講談社文庫）
（7）注（4）に同じ。
（8）注（5）に同じ。
（9）日夏耿之介「俊髦亡ぶ」（『文芸春秋』昭2・9）は、芥川龍之介について〈彼は一般的に云へば夏目漱石の弟子の一人であるが、小説上から云へば明らかに森鷗外の忠実なる徒弟の一人である〉と述べている。「河童」は、やはりスウィフト『ガリヴァー旅行記』を主要な粉本にしているが、のみならず柳田国男の『山島民譚集』（大3・7甲寅叢書三）や「山の人生」（『アサヒグラフ』大14・1―8）などを受容しつつ、薄っぺらな社会諷刺に終わらない重厚な物語世界を構築している。また「河童」の〈十一章〉には、〈哲学者のマッグの書いた「阿呆の言葉」の中の何章か〉、すなわち作品を読む上で鍵となるアフォリズム風の短い断章が嵌め込まれているなど、「沈黙の塔」と方法的な類似点は多い。

三節　「田楽豆腐」論
――〈文学と科学の調和〉の時代／越境する〈植物学〉

「田楽豆腐」（『三越』大1・9）を読む上で何はともあれ問題なのは、それが百貨店業界を主導し続けた三越のPR雑誌『三越』に掲載されている事実であるらしい。『三越』は明治四四年三月に創刊された雑誌で、明治三六年八月創刊の月刊『時好』やその後継の『みつこしタイムス』を〈より質の高い文芸雑誌としての性格を併せ持つPR誌〉[1]にすべくリニューアルしたものであった。鷗外は他に「さへづり」（明44・3）・「流行」（明44・7）・「女がた」（大2・10）と都合四作を寄せているけれども、要するにそれらは三越の企業戦略を抜きには語れないかのように考えられている。[2]

三越は、明治三七年一二月〈デパートメントストア宣言〉を行い、それまでの伝統的呉服店から脱皮して以来いわば百貨店そのものであり続けるものの、それが、消費を楽しむ時代すなわち大量消費社会の到来を見据えた上でのパラダイムチェンジであったことは、例えば〈日本の新流行は三越より出づ〉（『時好』明40・5）なるキャッチコピーが示唆するように、消費を促すべく自らが流行を作り出しかつ流行そのものであらねばならぬという自覚を伴ったことでも窺える。それ故PR誌などを通して盛んに《流行》を発信することになるのみならず、《学俗協同》なる理念のもと各界の識者を集め明治三八年六月〈流行研究会〉、通称〈流行会〉を組織するまでに到る。そもそもトップモードの追求を目的にする会であったとはいえ、それが次第に国民に《良い趣味》を教導する方へ傾いていくのは、この変革の担い手が高橋義雄や日比翁助といった福沢諭吉の門下生であったことと無関係ではないだろう。いずれにしろこうした企業の利潤追求が緩やかに国家的プログラムに接続されてしまう資本主義初期特有のオプティミズムは、百貨店を博覧会と同質の祝祭空間へ進化させただけでなくいわば《三越文化》を生み出す原動力にもなった。〈江戸趣味研究会〉や〈児童用品研究会〉が脱領域的な研究の場を立ち上げるかと思うと文芸色を強めたPR誌『三越』が〈懸賞募集〉で下積みの若手作家を支援し文壇に何がしかのメッセージを発信したりと、すなわち鷗外が〈流行会〉会員に要請された明治四三年一〇月とは、正にそうした時であった。[3]

いわば、『三越』に寄せた鷗外作品はある意味の《企業小説》に他ならず、なるほど三越の理念そのものを題名にした短篇「流行」を見る限りそれは疑いようがない。「流行」は、三越商法のオマージュでありつつ、山崎国紀氏の評語を借りれば〈〈三越〉に向っての「諷諫」〉[4]を試みていて、三越の、文化の前衛たらんとする志と結局は商業主義に回収されざるを得ない現実との矛盾に対する鷗外のアンビバレントな思いが発信されていると考えられるからである。たとえ神野氏のように、その創作が〈流行そのもの〉（巌谷小波「紅葉山人と流行」『三越』大４・12）であったが故に三越に重用された尾崎紅葉や、〈流行会〉を独占する紅葉一派への批判を読んだとしても、それは変りあるまい。[5]そしてもし「田楽豆腐」も同様に考えてよいなら、《三越趣味》のイメージ戦略を企む小説ということになるだろうか。始めに〈パナマ帽〉を話題にするのも、例えば「流行」に発場する〈三越の使〉が〈手にパナマ帽を持つた紳士〉であることを重ねてみれば、それ故であると知れるし、続いて〈黒田清輝〉が話題になるのも、彼が〈流行会〉のメンバーだったこともさることながら、明治四〇年一二月に美術部を新設した三越が業界初の美術展を主催し世間を驚かせたことを思えば、やはり《三越趣味》のアピールのためと言う他はない。あるいは最後にくる〈小石川植物園〉にしても、明治四〇年四月に開設し世に衝撃を与えた〈屋上庭園〉のイメージを窺うことだって不可能ではない、植物園を公園として楽しむ感性は百貨店の遊覧的性格そのものであり、〈屋上庭園〉はそのための仕掛けの一つなのであるから。しかし言うまでもないが、それもこれもこの小説のプロットを考えずに読んだ場合の話である。

（一）

「田楽豆腐」は、後に短篇集『分身』（大2・7籾山書店）に所収されたことでも分るように鷗外の分身たる、〈森〉のアナグラムの〈木村〉を主人公にした「あそび」（『三田文学』明43・8）や「食堂」（『三田文学』明43・12）の流れを汲む、いわば《木村もの》の一作である。それ故、エッセー風な書き振りと相俟って鷗外の日常のスケッチのように受け取られたのか、稲垣達郎氏が〈どうにでも読めるおもしろい作品〉[6]と述べたことがある、しかしこれは小説である。その稲垣氏も別論で言うように[7]、〈今かい。蛙を呑んでゐる最中だ〉であった筈の木村が〈麦藁帽子〉〈園芸〉〈小石川植物園〉のエピソードを経た後〈近頃極端に楽天的になつて来たやうである〉という心境に到る過程を描く、極めて方法的な作品なのではあるまいか。

この小説で重要なのは、始めに主人公の木村が作家であることを明示している点である。その彼が自身の作品の評判を話題にして、〈蛙を呑むと云ふ〉〈エミイル・ゾラの詞〉を借りつつ、

　作者になつてゐると、毎朝新聞で悪口を言はれなくては済まない。それをぐつと呑み込むのだ。
生きた蛙を丸呑にする積りで呑み込むのだ

と述べる場面が設けられているばかりか、その後、文壇のいわば論うかのようなその〈悪口〉の逐一が報告されていく。〈遊びの文芸〉〈エクサイトメントのない作〉〈探偵小説〉などと言い立てられた揚句に、創作の才能がないというニュアンスで〈翻訳者〉に貶められる、それも〈誤訳者〉呼ばわりされて、である。福永武彦氏は話の〈枕〉[8]と受け取っているけれど、それはいわばフレームなのであって、以降の展開を作家主体の話として読むことを要請していると見るべきであろう。しかもこうした同時代の自然主義文壇との対立は、先行する「あそび」の木村が報告済みであって、少なくとも鷗外の読者の目にはそれが情報伝達の中心とは映らないだろう。とすればこの作品で問われているのは、そうした対立を長年に亙って続けてきた木村の今でなければなるまい。すなわち「田楽豆腐」は、相も変らず文壇の動向を睨んで悲憤慷慨を繰り返しているとはいえ実のところ彼も〈近頃極端に楽天的になつて来たやうである〉と、語り手が断案を下すべく書かれた小説なのではなかろうか。木村の口と腹とが違って彼が文壇に寛容になっていることは、〈誤訳問題〉に対する反応によっても窺える。いつもは木村の〈高慢〉な態度を憎んで〈蛙に賛成して〉みせる細君ですら憤慨し抗議しようと言うのに、当の木村の方が〈なんとも云はない〉で平然としているのであるから。問題は、語り手が、その事実をどのように確認して断案を下すに到ったかであるが、当然それは、いわば枠内の三つの《物語《エピソード》》に托されているのでなければなるまい。

先ず、木村が外出する折に被っていく〈麦藁帽子〉が話題にされるものの、それが木村の思考様式を立ち上げる仕掛けであることは言うまでもない。例えば細君が薦める安価な〈静岡パナマ〉を拒む事態にしてもブランド志向を示すものではなく、そのパナマを〈まがひの帽子〉と言う以上、彼の、大量消費社会が齎すキッチュな感性を容認しない思考が描き出されているに違いない。というのも木村は、最新のモードを重視する細君に対してあくまで〈夏帽子はどうしても鍔が此位なくては嘘だ〉と〈保守説を唱へて〉譲らないのみならず、〈労動者の被る〉帽子をそれと承知で買って、〈日を除ける為めに夏帽子を被ると云ふことを、まだ忘れない人達が被〉る〈品の好い帽子〉などと、水尾比呂志ばりの《用／美》一体論を主張してみせるのであるから。[9] 正に〈洋行帰りの保守主義者〉を自負する「妄想」(『三田文学』明44・3—4)の主人公さながらのこうした態度が、流行に局促としている文壇人の憎しみを買うのも頷けないではない。

　ならば木村は原理主義者かと言うとそうではない。続く木村の〈僅か百坪ばかりの庭〉の話では、その庭造りのコンセプトが〈自然らしく〉であると言っている、しかも同じ庭造りをするのは〈麹町にゐる友達の黒田しか無い〉と。しかしそう言いつつ、その一方で〈併し黒田は別に温室なんぞも拵へてゐて、抗抵力の弱い花をも育てる〉などと否定的に語ってみせる企図を見逃す訳にはいかない。むろん画家の黒田清輝のことを言っているのであり、〈写生をする〉目的で〈自然らし〉い庭造りを目差す彼のその〈自然らし〉さを保つためには〈温室〉栽培も辞さない捩れた遣り方に、〈打ち遣つて置いても咲く花しか造らない〉主義の木村が皮肉な眼差しを向けているということでなくてはなるまい。そのため〈一年増に西洋種《だね》の花が多くなつて〉いく世に連れ〈とうとう木村の庭でも〉〈いろんな西洋花が咲くやうになつた〉とはいえ、要するに、自然概念に縛られそれを遵守すべく原理主義に陥り却って〈自然らしく〉なくなっている黒田と違い、いわば自然体の木村の時流そのままの庭は、正に〈自然らし〉い風情であったと言っているのである。これでは木村は〈麦藁帽子〉をめぐる議論に逆行しているかの如くだが、この後の〈小石川植物園〉での報告が自とその疑問を解いてくれる筈である。

その植物園では、この小説の題名に取り立てられた〈田楽豆腐〉に焦点が当てられる、それが、植物の名称を著すいわゆる〈田楽札〉を示唆するだけならさほど問題にするまでもないだろうが、〈植物園〉の入口で〈お役人の差し伸べた竿〉まで〈田楽豆腐のやうな物〉と譬えられているとなると、話は別である。いわば木村は、その二つの〈田楽豆腐〉をめぐって何らかの考えを廻らせているのであって、むろんそれがこれまでの成り行きに係った問題でない筈はない。彼は、ちゃんとものの役に立っている〈蝿打〉の〈流用〉たる〈田楽豆腐〉こと〈お役人の差し伸べた竿〉と、〈札が立てて無〉かったり、植物が〈札の立ててある所から隣へ侵入して〉しまっていて全く役に立たない〈田楽札〉の対照的な様子に目を奪われているのではあるまいか。だから木村は、〈物には流用と云ふことがある〉と〈流用〉を肯定するような物言いをしているのだし、一度は〈失望〉した〈田楽札〉の件についても、〈西洋草花の名〉を突き止める〈目的を達〉するよりも、

子供が木蔭に寝転ぶにも、画の稽古をする青年が写生をするにも、書生が四阿で勉強するにも、余り窮屈にしてない方が好いと思つたから

何ら〈不平の感じは起〉こらなかったと、やはり〈流用〉を認めて肯定的見方に転じていくことになるのである。

これが黒田なら、〈田楽札〉を立て直し植物園としての機能の回復を図ったた違いないと思うにつけ、

この〈流用〉を容認する姿勢は、既述の庭造りの考え方と本質的には変りなく、共に時勢のしからしめるところに逆らわない心態の反映に見える。こうした木村の心態を背後でニーチェ主義が支えているように思えるものの、おそらく、それ故〈静岡パナマ〉なる〈まがひの帽子〉を流通させたり、〈日を除ける為め〉という用途を忘れたモードに気触れるような明らかな逸脱が許せないのであろう。そしてまた、時勢のしからしむるところに対する木村の信頼を承知している語り手だから、彼が〈近頃極端に楽天的になつて来たやうである〉と断案を下すことができたのである。むろんこの信頼は、文壇の動向にも向けられていなければなるまい。

（二）

さて、この作品によって鷗外が文壇に対する何らかのメッセージを発信しようとしたことは疑いないとしても、それ故寓意小説と速断する訳にいかないのは、如上の解釈によっても明らかである。が、ともあれそう捉えて来た歴史があって、例えば吉田精一氏は、花壇をめぐる話題そのものが〈文壇を暗に諷している〉として次のように言う。[10]

「温室なんぞも拵へてゐて、抗抵力の弱い花をも育てる」友人の行き方は、逍遙抱月等の「早稲田文学」、花袋の「文章世界」、漱石の「朝日新聞」、虚子の「ホトトギス」などを意味し、それに対して、「打ち遣つて置いても咲く花しか造らない」上に「種類の多い草花が交つて、自然らしく咲くやうに心掛けて」いるのは、「創作はその人でなければ書けないものでなければ価値がない」

（森於菟「森鷗外」）と語った、鷗外その人の態度を示していると見られないこともない。そうして見れば、「優勝者は必らずしも優美ではない。暴力のある、野蛮な奴があたりを侵略してしまふやうになり易い」のにも、当年の自然主義文壇の横暴を諷していることになる。（略）「木村の庭でも、黄いろいダアリアを始として、いろんな西洋花が咲くやうになつた」というのは、大陸文学の影響下に変異した文壇一般の情勢に合せて、おのずからに移り変った彼の傘下にある「スバル」などに思いをよせたことばかも知れない。

と、いかにも文学史家らしく文壇地図を読み取っていると言う他はない。一方、福永武彦氏はもっとあっさり、〈庭に植えてある草花というのがどうも鷗外自身の作品のアレゴリイ〉であるなら〈植物園〉が〈如何にも当時の文壇〉と述べている。[11] あるいは稲垣達郎氏のように、〈〈自然〉のままではなく、「自然らしく咲くやうに」為向けられる〉木村の庭造りが自然主義批判であって、それは「藤棚」（『太陽』明45・6）のテーマ、〈野放図な〈自然〉には、規制を加えなければならない〉の変奏とする例もあるけれど[12]、いずれにしろ、同時代の植物に関する情報を満載する小説であることに無神経であり過ぎる。

単に、その頃の〈小石川植物園〉が舞台になっているだけではない。[13] 例えばさりげなく挿入される〈木村は印東《いんどう》の西洋草花なんぞを買つて来て調べてゐた〉などと言うフラグメントにしても、〈印東熊《いんどうくま》児《じ》〉すなわち田中重策編『日本現今人名辞典』（明33・9日本現今人名辞典発行所）に〈君は東京の医師なり〉とある人物で[14]、その本が康楽園主人印東熊児著『西洋草花』（明41・9服部書店・大倉書店）を指すとなれば、無視する訳にいかないのではあるまいか。ともあれその「はしがき」を見ると本の

概略が、

本書は著者が欧州より帰りて多年実験したる西洋草花の栽培法を最も平易に記述したるものであります。世に娯楽は種々ありますけれども、園芸ほど健康にも適ひ而して高尚に優美に自然の趣味と無上の娯楽とを具備するものは恐くは他にはあるまいと思ひます。然し園芸と申してもいろ〳〵ありますが其中で草花の栽培は最も容易で美くしく、誰にでも出来るものでありますから広く一般の家庭に此の無上の自然の娯楽を頒ちたいと思ひまして学理に渉ることや温室ものゝ面倒なものは省きまして唯西洋草花の成るべく美くしいものと又新しい種類を撰んで置きました。

という風に示されているものの、本文は、〈康楽園の全景の一部〉図と七枚の植物画の後、二〇四頁に亘って一四三種の西洋草花が解説される。また附録として四一頁の小冊子『西洋草花図譜』が付いていることからも、実用書であることは明らかである。

そして、こうした植物情報の意味作用が最も露わになっているのは、〈麹町にゐる友達の黒田〉が〈こんな風に自然らしく草花を造つてゐる〉というそれであろう。繰り返すまでもなく〈外光派〉すなわち印象派の領袖たる黒田清輝のことであって、森口多里によれば、この頃の黒田は〈平凡な自然の一小断片にもリリスムを把握し得ることを〉示す画風に転換し、「春の名残」（明治41年）・「鉄砲百合」（明治42年）・「温室花壇」（大正7年）・「雑草」（大正8年）などの作品を発表することになると言う。またその嚆矢とも言うべき「春の名残」について、〈十二号程度の油絵〉であるにしろ、花が過ぎて白い冠毛だけになったタンポポのそこゝに生えてゐる緑の野の一角を切り取った構図で、外光本位の自然描写の技法を情趣本位の自然観照に適応せしめて成功した代表的作品であると云ってよい。当時の日本人はこれによって自然を享楽する一の清新な方式を鼓吹されたにちがひない。

と述べている。[15]そしてこの黒田の転換と歩調を合わせるように〈白馬会〉と〈自然主義文学と縁が結ばれ〉互いの連携を深めていくようになるが、[16]〈自然観照〉が写実主義を拠所にする以上それも必然の成行だったと言えよう。ともあれ木村の語る黒田の花造りの情報が自然主義言説であるのは疑いないとしても、問題は、こうした草花情報そのものを文学言説として読むことが当時の読者に可能だったかである。

いずれにしろ、それを可能にすべき何らかの同時代的文脈《コンテクスト》を想定する他はないのだけれど、そこで気になるのが田中貢一著『花物語』（明41・2博文館）である。島崎藤村が序文を寄せることにも窺えるように[17]田中貢一は小諸時代の藤村と親交があり、『破戒』（明39・3自費出版）の〈土屋銀之助〉のモデルと目される植物学者である。木村陽二郎氏によれば、[18]

長野師範学校で高山植物の研究家として知られた矢沢米三郎、河野齢蔵に植物を習い、小学校に勤め矢沢の世話で牧野（富太郎）の指導をうけ、自ら図を描いて『全日本植物図説』（1912）を牧野と共著の形式で出版した。

という人物であるとはいえ、彼にはもう一つ文学青年の顔があり、『花物語』はそれ故物語として書かれている。すなわち〈長野県東筑摩郡広丘村三百九十五番地〉に住む園辺花子と勝の姉弟が、ある日〈気高き自然夫人〉にして〈年とりたる女神〉より花の声を聞く能力を授かり、その上〈年若なる〉〈女神〉の〈科学夫人〉に植物学を分り易く説く書物を貰ったため、翌日から植物の〈十二の族《なかま》に〉〈毎月一人づゝ〉その特性についてのレクチャーを受けるという話である。五月の〈金鳳華科〉に始まり、〈匂紫羅欄花《にほひあらせいとう》（十字花科）〉〈雛菊・蒲公英・薊（菊科）〉〈実芰答里斯《じきたりす》（胡麻葉草《ごまのはぐさ》科）〉〈野薔薇（薔薇科）〉〈豌豆《えんどう》（荳科）〉〈人参・毒芹（繖形《さんけい》科）〉〈稲（禾本《くわほん》科）〉〈水仙（彼岸花科）〉〈桜草（桜草科）〉〈菫菜《すみれ》（菫菜科）〉と続き、最後に〈春蘭（蘭科）〉で翌年四月を迎えるという構成になっている。要するに植物学の知見を小説仕立てにした本なのだけれど、博文館の雑誌『文章世界』に掲載される〈広告文〉には、それが、〈世の所謂文学と科学の調和を云々するの士は、先づ一度本書を繙かざるべからす〉という風に打ち出されていく。一見、この本のコンセプトが明治末期の文壇を席捲した言説に回収されてしまっているかのようであるものの、実はこれこそが田中の企図であったことは、前著『植物美観信濃の花』（明36・8朝陽館）を重ねてみればよく分る。それは、単にこの本の著者が、植物学の泰斗・三好学の助言や牧野富太郎の校閲を請いながら、藤村にも〈菫菜に関する西詩九篇〉を求めているからというだけではない、全くの植物学の著述であるものが〈文学に趣味を帯ぶるの人は以て座右に備ふべし〉なる執筆動機に基づいて書かれているから問題なのである。

こうして《文学と科学の調和》を自らのコンセプトとして引き受けたのは、独り田中だけではない。札幌農学校生の卒業記念出版である川上瀧彌・森廣合著『はな』（明35・1裳華房）も「緒言」でそれを謳っている。森廣は、国木田独歩と離婚後の佐々城信子が一時婚約していた人で有島武郎の友人である。その有島がこの本の助言者に数えられている点も見逃せないにしろ、何より志賀重昂を顕賞し、『日本風景論』（明27・10・政教社）を参考文献にしている点が重要である。いわば、それこそこの著述のフレームだと種明かししているようなものであって、さらにこの本のために描かれた数々の挿絵が牧野富太郎のような植物学者の手になるものと和田英作や藤島武二など〈白馬会〉系洋画家の手になるものとで成り立っている点、「改訂版」が園芸家にして作家の前田曙山の校閲を経ている点など《文学と科学の調和》なる戦略が隅々まで行き渡っている事態が窺える。のみならずそれが読者にも届いていたことは「増補訂正第三版」巻末に載せられた書評を見れば一目瞭然であり、例えば最も辛口の泉鏡花の『国民新聞』書評も、〈『花』《ママ》の一冊を以て、直ちに科学と文学の調和を試みたりとは讃し得ざれ共〉と言いつつ、

科学を無味なり乾燥なりと云ふは、偶ま其人の没趣味を明かにするものにして、自然の霊妙なる手腕はいつれのところにか其大則を布き其生命を吹入せざるべき。紅葉の花一片、これを顕微鏡下に照らさは、唯これ細胞集合、何等の美なく何等の趣なきが如しと雖も、これが開らき、これが萎み、これが土に帰する運命に思至らは、げにソロモンの栄華も此花に若かずと教えられたる其語を新たになすを得べし

と述べている。それにしても、『日本風景論』を通して言説化されていった感のある《文学と科学の調和》をその後何故植物学が担っていくことになるのか、不思議でならない。

一八世紀において知の最前線であった《博物学》が常に医学や薬学とセットで扱われ、しかも《本

草学》と呼ばれていたことでも明らかなように植物分野が斯学の主役であったことと無関係ではないだろう。やがて蘭学の時代を迎えリンネの〈人為分類法〉によって植物学が立ち上げられるものの、蘭方医のシーボルトが《プラント・ハンター》でもあったように相変らず医学に隣接し、しかも花形であった。またラマルクの〈自然分類法〉に基づく近代植物学が導入された明治になると確かに医学と袂を分かつことになるとはいえ、印東熊児が医者であったり「青年」(『スバル』明43・3―44・8)の医科大生・大村荘之助のモデルでもある木下杢太郎が『百花譜』(昭18・3―20・7)を試みたり、両者は係り合うことを止めようとしない。[19]しかも植物学がなお特権的だったことは、例えば明治一五年に先ず東京植物学会が独立し、その〈独立後の生物学会が解消発展〉する形で明治一八年に東京動物学会が発足する経緯からも窺える、[20]牧野富太郎や本草学者を自称した南方熊楠といったスーパースターが登場するのも故無しとしない。

（三）

さて、明治末期において、《文学と科学の調和》なる言説が植物学と文学の境界を曖昧にしていく事態を見てきたけれど、それが同時代の思考そのものをいかに根深く侵犯していたかというと、例えば古典文学に登場する植物を解説したに過ぎない松山亮蔵『国文学に現れたる植物考』(明44・9寶文館)が、その「緒言」で、

文学に志あるものは、概して科学を疎外視し、科学を修むるものは、比較的文学を顧みざる傾

向あるを以て、科学と文学とは、常に其平衡を失し来れり。

という執筆動機を呈示していることでも窺える。しかもそうした事態は双方向的であって、既述の川上瀧彌・森廣合著『はな』や田中貢一『植物美観信濃の花』が植物学の文学への越境であるなら、川上眉山の友人作家・前田曙山『曙山園芸』（明44・5聚精堂）は逆に文学の植物学への越境に見える。ちなみに曙山は、橋南堂を興し、明治三八年五月には雑誌『園芸之友』（日本園芸研究会）を発刊するなど明治末の園芸ブームの中心的人物で、三越〈流行会〉のメンバーにも選ばれるのだからその動向は鷗外の視野にも入っていた筈である。[21] こうした越境の進行した結果として田中貢一が『花物語』なる科学小説を書くように文学サイドからもいわば草花小説が提出される。山田旭南『草花物語』（明40・8文祿堂書店）がそれである。安田靫彦の絵が添えられる美装本であり、旭南の師たる川上眉山の序文[22]の後に四二篇の説話が収められていて、その末尾に、

本編僅に一小冊子に過ぎず而も著者は此物語を蒐集するに約四年の日子を要したり而して其余りに怪談めきたる者は之を除き去りたれども猶其嫌ある者尠からざるを遺憾とす

とあるが如く、話の合理性に拘泥する点に単なる説話の収集を超えた志向を見る思いがする。ただし最後の二編、「ヂキタリス」と「泊芙蘭《さふらん》」は旭南の体験談である。

かくして、この植物が文学のいわば換喩であるような同時代的文脈《コンテクスト》が「田楽豆腐」の読者の思考を支配しなかった筈はなく、実に、それどころかこうした植物学小説や草花小説流行の延長線上に「田

楽豆腐」が構想された節さえある。黒田清輝の弟子で『文章世界』の挿絵やこま絵を担当していた太田三郎が『草花絵物語』（明44・2精美堂・博文館）を上梓する。これが、一九世紀西欧で盛んに刊行された読むより目を楽しませてくれる《コーヒーテーブルブック》と呼ばれた植物図譜の類いに近い本であることは、この本の序文によく現われている。すなわち、

私は草の花に関した口碑伝説などを集めてみる事が大好きです。／また私は版画を描いてみたり、文を作つてみたりする事も大好きです。／ところが此三つの大好きな『あそび』は、偶然くツつき合つて私に慫うした本を作らせました。

と。しかも、見ての通り旭南のものと全く同じ企画と言ってもよい本に見えるけれど、問題はそれを《『あそび』》と称している点である。言うまでもなく、鷗外の《木村もの》の嚆矢たる「あそび」（『三田文学』明43・8）が想起されるからである。この小説について、例えば魚住折蘆の時評「八月の小説」（『ホトトギス』明43・9）が、

森鷗外氏の「あそび」は作者自身の生活の半面を描がいたものではないかと思はれる。官吏と文学者とを兼ねた主人公が役所の帳簿を整理するのも小説を作るのもどちらも全く「あそび」の心持ちで遣つて居る心持を書いたものである。

といった受け止め方をしていることを思うと、前掲太田の序文はその影響で成り立っているように思

えるものの、実は「あそび」は自然主義文壇にも好評でそのため太田が所属する『文章世界』から原稿を依頼されたことが、それそのものを諷刺的に描いた「不思議な鏡」(『文章世界』明45・1)によって窺えるとなれば、なおさらである。また《木村もの》の第二作たる「食堂」(『三田文学』明43・12)は、同じ木村が主人公であっても〈大逆事件〉に対する鷗外なりの精一杯の抵抗が試みられていて、作品の本質が全く異なる。[23]おそらくその時点で連作性はなかったと思われるのに、ところがこの「田楽豆腐」に到って「あそび」の木村が復活して、〈自己を告白しない、寧ろ告白すべき自己を有してゐないと云ふので、遊びの文芸だとせられた〉などと言い出すばかりか、そうして始めた文学談議なのにすぐさま植物の話題にコード変換してしまう。となると「田楽豆腐」は、太田の『草花絵物語』、あるいは〈『あそび』〉主義を提唱する序文に対する批評として書かれたことも充分考えられるのではあるまいか。

つまり、この小説の本質は時評なのであって、時評小説とも小説的時評とも言いようのない脱領域的作品のように見えると言うことである。そうだとすると、太田三郎の師である黒田清輝は単なる背景的人物として描かれているのではない、彼と木村が自然観に類縁性があるかのように見える事態こそ作品の中心なのであって、いわば鷗外は、二つの思考モデルとして相対化しようと企てているのではないか。既述の如く、黒田の庭作りのコンセプトである〈自然らしさ〉とは〈温室栽培〉までして維持されている、となればそれは《あるべき自然》であり、それと同じ思考を例えば『田舎教師』(明42・10左久良書房)を書く田山花袋にも見出すことができる。ロマンチックな文学青年で植物学を志す一面もある主人公の林清三は、小林秀三なる実在のモデルそのままであることをいわば条件付けられたキャラクターであるにも拘らず、『東京の三十年』(大6・6博文館)によると、中田の遊廓通いの一条だけは虚構であって青年の人生の自然なる認識に基づいて加えたと言う。そもそも花袋の自然主義には、〈大自然の主観〉（『野の花』序文、明34・6新声社）なる言説が示唆する如く《あるがままの自然＝あるべき自然》と見做す傾向にあるので、こうした演繹的な発想にすぐさま反転するのも宜なるかなである。一方の木村はというと、文字通り《あるがまま》を尊重しているので、「歴史其儘と歴史離れ」（『心の花』大4・1）以前の鷗外の、主観を超越した歴史の自然を尊重する態度と類縁性を持つように思える。むろん木村も、その結果に対して〈楽天的〉であればこそ《あるがまま》を尊重しているのであるとはいえ、だからといって何らか観念論《アイディアリズム》に陥っている訳ではない。それは、例えば〈小石川植物園〉の変容を通して市民の憩いの場に脱構築される事態を見ている、と言うことである他はない。ともあれ〈「あそび」の心持〉というのも、そうした《あるがまま》を尊重するのと同じような心態、すなわち精神の自由の謂いに他ならないのであって、太田三郎みたいにそれを何かの主義でもあるかの如く言い立てられたら、鷗外も、さぞ心外だったろう。言うまでもなく太田のそれは〈遊びの文芸〉なる自然主義文壇の〈悪口〉と表裏一体の関係にあるのだから。

［注］

（1）神野由紀『趣味の誕生　百貨店がつくったテイスト』（平6・4勁草書房）

（2）酒井敏「鷗外と雑誌」（山崎国紀編『鷗外を学ぶ人のために』平6・2世界思想社）

（3）三越百貨店に関する叙述は、神野由紀・前掲書、初田亨『百貨店の誕生　都市文化の近代』（平5・12三省堂）、『株式会社三越85年の記録』（平2・2株式会社三越）などを参照した。

（4）山崎国紀『「流行」及び『さへづり』の周辺―鷗外と〈三越〉の関係」（『森鷗外研究』3、平1・12）
（5）注（1）に同じ。
（6）稲垣達郎「鷗外、草花、自然」（『群像』昭51・7）
（7）稲垣達郎「森鷗外作品事典」（『森鷗外必携』昭43・2学燈社）
（8）福永武彦「解説」（『新潮日本文学第一巻森鷗外』昭46・8新潮社）
（9）水尾比呂志『東洋の美学』（昭38・8美術出版社）
（10）吉田精一「解説」（『森鷗外全集』第二巻、昭34・4岩波書店）
（11）注（8）に同じ。
（12）注（6）に同じ。
（13）小石川植物園は明治三一年から入場料をとって一般にも公開されるようになり、人々に親しまれるようになったが、湯本豪一『図説明治事物起源事典』（平8・11柏書房）は、『風俗画報』明治三九年一〇月二五日号の植物園の図を載せ、次のように述べている。〈園内散策を楽しむ入園者たちである。子供を連れて気楽に来られるほど園内公開が定着していたといえよう。後方には噴水を見る入園者の姿もあり、右端には四阿も描かれているが、園内にはこのほかに売店、温室、集会所、喫茶店などもあり、また植物学教室も建てられて研究がおこなわれていた。三八年一年間の入園者は一一万七六〇九人（略）、上野動物園とともに人気を呼んでいた。（略）また、学生の入園者も多く、勉強の場として利用されていたことも動物園と同様であった〉と。なお大場秀章編『日本植物研究の歴史―小石川植物園三〇〇年の歩み』（平8・11東京大学総合研究博物館）に詳しい歴史が述べられている。
（14）「渋江抽斎」（『大阪毎日新聞』／『東京日日新聞』大5・1―5）百六章には、熊児の父・印東玄得が登場する。彼は新宮生まれの医師で、東京帝大や慶応義塾で教鞭を執り、福沢諭吉との交流も深かった。なお熊児が滝野川で開いた〈康楽園〉には、古河力作が働いていた。
（15）森口多里『明治大正の洋画』（昭16・6東京堂）

(16)　匠秀夫『日本の近代美術と文学　挿絵史とその周辺』（昭62・11沖積舎）

(17)　藤村「序」は、〈皆さん、これは田中貢一さんといふ叔父さんの書いた花のお話です。このお話の中には、雛菊のお嬢さんや薊の先生などが出て来て、お衛《ママ》話の世界へ皆さんを連れて行くやうに書いてあります。高尚な研究を解り易く説いたお話のやうですから、私も一つそのつもりで申上げることにしませう〉と述べ、さらに、桃太郎が雉子に黍団子をやるのに対し薊の先生は〈智識〉をくれるとして、次のように言う。〈こいつを心で食べて見ると、きつと皆さんはオヤと驚くことがあるだろうと思ひます。あの英吉利のダアヰンといふ鬚の大伯父さんなぞは、一生オヤと思ひつゞけた人です。花の形は斯う、葉の組織は斯う、といろ〳〵聞いたところで、あゝさうですかとばかりでは、まだ〳〵お話は尽きません。オヤと思ふところから、新しい自然が皆さんの眼の前に開けてまゐります〉と。

(18)　木村陽二郎「明治・大正期の植物学―近代的植物学の導入と発展」（『近代日本生物学者小伝』昭63・12平河出版社）

(19)　木村陽二郎『日本自然誌の成立　蘭学と本草学』（昭49・10中央公論社）、大場秀章『江戸の植物学』（平9・10東京大学出版社）を参照した。

(20)　上野益三『日本博物学史』（平1・1講談社学術文庫）

(21)　例えば、山崎国紀・前掲論文によると、鷗外が初めて出席した〈流行会〉の報告である久保田米斎「十一月の流行会」（『三越』明43・12）に次のような記述がある、〈前会に不成功なりし高山植物採集に関する幻灯の映写を試みしに今回は鮮明に出でたるより前田曙山氏は起て趣味饒多なる説明をせられぬ〉と。

(22)　川上眉山「草花物語序」は次の如くである。〈洋の西に花詞なれば、わが和に物語なからんやとて、旭南子そを四方に求めて此一書をなす。紫の野路のひと本、くれなゐの園生のいろも、人の世の心にしては、笑めるとも、泣けるとも、恋ふるとも、はたうらむとも見む。草花物語、そを解かんとして御前に候よ。それ。（四十年五月）〉

（23）　森山重雄『大逆事件＝文学作家論』（昭55・3三一書房）は、大逆事件を反映する「沈黙の塔」と「食堂」が対照的な作品で、前者が〈鷗外の内面の声の形象化〉であるなら、後者は〈役所向けの講義を内容とするもの〉と述べている。

四節　二つの怪奇譚、そして「羽鳥千尋」へ

——余は如何にして他者の心に迫りし乎

日本の近代小説が《私》の内面の報告に大きく片寄っていることは、諸家の指摘を俟つまでもない。しかし坪内逍遙『小説神髄』（明18・9—19・4松月堂）がイギリスのノヴェルをモデルに近代リアリズム小説を立ち上げようとした時、描くべき〈人情〉とは明らかに《他者》のそれであった、だからこそ小説家は〈心理学者のごとし〉でなければならなかったのである。西洋的知見のトップモードたる心理学を援用しつつ《他者》の内面を照らし出すという文明開化の思想そのもののようなその方法が、その後の文壇に深く浸透していったことは、明治三〇年代半ばの批評をリードした長谷川天渓「不自然は果して美か（文学士佐々醒雪君に与ふ）」（『太陽』明35・11）の次のような言説に明らかである。

ダーヰンの進化論或はロムブロゾーの犯罪者学、或は病理学、或は心理学等の科学的思潮に浴して出でたる文学、即ち写実派なり。

と。この頃の天渓は同様の主張を繰り返していて、「現文壇の欠点」（『太陽』明35・4）でもこうした

科学の受容の必要性を作家に説いている。それかあらぬか小説家として歩み始めた国木田独歩や島崎藤村も、鷗外の所謂「医学の説より出でたる小説論」(『月草』所収、明29・12春陽堂)すなわちゾライズムの流れを汲む《運命悲劇五部作》や《千曲川河畔の物語》を書き出すことになるのだけれど、それは、単に流行の文学観に気触れたためではあるまい。そもそも彼等も逍遙流の思考に縛られていると見るべきではなかろうか。しかしその彼等の小説も、やがて科学的な方法である点が忘れ去られ、それに伴い可視化が容易な《私》の内面を描く文学に傾斜していくのは、既述の通りである。正に鷗外は、逍遙流の方法の解体を目の当りにしつつ創作を再開せねばならなかったと言えようが、果たして《豊熟の時代》の彼に《他者》を描くべくいかなる方法が可能だったのか、二つの怪奇小説を手掛かりに探ってみたい。

(一)

「百物語」(『中央公論』明44・2)は奇妙な小説である。〈過ぎ去つた世の遺物〉のような〈百物語〉の催しに参加した体験を作者の分身たる〈僕〉が詳細に報告していく話だが、その冒頭で〈僕〉が、こういうことは小説作法に反するけど外国の読者の便を考えねばならない場合があるかも知れないと態々〈百物語〉がどういう遊びか〈説明〉しているのに、肝心の催しの始まる前に話が終わってしまい、尻切れ蜻蛉の感が否めないからである。こうした終わり方故催主の飾磨屋の人間こそ〈化物〉なる落ちに違いないと見る説まであって、それなりに支持を得ているものの(1)、そうなると、その飾磨屋を共感を持って語っている〈僕〉まで〈化物〉ということになりかねず、従う気にはなれない。

既述の〈百物語〉に関する〈説明〉に〈ファキイル〉すなわち回教の托鉢僧の見神の例を持ち出す以上、〈僕〉に、〈百物語〉は竹盛天雄氏の言う〈遊戯共同体〉(2)があってこそ成り立つとの認識がなかった筈はない。それ故〈僕〉の関心は、

怪談だの百物語だのと云ふものの全体が、イブセンの所謂幽霊になつてしまつてゐる。それだから人を引き附ける力がない

筈の今の世の、いったいどこにそんな共同体があるのかという点にあったように思える。ところが、集った人々に〈なんの共通点もない〉どころか〈しらじらしい〉空気まで漂っているのを、集合場所の〈船宿〉でも会場へ向かう〈船〉中においても、さらに会場たる〈寺島村の誰やらの別荘〉にあっても繰り返し確認している訳だから、〈僕〉の催し自体への関心はとうに失せてしまったと見るべきである。従ってその後、今時〈さう云ふ事をする男は、どんな男だらうか〉と関心が変っていくのは、いわば必然である。そしてその男、飾磨屋は、〈僕〉の予想に反し〈沈鬱な人物〉であった。しかも彼を見ているうちに自分と同じ〈傍観者〉であると気付く。ただし自分のような〈生れながら〉のそれではなく、何か心に〈創痍を受けてそれが癒えずに〉〈マリシヨオな、デモニツクな〉すなわち意地悪で悪魔的な眼で世の中を見下す〈傍観者〉になったに違いない、と。だからこそ恋人の芸者太郎との関係が、〈僕〉には、〈病人と看護婦のやう〉に見えるのである。

飾磨屋の〈創痍〉の原因は、〈少壮にして鉅万の富〉を得て〈豪遊の名を〉〈擅にし〉た揚句に〈破産〉したことや、そのために〈今紀文だと評判せられ〉たことと係っていよう。紀伊国屋文左衛門の

逸話は、戯作や歌舞伎で繰り返し取り上げられてきたけれども、菊池三渓著・依田学海評点『本朝虞初新誌』（明16・10文玉圃吉川半七）巻上の「紀文伝」では、暴風を冒して紀州蜜柑を江戸に運び巨利を得たばかりか明暦の大火の折木曽の木材を買い占めたことで三都に並ぶ者のない富豪と成り果たせたものの、富を私することを潔しとせず吉原で豪遊の限りを尽くし、揚句に零落するという風に描かれている。ありふれた紀文の物語ではあるものの、紀文がその容色のみならず人となりを愛した芸妓〈喜蝶〉の逸話を取り立てて紹介している点が見逃せない。(3) この「紀文伝」は、依田学海が再三登場する「百物語」と何がしかの係りがあるように思えてならないが、ともあれ飾磨屋は、一代で成り上がり驕奢の果てに零落する江戸商人の一典型を地でゆくような人物で、正に〈今紀文〉と称されるにふさわしい。つまりそうした近代資本主義に背を向けるような行き方故に〈創痍〉を負い、今の世を白眼視するに到ったと思われ、だから〈僕〉は、彼がこんな催しを企てた理由を次のように〈推察〉していく。

この百物語の催しなんぞも、主人は馬鹿げた事だと云ふことを飽くまで知り抜いてゐて、そこへ寄つて来る客の、或は酒食を貪る念に駆られて来たり、或はまた迷信の霧に理性を鎖されてゐて、こはい物見たさの穉い好奇心に動かされて来たりするのを、（略）冷かに見てゐるのではあるまいか。

と。要するに、慾に絡んだり野次馬根性剥き出しだったりする近代人の百態こそ〈化物〉なのであり、それを冷笑することがこの催しの主旨だったと言う次第である。

問題は、そうした〈僕〉の〈推察〉が飾磨屋を〈研究の対象〉にして得られるという、そう単純なものではない点である。既述のように彼を自分と同じ〈傍観者〉と見ていて、しかも〈他郷で故人に逢ふやうな心持がし〉たとまで言っていることを思えば、要するに〈僕〉は、自分の体験に照らして飾磨屋の心を〈推察〉しているのではあるまいか。この催し会場に来るまで正に当節の客百態に接しているのが、その証しとなろう。例えば再三目撃することになる二人の〈お酌〉であるが、会場近くの〈小さい物置〉で〈寄席〉の〈怪談師〉が使う安手の〈出来合の幽霊〉を見て怯える様は、既述の〈迷信の霧に理性を鎖されて〉〈寄つて来る客〉そのものに見える上、彼等は、〈只で笑はない丈の修行をしてゐる〉と慾に塗れた性根まで晒している。他方で、〈芸者らしくない〉芸者の太郎の、〈犠牲〉を厭わない飾磨屋への献身ぶりに感嘆の声を上げる〈僕〉に、この〈お酌〉等に対する批判意識がない筈がない。あるいは下船の折の〈下駄〉の取り違え事件にしても、慎ましく待った〈僕〉には〈歯の斜に踏み耗らされた〉〈歩きにくい〉古下駄しか残されておらず、客が争って〈新しさうなのを選つて穿〉いたことが歴然としていた。この事件をめぐって、飾磨屋の、〈客一同に新しい駒下駄を贈〉る心遣いや〈僕なんぞには不躾だと〉贈るのを〈遠慮〉した奥ゆかしさに言及している以上、この客等の態度が〈僕〉の批判の対象であったことは、やはり疑問の余地がないだろう。

つまり、この当節の客の浅ましい迷走ぶりに対する〈僕〉の批判を抑えた冷ややかな報告が、既述の飾磨屋のものとされる〈百物語〉企画の意図と重なって見えるのは、偶然とは思えず、同じ〈傍観者〉という同類意識に縛られた〈僕〉が、〈寄つて来る客〉を〈沈鬱〉で〈冷かに見〉据える飾磨屋の様子を見て自分と同じ思いを抱いているものと、大森荘蔵氏の言葉を借りれば《重ね描き》[4]し、さらにそれに基づき催しの企画の意図を〈推察〉したのではなかろうか。この小説の翌月、鷗外は、「妄想」（『三田文学』明44・3）を発表し、自身の西欧哲学遍歴に言及しているけれど、ともあれデカルト以来の近代哲学が問題にしてきたことに、私は他者の心をいかに知ることが出来るかという《他我問題》がある。「百物語」は、それを、近代リアリズム小説における他者心理を描く方法の問題に援用しているかの如くである。鷗外の分身たる〈僕〉は、飾磨屋という《他我》をいかに認識していくのか、と。

（二）

透明な語り手が当り前のように語った他者心理などつまるところ虚構でしかないことを百も承知しつつ、なお語り手が、自分の内的体験に照らして《他我》を語る、つまりそんな遣り方で近代リアリズム小説を成り立たせたばかりか、それそのものを主題化してみせるいわばメタフィクションとも言うべき小説が「百物語」と言えようか。そしてそういう方法意識に立つ小説にして、語り手が逆に自己消去的であったならば、そこに描き出されている《他我》のその認識のあり様は、専ら読者が〈推察〉する他はなく、勢い小説がミステリー的になってしまうように思える。「鼠坂」（『中央公論』明45・5）をそうした小説の一つに数えてもよいと思うものの、それかあらぬかこの小説の語り手の振舞いが極めて自己消去的なのである。日露戦争成金たる深淵家の新築祝いの夜の出来事を描く「鼠坂」は、出だしで、二人の招待客と主人が〈満州〉時代の思い出話を交わす様子が報告されている。二人の客は、名前を知らされぬまま、一方の〈支那語の通訳〉が深淵の〈金を儲け〉る才覚や気前の良さを〈無邪気〉に称えるのに対し、他方の〈新聞記者〉は、彼の商売人としての裏の顔を皮肉るという対照的な言説のありようを示す点が紹介され、それを以て〈好人物〉と〈悪党〉という人間性の違いが示唆されていく。漱石「虞美人草」(『朝日新聞』明40・6―10)冒頭の比叡山に遊ぶ宗近と甲野の描き方を思わせるこの語り口は事件が始動するまで続き、深淵の女房が記者の犯罪告発の口火を切ったことで、ようやく〈新聞記者〉が小川で〈通訳〉が平山であると語られる。こうした語り手の口の重さはこの小説が怪奇小説なのかミステリーなのか分りづらくしていて、いかようにも解釈可能な多義的テクストたることを企てた小説との説が横行するのも故無しとしない。[5] しかし〈満州〉時代の深淵の悪業を暴き〈主人の顔をちよいと見て、狡猾げに笑つた〉と語られる小川が、〈金その物に興味を持つてゐる君とは違ふ。併し友達には、君のやうな人があるのが好い〉という科白を吐くのを見逃す訳にはいかない。要するに小川がゆすりかたりの類いであることを仄めかしていると思えるものの、この頃新聞記者の腐敗が社会問題になっていて、例えば宮武外骨『滑稽新聞』第百貳号(明38・8・25)は、「腐敗新聞屋共」なる告発記事を載せ、さらに〈官吏の収賄、新聞屋のユスリ〉と並べて批難している。実は鷗外も、小倉時代以来、新聞や雑誌記者のゆすりかたりに度々悩まされていたことを日記に書き止めていて、[6] 深淵がゆすりの被害者ならば、その苦痛や憎しみを《重ね描き》し易い条件を備えていたのである。むろんそれを匂わせないルールのもと「鼠坂」は書かれているにしろ、ともあれ小川が同時代に横行したゆすりかたり記者の類いであったことは、疑いようがない。その点を取り立て前景化すれば、深淵の巧妙な小川殺人の朧化された全貌が炙り出されてくる筈で、この小説は、我々読者が深淵の企てを〈推察〉しながら読み進めるようにいわば仕組まれていて、既述の如くミステリー仕立ての作品に見える。

それ故、この作品は、深淵がこの夜の殺害に合わせ周到に準備してきたことを念頭に置いて読み進めねばならず、この新築の屋敷自体が殺害の舞台として建てられたように思える。深淵は〈満州〉時代に飲食店を営んでいた節があり、それを彷彿とさせるいかにも趣味の悪い〈新開地の料理店〉然とした屋敷と説明されているからである。その新築祝いにその頃の知人の平山と小川を招いたのであって、しかもそれが〈二月十七日〉、小川が〈満州〉でレイプ殺人を犯したのと同じ日なのである。小川の気持ちを無視して事件の詳細を話した深淵が〈さつきの話は旧暦の除夜だつたと君は云つたから、丁度今日が七回忌だ〉と突き付ける以上、敢えてその日を選んで招待したことは疑う余地がない。やがて宴も跳ね、酔った小川が通されたのはホテルのような作りの〈二階〉の奥まった部屋で、〈寝床〉には〈満州〉の家のように〈炕〉つまりオンドルが備え付けられていた。不快な気分のまま寝入った小川だが、夜中に目を醒ますと、あの事件の現場を〈暗示〉する情景が〈青白いやうな薄明り〉に浮かぶようにセットされているのに気付き、思わず〈ぞつと〉する。彼は、記憶を手繰り寄せるかのように、

見えたのは紅唐紙で、それに「立春大吉」と書いてある。その吉の字が半分裂けて、ぶらりと下がつてゐる。(略)下は、一面の粟稈《あわがら》だ。

と逐一確かめていった末、その〈粟稈〉の上に自分が殺した中国人娘と見紛う女が横たわっているのを認め、たちまち〈脳溢血〉を起し絶命してしまう。小川は幻覚を見た訳ではない。深淵邸には〈小綺麗な顔をした、田舎出らしい女中〉がいた訳だからその女中の扮装であっても不思議はないのである。つまり繰り返すまでもなくこれは殺人なのであり、深淵の女房がしきりに酒を勧めたため〈小川

の足元は大ぶ怪し〉くなる程酩酊していた上に、〈煖炉があるのに、枕元に真鍮の火鉢を置いて〉部屋を異様に暑くしていたことを思えばよい。そこに極度の興奮状態が加わったとなれば、〈脳溢血〉を起さない筈がない。小川の死が深淵の企みによるものであったことは疑問の余地がない。

既述のように、この作品には、殺人の動機はもとより深淵の心内描写が一切無く、彼の発話や様々な設定からその企みの全貌を読み取っていく他はないのだけれど、ただし見逃してはならないのが題名の寓意性である。この小説は、題名に取り立てられた〈鼠坂〉の説明から始まる。

小日向から音羽へ降りる鼠坂と云ふ坂がある。鼠でなくては上がり降りが出来ないと云ふ意味で附けた名ださうだ。

と。江戸の文芸に、密かに害をなす悪党の意味で《鼠》が使われる例を見かけるものの、〈鼠坂〉はいわば、そうした悪党の通う裏道を連想させ、その坂道に覆い被さるように建てられた深淵邸にも、何かしら隠微な意図が密められているように見える。それかあらぬかこの枠小説の前枠において、鼠坂の家のきな臭さから〈近所の人〉の不安が掻き立てられている様子が描かれている。その不安はやがて誰かが聞き込んできた〈噂〉でいったんは掻き消されるとはいえ、小川の突然死で再び人々の心を捕らえていくことになる。そしてその不安を鎮めたのは他ならぬ〈新聞〉だったという次第であり、何とそれを語る後枠の最後には態々その〈平凡極まる記事〉の全文が紹介され、まるで〈新聞〉が事件の真相を隠蔽してしまったかのような感じなのである。

この作品が悪徳新聞記者への復讐をテーマにしていることを思えば、こうした結末に、「灰燼」（『三田文学』明44・10—大1・12）同様の新聞批判を見ることも出来ない相談ではないにしろ、[7] 私には、新聞メディアが深淵の犯罪隠しに一役買っているようにしか見えない。要するにこの作品のミステリー性を際立たせていると言う他なく、いずれにしろ「鼠坂」のこうしたありようは、同時代にコナン・ドイルやオースティン・フリーマンなど本格的推理小説の紹介が相次ぎ、黒岩涙香以来途絶えていた創作探偵小説が事実上の黎明期を迎えていたことと無関係であった筈はない。谷崎潤一郎「秘密」（『中央公論』明44・11）あたりを皮切りに、大正期になると、佐藤春夫や芥川龍之介も所謂《芸術的探偵小説》[8] を書き出すものの、実は「鼠坂」も、本間久雄「四月の小説評」（『新小説』明45・5）で〈探偵小説の上乗なもの〉と評されていたことを無視する訳にはいかない。

（三）

鷗外は、「田楽豆腐」（『三越』大1・9）で、分身的人物の木村が自作に対する文壇の無理解を憤る科白の中に、〈写実的に犯罪を書くと、探偵小説だと云はれる〉と先の「鼠坂」評を示唆するような一節を折り込んでいる。これを、従来の文壇批判の単なる繰り返しと見る訳にいかないのは、この頃の鷗外が、歴史叙述に軸足を移すことに窺えるように、明らかに作家的転機を迎えているからである。しかもその歴史叙述への志向が結局《史伝》に行き着くことを思えば、[9] 彼に転機を促したのが小説への懐疑であったと言えまいか。つまり「鼠坂」が探偵小説でしかないと感じていたのは、誰であろう鷗外自身であったという次第で、歴史叙述への転身に先立って小説とも実録ともつかぬ「羽鳥千尋」（『中央公論』大1・8）を書き、いわば近代リアリズム小説に異議申し立てしているように見えるとなると、そう思う他はない。

日露戦後の文壇では、青年や青春を主題化した小説がもて囃され、鷗外も、戦後の新たな社会現実や文化情況を生きることで創作の契機を掴もうとする青年文士を描く「青年」(『スバル』明43・3―44・8)を発表するが、実は漱石「三四郎」(『朝日新聞』明41・9―12)に〈技癢〉を覚えたのが執筆動機だったという。文壇復帰を果たした鷗外が常に漱石の動向を気にしていたことは容易に察しが付くものの、もう一人注意を怠らなかったのが自然主義文壇の領袖たる田山花袋であることは、「不思議な鏡」(『文章世界』明45・1)を見ればよく分る。その花袋のやはり青春を描いた『田舎教師』(明42・10佐久良書房)に、鷗外が関心を持たなかった筈はなく、彼のもう一つの青春小説とも言うべき「羽鳥千尋」に何らかの影響を与えているのではあるまいか。「羽鳥千尋」は、高崎郊外に実在した一青年の手紙で成り立っていて、同じ北関東出身の小林秀三が残した日記を基に書かれた『田舎教師』とその手法が似ているばかりか、モデルの一方の小林秀三が明治一七年三月一一日生まれなら他方の羽鳥は明治二〇年生まれといわば同世代であって、その人物像まで重なっている節があるからである。それ故、『田舎教師』が立身出世の夢破れ結核に蝕まれた末明治三七年九月の遼陽占領の〈国民の歓呼の声を余所に〉一人淋しく死んでいく林清三青年を描くのに対し、「羽鳥千尋」もまた、翌三八年春に、

首席で中学の業を卒へた。(略)私は卒業式の日に県知事の前で答辞を読み、母校の庭に卒業記念樹を植ゑて、未来を薔薇色に見てゐた。

と、人生の〈最得意の秋《とき》〉を迎えた筈の主人公の、その後の暗転、すなわち結核が〈此時芽ざし〉た

上に実家の破産まで覆い被さる不運を描いているのだけれど、その類似を単なる偶然と見ることが出来ない。その人生の分岐点を描く際に鷗外は、羽鳥の認識にない〈皇軍がロシアと戦つて捷《か》つた三十八年の春〉とか〈丁度連戦連捷した皇軍が満州で最後の勝利を贏《か》ち得た三十八年の春〉なるコメントを付け加えていて、それがその何よりの証しである。要するに鷗外は羽鳥の悲劇に仄見えていた明治国家の栄えある歴史の尊い対価というような物語を前景化している訳で、それによって先の林清三の描き方そのものになっていくことを思えば、そこに『田舎教師』の促しを見ない訳にはいかない。(10)

しかしこうした鷗外の介入は例外的で、「羽鳥千尋」なる作品は、作者の分身〈己〉が羽鳥との関係を説明する冒頭文はあるにしても、要するに一一パラグラフに亙って羽鳥の手紙が紹介されるだけなのである。『鷗外全集』第一〇、一一巻（昭47・8、9岩波書店）の「月報」に掲載された「羽鳥千尋手柬全」と見比べてみると、長文の手紙の要点を抜粋し平明な言文一致体に改めてはいるものの、内容、構成ともに概ね変りないことが分る。しかもこの作品は、〈羽鳥千尋は実在の人物である〉という一文から始まるので、既述の如く小説とは別ジャンルの創作に見える。基になった日記があくまで素材に過ぎず、必要とあれば主人公の遊郭通いの場面を仮構することも辞さない『田舎教師』と全く異なった行き方である。つまりは、『田舎教師』は花袋の小説なのであって、主人公の林清三は《明星派》風のロマンチシズムに憧れ《人生の不可解》に煩悶する明治三〇年代青年の典型として造型されていると言うことである。

では、清三と同時代を生きる羽鳥千尋はどんな青年として描かれているのかと言うと、〈高山樗牛の書を愛読して、今の天才を欽仰し英雄を崇拝する〉ロマンチックな心情を喚起されるかと思えば綱島梁川の〈病間録を読んで〉その〈驚異〉願望に共感する正に林清三と変らない明治三〇年代の典型的青年であるかのように見えるものの、ところが、それにも拘らず煩悶青年にならないばかりか個人主義思想にも染まることがない。[11]むしろ父母に孝養を尽くし家名を上げることに囚われる世間的な青年であり、それかあらぬか〈己〉も、初対面の折〈二十二歳にしては、言語も挙動も不思議な程無邪気〉と感じたとある。島崎藤村の自伝小説「春」(『東京朝日新聞』明41・4―8)で、家と自我の狭間で葛藤する青年が〈親はもとより大切である。しかし自分の道を見出すといふことは猶大切だ〉との思いに到るのと比べれば、羽鳥は、いわば自我形成以前と言わねばなるまい。その点は〈文芸〉との係りを述べる折により露わになる訳で、〈敏感〉な感性を誇り〈海潮音や春鳥集を読んで、酒に酔つたやう〉になると言いながら、その実〈鑑賞〉のみの話で〈製作力の迸り出る〉ことはない、と。つまり彼には語るべき自己がないのである。その後〈結核〉を患い人生の〈蹉跌〉を味わうと〈同時に〉〈俳句を始めた〉のが何よりの証拠である、この時彼は、初めて自己と向かい合っているのである。

この、同時代に周知されていた明治三〇年代の青年像を脱構築したとでも言うような羽鳥千尋の存在感は、我々の思いを、決して時代の典型として回収できない人間的実存へと誘う。冒頭で〈己〉が、同じように自分に手紙を寄越しやはり志半ばで結核に倒れた詩人甲山〈大塚寿助〉に言及したのも、〈この「不幸」が決して特殊でなく一般性普遍性をもつこと〉[12]を言いたかったのではなく、逆に甲山には甲山の悲劇があることを示唆しているのではあるまいか。そこに、近代リアリズム小説が考案した典型概念への不信を見出すにしても、より直接には、これまで準拠してきた『田舎教師』の方法の否定があったと見るべきであろう。『田舎教師』の主題に言寄せるように悲劇を語りながら、その実モデルの人間的実存を描くという「羽鳥千尋」のあり方には、『田舎教師』の立ち上げた典型など恣意的に措定された観念に他ならず、結局は林清三の他者性も一つの仮構でしかないとの思いが見え隠れしているということである。しかもこの「羽鳥千尋」のあり方は、これまでの鷗外小説の方法の否定でもあった筈である。一人称の語り手が自らの内的体験を基に《他我》を《重ね描き》するという「百物語」などの方法は、合理的であるように見える。しかしそうして認識された《他我》が確かに他者の内面であるとの保証はどこにもなく、そうした哲学上の大問題たる《他我問題》にもし鷗外が膠着していたとしたら、無邪気に近代小説を書く気にならなかったのも頷ける。ともあれこうした《近代小説の別れ》を措定しなければ、他者を他者として描く「羽鳥千尋」の登場など説明しようもない。私には、これが、《史伝》の方法の幕開けのように見えるのである。

［**注**］

（1）三島由紀夫「森鷗外」（『日本の文学2森鷗外（一）』解説、昭41・1中央公論社）が、〈人生に何の興味もない今紀文と言われる主人役その人が、実は生ける化け物だというこの荒涼たる読後感は他に比肩するものを見ない〉と述べている。その後、井上靖「森鷗外」（『二人の作家』昭48・4河出書房新社）や工藤茂「森鷗外と口承文芸―『百物語』を中心に―」（『別府大学紀要』昭53・1）も、飾磨屋こそ化物と見る説を支持している。

（2）竹盛天雄『鷗外　その紋様』（昭59・7小沢書店）

（3）池澤一郎校注「菊池三渓本朝虞初新誌（抄）」（『新日本古典文学大系明治篇3漢文小説集』平17・8岩波書店）の「補注一五」には、〈紀伊国屋文左衛門の伝は明治期には講談演目として盛んに演じられ〉たことが紹介されている。飾磨屋には〈鹿島清兵衛〉なるモデルがあり、明治大正期の写真界に貢献しやはり〈今紀文〉と称された。しかも実際〈百物語〉の催しを行っていたことは、『東京朝日新聞』明治二九年七月二八日の記事に窺える。しかし森銑三「『百物語』余聞」（『中央公論』昭46・4）が言うように、鷗外は、事実そのままを書いている訳ではないので、飾磨屋の造型には紀伊国屋文左衛門のイメージが深く関与していると思う。

（4）自分から他の人間を見るとき、その他の人間が〈他我〉であり、それをどう認識するかが哲学の〈他我問題〉であるが、大森荘蔵『時間と自我』（平4・3青土社）は、それを次のように説明している。〈例えば眼前の人を二重に描写することを考えてみる。その人は涙を流し肩を垂れている、というように観察的に描くことができる。だがそれに重ねて、彼は悲しいんだ、という他者コギト命題（他人称に心の働きを言う動詞がついた命題）で描くこともできる。他者についてこのような「重ね描き」が習慣的に強化されてゆくとき、やがては「彼の悲しみ」という理論概念にそれが重なる観察的事態の持つ実在性が移行する〉と。

（5）川島みどり「森鷗外『鼠坂』―〈多層〉的構造と〈反復〉する〈語り〉」（『明治大学大学院文学研究論集』平16・2）、田中貴子「人、それを謎と呼ぶ―森鷗外『鼠坂』再考」（『文学』平19・3）

（6）『小倉日記』明治三三年三月二九日の条に〈小松埼幹一といふものあり。東京経済雑誌社員と称して、予に帰京の資を給せんことを求む〉とあり、同年四月一一日の条には、〈原田芳丸といふもの、中央公論の記者と称して、我を追ひてハインドの家に至り、盤纏を借らんと欲す。その態度強請に近し〉とある。さらに「明治四二年の日記」の二月二日の条にも、〈所謂北斗会とて陸軍省に出入する新聞記者等の会合なり。席上東京朝日新聞記者村山某、小池は愚直なりしに汝は軽薄なりと叫び、予に暴行を加ふ。予村山某と庭の飛石の間に倒れ、左手を傷く〉とある。

（7）田口真理子「森鷗外「鼠坂」論」（『日本文芸学』平15・2）は、〈最後に提示された「新聞記事」は、いかにも一面的である。その記事自体を最後に提示することが、作者の当時の新聞報道への批判的姿勢を物語っている〉と述べている。ちなみに芥川龍之介「ひよつとこ」（『帝国文学』大4・4）も、

〈新聞の十把一束と云ふ欄〉で正に十把一絡に片付けられた平吉の人生をクローズアップしてみせるという作品になっている。

（8）『中央公論』定期増刊「秘密と開放」号（大７・７）に、〈芸術的探偵小説〉という特集が組まれ、芥川龍之介「開化の殺人」・谷崎潤一郎「二人の芸術家の話」・佐藤春夫「指紋」・里見弴「刑事の家」の四篇が載せられた。その後、直木三十五や野村胡堂、徳冨蘆花の文章にも、この言葉が使われている。

（9）小堀桂一郎『森鷗外　文業改題（創作篇）』（昭57・1岩波書店）は、作品集『意地』『天保物語』『堺事件』で〈史料の「自然」を見てとってそれを尊重する〉歴史小説の書き手であった鷗外が、「歴史其儘と歴史離れ」（『心の花』大４・１）を切っ掛けに、〈もっと自由に作家的恣意や工夫を発揮〉する「魚玄機」「最後の一句」「高瀬舟」「寒山拾得」などを発表するようになるものの、やがて史伝に到って〈史料の「自然」が持つ束縛にわれから積極的に従ひ、むしろその「自然」を掘り起す様な方向に進〉むことになる、と述べている。

（10）平岡敏夫『日露戦後文学の研究』上（昭60・5有精堂）は、両作品の類似を指摘している。

（11）「羽鳥千尋手束」には、『高祖遺文録』や『我懺悔』などの仏教書に心惹かれ、懐疑や煩悶に囚われたことが述べられているものの、鷗外は、その部分を無視している。例えば『病閒録』の驚異思想に共感しながら、要するに〈細菌学や心理学や精神病学は私の為めには驚異の宝庫〉といったレベルの認識しか持てない羽鳥に深い精神生活を送ることなどあり得なかったのではないか。世間的青年たる羽鳥には、若き藤村のように日蓮や清沢満之の思想に心酔する心性はないと判断し、所詮流行に気触れただけと見做して無視したと考えられる。いずれにしろ鷗外は、「手束」の内容をただ摘録している訳ではなく、羽鳥の人物像をしっかり摑んだ上で取捨選択していると言えよう。

（12）注（２）に同じ。

Ⅳ章　谷崎潤一郎の場合

一節　「刺青」論
――〈自己表出〉か〈芸術性〉か

「刺青」は、明治四三年一一月第二次『新思潮』三号に発表され、事実上谷崎の処女作と言われている。谷崎の数多い作品の中で最も論じられることの多い作品でありその評価もほぼ定着しているかのように見えるものの、近年その文学史的な位置付けに対する疑義が提出され、「刺青」に対する理解そのものに微妙な地殻変動が起きてきているように思う。「刺青」論には《作家は処女作に向かって成熟する》という言説を引用している例をよく見かけるように、[1]これまで「刺青」の処女作性を疑うことはなかった。しかし中島国彦氏の論[2]やそれを受け継ぐ佐々木寛氏の詳細な研究[3]は、そのような〈わたくしたちの共通の理解〉を打ち崩してしまった。例えば中島氏は、谷崎が作家として出発しようとした時〈巨大な深い混沌〉を抱えていたため、第二次『新思潮』同人の頃には小山内薫に倣って当時流行した《一幕物戯曲》の作家を目差していたにも拘らず、その後荷風との関係性を意識するにつれ「刺青」を処女作とする〈神話〉に捕われ出すようになると言い、それ故〈若き日の混沌の現われとして様々な傾向の作品が集められた作品集『刺青』そのものが処女作〉であると述べている。あるいは佐々木氏も、谷崎自身の文学的出発に対する矜持を込めた史劇「誕生」（『新思潮』創刊号、明43・9）が同じモチーフで書かれた「象」(『新思潮』二号、明43・10)や「刺青」と比べても作品としての完成度が高く、作者が自信を持って処女作として発表したものであると論じている。

重ねて言えば、近代文学史上最も華々しく文壇に登場した作家と言われる谷崎のその前後のダイナミズムにスポットを当てることは、「刺青」の文学史的位置付けのみならずその作品評価そのものをも揺るがすことになりかねない。しかし、それにも拘らず「刺青」の処女作性が動くとは思えないのは、何と言っても「青春物語」(『中央公論』昭7・9—8・3)で、戯曲にはさほど興味を持っていなかったと述べているからであり、また原「刺青」が「誕生」の前に書かれていたとあるからである。もちろん佐々木氏が指摘する、「刺青」が先に書かれたとする『明治大正文学全集　谷崎潤一郎篇』解説(昭3・2春陽堂)や「青春物語」それに「『刺青』『少年』など—創作余談(その二)—」(『別冊文芸春秋』昭31・9)のうち最初の一文以外その言い方が極めて曖昧であるのに比べて、「学校時代」(『文芸雑誌』大5・4)と「『少年世界』への論文」(『文章倶楽部』大6・5)の方は「誕生」が処女作と明瞭に述べているという事態を無視している訳ではない。ただ私は、野口武彦氏が言うように〈「悪」という谷崎の文学的主題〉(4)が「刺青」によって始めて描かれたという事実を重視したいのである。ただし原「刺青」からの改稿の問題もからんでいるので、その点は改めて述べることにする。

ではいったい何故「刺青」よりも「誕生」の方を最初に発表したのか、詳細は本論に譲るとして、当時の谷崎を取り巻く情況に係って多少の考えがあるので述べておきたい。先ず、何よりもこの点について大切なのは、既に指摘があるように《一幕物戯曲》の流行という情況である、それは小山内薫との係りからも頷ける。「青春物語」によれば小山内は谷崎が自ら師弟の礼をとった唯一の人であり、二八歳の小山内の《自由劇場》での活躍、すなわち明治四二年一一月二七・二八の両日有楽座で上演された森鷗外訳のイプセン『ジョン・ガブリエル・ボルクマン』の大成功がいかにまぶしく谷崎の眼に映っていたかが窺える。ただし、それが谷崎の心から望む道であったかというと疑問である。同じ「青春物語」の中で彼は、小山内との気持ちの隔たりに言及した揚句、既述のように演劇の方面にはさほど野心を持っていなかったと述べているからである。かなり割り引いて考えねばならないにしてもやはりそれは彼の本音であって、小山内や戯曲への接近は、前掲中島論文の言葉を借りれば〈にせの関係性〉に過ぎないと言うのが適当であるように思える。そう考えれば「刺青」の方が先に書かれていたことも納得できる。谷崎が作家として出発する前後強度の神経衰弱に陥っていて、それが一種の恐怖に近い将来に対する不安、すなわち作家として世に立つことができるか否かにまつわる不安から来ていることはよく知られている。だから谷崎はどんなことをしても文壇に認められねばならなかったのだけれど、「青春物語」の言葉に従えば、〈自分の天分〉に対する自信や〈文壇へ進出する手蔓〉あるいは〈果して原稿料で食って行けるかどうか〉というような自問自答を繰り返しながら創作家への道を模索していたと言える。そこには自己の作家的資質を問う余裕など微塵もない。それ故「誕生」の不評をおびえ、自然主義風の「一日」のような作を書いてみたりしたのであろう。

しかし、それにしても、〈自分の芸術上の血族の一人〉（「青春物語」）と信ずる荷風の評価を期待しつつ書き進められたと思しい「刺青」の発表を、既に『新思潮』創刊前後に完稿が成っていたと考えられるのに何故その三号まで待たねばならなかったのかだが、察するに当時の彼を支配した〈恐怖〉自体がその理由だったのではなかろうか。というのも「刺青」を処女作として発表しなかった理由について、「学校時代」や『少年世界』への論文」で〈発売禁止が怖く〉と述べているからである。何としても文壇にデビューしたい谷崎にとって発禁は怖いものであったに違いない。その頃の荷風が『ふらんす物語』（明42・3博文館）、『歓楽』（明42・9易風社）と相次いで発禁の憂き目にあっている事実を思えば、荷風の〈血脈〉を引くその作品も、やはり発禁になる可能性を持っていることになろう。あるいは彼の病的な恐怖心からすれば、発禁作家である荷風の存在自体が煙たかったのかもしれない。かくして「誕生」を処女作として掲載するに到ったと思えるものの、ところがその『新思潮』創刊号も、小山内が好意で寄せた「反古」のために発売禁止になってしまった。こうして小山内も発禁作家の仲間入りということになるともはや荷風を敬遠する理由がない、ここでようやく谷崎はスタートラインに立ったと言うべきか。

（一）

かつて関良一氏は、中村光夫が指摘する谷崎文学の〈一つの型〉、すなわち

自分の魅力を自覚してゐない女性を、それに捕へられた男が（自分の楽しみを増すために）それを自覚することによって発達させようと図る。すると、一旦その力に目醒めた女性は、自覚によって成育した魅力によって、男を翻弄するだけでなく、かへって彼からはなれてゆく。一方自縄自縛の形で、ますます深く女の魅力の虜になりその上女に裏切られた男は、社会的には廃人あるいは「痴人」になりながら、そこに独自の至福を見出す。

というプロトタイプに「刺青」の本質を認めつつ、ただし三島由紀夫のような作者のマゾヒズム体験

の告白とする見方を差し引いたいわばある〈無名作家の日記〉ないし〈若き芸術至上主義者の生みの悩みの物語〉こそ「刺青」のテーマと述べたことがある。[6]つまり、三島由紀夫のように女性排跪やマゾヒズムあるいはフットフェティシズムといったような異常性欲の物語とみるかあるいは一種の芸術家小説とみるかという点が、「刺青」論の主要な分岐点になっていた。もっとも、異常性欲の物語と読む論者は多いが芸術家小説とする論は西沢正彦氏のものぐらいしか見当らない、[7]それも谷崎の恋愛体験に結びつけた見解である。しかしまた、芸術家小説という読みが全く市民権を得られなかった訳ではなく、例えば橋本芳一郎氏や山口政幸氏は、悪女誕生の物語というもう一つのテーマを認めることで関説を受け継いでいる。[8]しかし、それはまた、異常性欲の物語において取り立てて問題にならなかった悪女誕生の筋立てが芸術家小説と見た場合浮き上がってしまうことをも示している。笹淵友一氏は、その点をオスカー・ワイルド『ドリアングレイの画像』（一八九一）の影響と見做し、〈バジル・ボールワード〉の純粋に芸術家としての資質と〈ヘンリー・ウォットン卿〉の哲学者教育家としての資質を清吉が兼ね備えていることから生じたのであり、そのため「刺青」の構想に破綻が生じていると述べている。[9]また佐々木寛氏も、この哲学者教育家としての性格を清吉に見ているにも拘らず彼を作者の分身とは認めず、谷崎の小学校時代の恩師たる稲葉清吉との交情を〈清吉と小娘の出会ひの経過に反映してゐる〉としている。逆に、その稲葉清吉の俤を清吉に重ねる点は同じなのに彼を谷崎の分身と捉える西沢氏のような立場もある。さらにこの二説を統合しようとする努力もあり、野口武彦氏の論はその代表的なものであろう。[10]あるいは遠藤祐氏の論も、〈残忍なる芸術家〉から〈享楽人〉へという清吉の変貌を読み取ることで「刺青」の統一的な理解を示そうとしたものである。[11]

さて、以上のように見渡してみると、「刺青」論にとって芸術家小説とする読みにどう向き合うのかという点を避けて通る訳に行かないことが分る。しかしまた、その芸術家小説という読みもその立場が一律ではなく、例えば関論文がより純粋に創造上の問題として、おそらく〈年来の宿願の達成〉という点に惹き付けて捉えているのに対し、西沢氏は、〈もと豊国国貞の風を慕つて、浮世絵師〉をしていたが今は〈刺青師に堕落〉しているといういわゆる〈清吉の堕落劇〉を視点に読み解いている。つまり谷崎の青年期のデカダンスな生活や恋愛体験を通して自己の文学的主題を獲得していったという三島由紀夫などの立場に近い意見といえるけれど、この両者の相違は、おもしろい解釈上の対立を示している。すなわち、清吉が念願の美女に出会うまでの歳月を具体的に〈三年四年〉〈四年目の夏〉〈五年目の春も半ば老い込んだ或る日〉〈足かけ五年〉と書き込んでいる点に関して、西沢氏が書簡等の証拠に基づき谷崎の恋愛とか情事に係るものであると捉え、関氏は、〈焦慮に満ちた青年谷崎の芸術的（および道徳的）彷徨の体験にうらづけられている〉と見ている。関説には具体的な証拠や説明がないので、それを裏付けてみよう。先ず〈足かけ五年〉について、「刺青」完稿の明治四三年から数えて五年前というと明治三九年である。この年谷崎は一高の二年で恋愛事件の末に世話になっていた北村家を出され、それを契機に文学を志し英法科から英文科に転じた。三年四年は虚しく過ぎ〈四年目の夏〉というと明治四二年のこと、「誕生」を『帝国文学』に送って没書になったり自然主義風の「一日」なる作品を『早稲田文学』に送ってみたりしているものの何よりもこの頃に原「刺青」が書かれていることが重要であり、それに係っての記述と考えられる。そして〈五年目〉の晩春というと明治四三年、この年の九月に『新思潮』が創刊される。既述のように「刺青」の完稿はその前後と考えられるので、あるいはそれは晩春の頃のことだったのかもしれない。ところで〈四年目の夏〉が原「刺青」の制作日を示唆するものなら〈駕籠の簾のかげから、真つ白な女の素足のこぼれて居るのに気がついた〉と語られる念願の美女との出会いは、清吉を中心とした芸術家小説にあって、ようやく悪女誕生のドラマが仄見えてきたことを暗示するものでなければなるまい。

いずれにしても、関説によっても説明可能であり、何も西沢氏のように、原「刺青」が作者の初恋の人たる北村家の女中の穂積フクとの恋愛に伴う〈堕落劇〉であり、その後偕楽園の女中との第二の恋によって〈堕落劇〉は行き着いたもののそれが却って《愚徳礼讃》という〈新しい認識の獲得〉に繋がり、現「刺青」の完成を促した、などと言うアクロバチックな解釈をしなくてもよい。第一、それなら何故時代を現代から江戸期に移さねばならなかったのか。〈あまりにも惨憺たる情況〉で〈皮剥の苦痛〉に耐えかねたという西沢説に従ったとしても、それはあくまで最初の恋に係ったそして現「刺青」では大幅に削除された原「刺青」の中心であった部分についての話であって、現「刺青」に係る第二の恋はむしろ谷崎の創造に繋がったのであるから時代の変更の理由になるまい。しかしまた関説によったとしても、〈もと浮世絵師〉だったのが今〈刺青師に堕落〉しているという設定は説明しきれない、少なくとも、若き芸術家志望の一青年である谷崎の生みの苦しみの物語と読む限りは。繰り返せばこの小説を芸術家小説として読もうとする時、この清吉の〈堕落劇〉という作品の始めの設定は無視し得ないけれど、のみならず原「刺青」の構想を捉えることも不可欠のように思う。

（二）

原「刺青」について谷崎は、「『刺青』『少年』など―創作余談（その二）―」で、それが現代ものであってしかも〈もっと長い物〉であったと述べている。佐々木寛氏は、「青春物語」にある『新思潮』

創刊の頃〈その時もう書けてゐた〉原稿用紙〈二十枚ばかりの〉ものを、現「刺青」が〈ほぼ十六枚〉であることから原「刺青」と見做し、〈改作の方向が内容的にも分量的にも削るといふ面に強くあった〉と推定しているものの、既述の「刺青」の完稿を『新思潮』創刊前後とする関説に説得力があり、この〈二十枚ばかりの〉「刺青」は現「刺青」について言っているものと言う他はない。枚数に多少の違いがあるのは、この現「刺青」が発表されるのがそれから二ヶ月後のことであるのでそれこそ〈内容的にも分量的にも削〉ったのであろう。原「刺青」から現「刺青」への改稿過程はそのような簡単な問題ではない、言うまでもなく現代劇であった原「刺青」には、例の有名な冒頭文〈其れはまだ人々が「愚」と云ふ貴い徳を持つて居て〉以下の時代設定の部分、反理知主義・愚徳礼讃・文明批評などと称される文章がなかった筈であり、それは明らかに現「刺青」への改稿過程において作品内容の何らかの変容に伴って書き込まれたものなのである。すなわち原「刺青」から現「刺青」への書き換えが作品内容に係る重大な問題を孕んだものであったことを、何はともあれ確認しておきたい。

谷崎の初期の作品群すなわち短篇集『刺青』（明44・12籾山書店）刊行までの作品を眺めてみると、おもしろい事実に気付く。つまり、「刺青」と「麒麟」（『新思潮』四号、明43・12）を除いて他の小説作品がすべて現代ものであるなら、対照的に戯曲作品は歴史ものという点である。なお明治四四年一月の『新思潮』に発表を予定していてそのまま流産してしまった〈喜劇「嘘の力」〉は内容不明であるにしろ、同年五月の『スバル』に掲載を予定していた戯曲「褒似」は、その表題から歴史ものであることは明白である。この事実は出発期の谷崎を考える上で重要な意味を含んでいる。というのも、歴史もの小説である「刺青」が当初は現代ものとして書かれたことに係るからである。また「麒麟」についても、最初は戯曲として制作された作品であった。箕輪武雄氏によれば、この作品が短篇にしては会話が多いのは戯曲作品として構想された名残であるという。[12] つまり例外に見えたこの二作とも、もとは小説は現代で戯曲は歴史ものという描き分けを基本的に踏襲していたことになる。

何故このような描き分けがあるのかという問題であるが、前掲橋本論文は、谷崎の初期作品の特色として心理描写というリアリズム小説にとって不可欠の条件を備えていない点を挙げ、さらに谷崎の資質はむしろ筋立ての方に向いておりそちらの面に才能があったと指摘している。むろんそれは、谷崎が小説制作にとって心理描写など不必要と考えていたということではない。むしろ自己の能力の不足を自覚しそれを補うべく努力していたことは、「The Affair of Two Watches」(『新思潮』二号、明43・10)・「彷徨」(『新思潮』六号、明44・2)・「飇風」(『三田文学』明44・10)という心理描写に力点を置いた小品や小説が書かれていくことでも分る。もっともこれらの小説の底の浅さや冗長な描写を見れば、彼が決してこの種の小説が得意ではなかったことも逆に窺えるのであるが。にも拘らず「彷徨」について、明治四三年一二月の『新思潮』の「消息欄」に〈谷崎は始めて現代に材を取つた小説を書く。実はこの方が本領なのだ〉と紹介されていることを思えば、谷崎は、自然主義的な自己告白とは異なるにしても、自己の内面の問題をモチーフにした写実風の現代小説を本当は目標にしていたと推定できる、ただ彼の才能がそのような小説を書くのに向いていなかっただけである。彼の資質は筋立ての面白さやある時代精神を摑み取る方に向いていたのであり、そういう資質は戯曲にこそ最適であった筈である。そこから原「刺青」の性格の一端を推し測ることができる。すなわち現「刺青」より長いものであった原「刺青」は、冗長な描写の目立つ写実風の小説であったのではないかということである。しかも例の有名な冒頭文がなければ、現「刺青」でさえ清吉を主題化する物語にしか見えない。現代ものであったことからも、おそらく原「刺青」はもっと作者谷崎に密接したほぼ等身大の物語であったと考えられる。逆に取れば、現「刺青」で強調されているのは悪女誕生や女性拝跪というようなテーマであって、それは既述の具体的な日時の書き込みに関する問題とも響き合う。谷崎は戯曲において〈時代の雰囲気そのまま再現し、その向うに時代の精神〉〈を彷彿させる〉[13]ことに成功していた。例えば「象」は、〈その日その日を楽しもうとする享楽主義の（江戸の）町人世界〉を描いたものであるけれど、その「象」の世界に悪女誕生や女性拝跪というようなテーマを持ち込むのは容易であろう。ただむろん小説より戯曲の方がやりやすかった筈で、「麒麟」が当初戯曲として書かれたり「褒似」などという題の戯曲が後にも構想されていることが何よりの証しである。しかし谷崎は不満足なまま抛ってあった原「刺青」の世界にそのテーマを持ち込んだ。それは、原「刺青」の中に悪女の可能性を秘めた娘がおぼつかないまま潜められていたからに他ならない。彼は、原「刺青」の冗長な描写を削り取るのみならず時代を江戸期に持っていくことで完全な虚構の世界を創出し、そこで始めて悪女誕生の夢を十全に紡ぐことができたのである。もっとも、そのために芸術家小説という原「刺青」のテーマがかなり後退を強いられたことは否めない。

既述のように、谷崎は「学校時代」と『「少年世界」への論文」で、「刺青」を処女作として発表しなかった理由について発禁を怖れたからと述べている。このことを即改稿の理由に繋げて、刺青を禁止した明治四一年九月の《警察犯処罰令》を憚って時代を問題のない江戸期に移したとするのが何か私たちの〈共通の理解〉になりかかっている。しかしこの二つの文章で言っているのは、谷崎が発売禁止を怖れて作品を大分削り取ったというだけのことである。繰り返せば原「刺青」から現「刺青」への改稿では、単に削り取っただけではなく時代を変えそのため少なくとも冒頭文を付け加えているのである。要するにこれらの回想が明らかにしているのは、既述の〈二十枚ばかり〉の原稿を〈十六枚ほど〉に削る作業のことであって改稿についてではないように思う。さて、はっきり改稿について述べている文章は『『刺青』『少年』など─創作余談（その二）─』だけであり、そこで〈徳川時代に持つて行つたのは、現代ではどうも作品の上で具合が悪かつたからだ〉と言っている。この〈具合の悪さ〉とは、刺青が禁止され処罰を受ける〈現代〉にあって、刺青を入れられた女が凱歌の声をあげるという筋立てが原「刺青」のような現代劇ではいかにも不自然であるという意味に受け取れる。だいたい時代を変えたぐらいで発禁をまぬがれるなどと考えること自体馬鹿げているのである。しかし時代を江戸期に持って行ったことは谷崎にとってやはり後退だったと思われる。なぜなら、その後の彼の作品の方位は、このようなテーマをいかにして現代という《場》に無理なく設定するかという点に添って展開しているからである。

「少年」（『スバル』明44・6）は、少年の世界というものの特殊性を発見することによって実を結んだ小説である。山口昌男氏によれば、一九世紀から二〇世紀にかけて三つの《深層》の発見があったという、すなわち無意識と未開社会、そして子供である。[14]この《深層》という点について既に伊藤整は、「刺青」や「少年」の中に〈真の「己」の発見〉というテーマがあり、第一次世界大戦を経験しかつフロイトの影響を受けた西欧文学によく見かけるテーマであると指摘している。[15]橋本氏をはじめ、谷崎がフロイトを読んでいた可能性を示唆する論者は多く、再説するまでもなく「少年」は、子供の世界が大人社会とは全く異なる理屈で動いているという発見をもとに書かれた作品なのである。このような子供の世界の自律性については、樋口一葉の「たけくらべ」（『文学界』明28・1─29・1）に示唆されたとも考えられる。あるいは、ロマンチシズムの傾向としてエキゾチズムや過去への憧憬、少年期への追慕などが挙げられるものの、過去や異郷への憧れをそれぞれ「刺青」と「麒麟」で描き分けた後、少年期への追慕を「少年」で追い求めたのかもしれない。彼の悪夢の実現の《場》への追求はさらに日露戦後の《浮華動揺》という世相を発見する。[16] それが「幇間」(『スバル』明44・9)である。いずれにしても、原「刺青」から現「刺青」への改稿をこのような流れの中に置いてみると、悪女誕生とか女性拝跪というような谷崎の夢を紡ぐにふさわしい《場》を必要とするテーマと正しく近代人としての谷崎の苦悩を直截に表出した芸術家小説という近代的なテーマとはそうたやすく結び付かないことが分る。それ故リアル・タイムな《場》を設定し得た「幇間」にあって主人公の三平が、「刺青」の清吉と全く逆の徹底した芸人(職人)気質の人物であったのも宜なえる。念を押せば、非現実という枠の中でのみ可能だった悪女誕生や女性拝跪の怪しい夢の昇華とそれ自体に写実性への要求を孕んでいた自身の芸術家としての生みの苦しみの形象化とが、危うい平衡を保ったところに現「刺青」は成り立ったと言うことである。

次に、芸術家清吉の意識の内部にもう少し立ち入って考えてみたい。

(三)

清吉は〈もと豊国国貞の風を慕つて、浮世絵師〉をしていたとされている。谷崎は、歌川国芳の弟子で最後の浮世絵師といわれる大蘇芳年の絵を最も好んでいた。また弟精二の『明治の日本橋・潤一郎の手紙』(昭42・2新樹社)によれば、彼等の母が昔浮世絵のモデルになったことがあり、その絵師は大蘇芳年だったという。確かに笠原伸夫氏の指摘通り、例えば「少年」に描かれた幕末の血塗られた絵草紙は芳年の『英名二十八衆句』(一八六六)などを念頭に置いたものであろう。[17] また「麒麟」の南子夫人が孔子に見せる〈炮烙の刑〉の場面の精緻な描写を見ても、幼年期に芳年などで培われた好みを思わせるものがある。〈炮烙の刑〉というと、「刺青」の中で、清吉が娘に見せる二幅の画の一つがやはり〈炮烙の刑〉を示す〈古の暴君紂王の寵妃・末喜《ママ》を描いた絵〉である。この絵はもと浮世絵師であった清吉の作であったに違いない。それは、もう一幅の絵が娘の〈未来を絵に現わした〉いわば清吉の〈宿願〉を形象化したものであって、それ故に〈「肥料」などなど云う現代式の絵〉（「新刊雑誌新思潮」『東京毎日新聞』明43・11・4）であったことによっても窺える。ちなみに西沢正彦氏は、一方を〈殷の暴君紂王の寵妃妲己の〝炮烙の刑〟の絵、もう一方を夏の暴君桀王の寵妃末喜の「肥料」と題された絵〉として〈それが、書きかえなどその時の手違いで、現在のようになった〉と説明しているけれど、明らかに間違いである。〈炮烙の刑〉の絵が〈妃の顔に似通つて〉いる娘の〈心〉を映したものであるなら、〈肥料〉の絵は、娘の〈未来〉を示した〈娘の顔と寸分違はぬ〉ものであったと言っているからであり、つまりは前者がこの娘のルーツたるいわば悪女の元祖を主題化しているのに対し、後者は、文字通り悪女に変貌を遂げた彼女の姿そのものだからである。むしろ書きかえによる手違いは、〈肥料〉などという現代劇であった原「刺青」にふさわしい題をそのまま江戸期に場を移した現「刺青」に残した点に見るべきであろう。それは、清吉が近代芸術家的な造型のまま残されたことと無縁ではあるまい。いずれにしても清吉の絵の傾向が、谷崎の好んだ芳年あるいは師の国芳などに近いものであったことは疑いない。

しかし、そう考えてくると、清吉の設定〈もと豊国国貞の風を慕〉う浮世絵師というのはどういうことであろう。豊国や国貞は歌川派のいわば正統であり美人画や役者絵を得意とする。彼等は芸術家肌で、江戸町人的職人的な気質を持ち奇警な画題や構図を好む国芳とは明らかに肌合いが異なる。国芳は、彼の出世作『通俗水滸伝豪傑百八人』（一八二七）で英雄豪傑の肌を大胆な刺青で色どり大変な評判をとったということもあって、刺青ブームの切っ掛けを作ったばかりか自らも刺青の下絵を描いた。その下絵は明治大正昭和を通じて刺青の手本とされたという。[18]とすれば、谷崎の好みや清吉の絵の傾向からしてもあるいは例の有名な冒頭の《愚徳礼讃》や職人気質を讃美するような文面からしても、清吉は国芳の流れを汲むものとした方がふさわしい筈である。芳年にしてもほぼ同様であって西沢氏が詳しく論じている通りであるとはいえ、ただし清吉を芳年であると断定するような考えには従えない、何らかの意味で芳年のイメージが清吉の造型に係っているのは認めるにしても。以下その点についても述べる。

さて、国芳や芳年に近似するイメージを持つ清吉を何故豊国国貞の流れを汲むとしたのか。それを解く鍵は一に〈堕落〉という言葉にある、すなわち〈刺青師に堕落〉するという設定は、職人的で刺青に深い関わりを持つ異端の浮世絵師の国芳というより、浮世絵の正統にして芸術主義的な豊国や国貞門下の人物にふさわしいように思える。従って清吉が〈刺青師に堕落〉することになった要因は、女性問題や荒淫などではなく、むしろ〈炮烙の刑〉の図や〈肥料〉の図のような異端の絵への傾斜が師風にそぐわなかった結果と見た方が自然である。つまり谷崎は、自身の《異端者の悲しみ》のようなモチーフを清吉に仮託したのではあるまいか。しかしそれが直ちに国芳や芳年的なものへの接近を意味した訳ではないのは、〈刺青師〉への転身を〈堕落〉と思う清吉の芸術家的な矜持によっても窺える。この点は作中で執拗に強調されており、例えば当時の実在の刺青師である〈浅草のちやり文、松島町の奴平、こんこん次郎〉〈達磨金〉〈唐草権太〉などの名前を列挙しつつどれもこれも職人風の通り名であるのに、清吉のみ本名で呼ばれている。あるいは、当時の刺青の名人として挙げられたうちの二人が〈達磨金はぼかし刺が得意〉で〈唐草権太は未刺の名手〉と刺青の技術が賞讃されているのに、清吉だけは〈奇警な構図と妖艶な線とで名を知られた〉とその芸術的な手腕が称えられている。さらに清吉は、その仕事に関しても〈画工らしい良心と、鋭感〉から、彼の芸術意欲をそそる素材すなわち〈皮膚と骨組み〉を選び、また〈一切の構図と費用とを彼の望むがまゝにして〉という条件を付ける。正しく清吉にとってたとえ刺青であっても自己表現の手段に他ならなかったのである。周囲の職人的な雰囲気の中で一人清吉のみ芸術家気質を保持していることが強調されている。このように彼の芸術的な嗜好は、その異端性故に浮世絵界では受け入れられず、わずかに、日陰のそれ故にまた異端的な刺青という職人的世界でのみ咲き誇ることが許された。そしてそのような世界に沈淪しなければならなかった苦悩が作品の始めに描かれる清吉の屈折した意識を呼び覚ましたのであり、その苦悩を窺うことで始めて清吉のサディスティックな性癖と行為が理解されるのではあるまいか。だからサディスティックな行為に〈人知れぬ快楽〉を求めることが、前掲笹淵論の言うように、〈堕落した芸術家の心理〉であるとしても〈刺青という一種の絵画性の不純〉に由来するとは思えない。清吉にとって刺青師になったこと自体が堕落であり、それへの自虐的な思いがサディスティックな行為に走らせているだけなのであり、それもたやすくマゾヒズムに反転するレベルのものでしかないのである。ただ、〈マゾヒストはいじめられるのが趣味なのではなくて、いじめさせるのが趣味〉でありそれ故パートナーを選ぶ権利はマゾヒストにあるとする野口氏の説明[19]に従えば、「幇間」の三平を念頭に置けばよく分る話であって、清吉の本質もマゾヒストとした方が分りやすいかもしれない。あるいは美女の肌に〈己れの魂を刺り込む〉という〈宿願〉そのものにアプリオリにマゾヒズムへの嗜好が動いていたと言えようか、〈肥料〉の絵が清吉の作であり〈宿願〉の美女であった娘を描いたものなのであるから、そう考えられないこともない。とまれ、清吉が真性のサディストであった訳ではなくまた刺青自体に密む不純な要素が非芸術的な享楽にのめり込ませたのではないのは、念願の娘の肌に刺青をほどこす段になって、彼女に出来るだけ苦痛を与えまいと〈麻酔剤〉を使っていることでも分る。清吉をサディストと見做し〈麻酔剤〉の使用を〈悪の介入〉とする森安理文氏のような考えもあるとはいえ、[20]要するにその時の清吉は、既に堕落した刺青師ではなく正しく年来の〈宿願〉を果たしつつある芸術家なのである。このような清吉のあり方は、正しく近代芸術家のものであり、さらに言えば、自身の異端性故に自然主義文壇の厚い壁に押し潰されていた当時の谷崎の心情が重ね合わせられているのかもしれない。

清吉の造型を以上のように理解してくると、既述の、反理知主義の表明と言われる冒頭文の《愚徳礼讃》や職人気質の讃美とも受け取れる部分と清吉のあり方は明らかに矛盾する。言い換えれば、この冒頭文故に清吉が、〈殿様や若旦那の長閑な顔が曇らぬやうに、御殿女中や華魁の笑ひの種が尽きぬやうに〉務めるお茶坊主や幇間と同じような存在に見えてくるのは否めないが、忘れてはならないのは、その同じ冒頭文の〈すべて美しい者は強者であり〉以下の口上によってこの作品の女の存在感がみごとに意味づけられている点である。この冒頭文が現「刺青」への改稿の過程で書き込まれたものである以上、この冒頭文と手を結ぶ悪女誕生のテーマが現「刺青」において増幅されたものなのに対し、この冒頭文と対立する芸術家小説の方は、原「刺青」の中心をなしたテーマであったと言うことになる。しかし、現「刺青」の中で見出すことのできる芸術家小説としての筋立てと原「刺青」のそれとが全く同じであったとは思えない。例えば「誕生」は、物怪や悪霊などの呪詛を受けながらそれらに打ち勝って皇子が誕生し、道長の祝福を受けるという戯曲であって、そこに谷崎の作家的出発に対する自負を見る論がある。[21] 取り分け佐々木寛氏は、皇子の誕生を妨げる諸々の悪霊に〈当時の谷崎の境遇上の悪条件〉の寓意を認め、それ故彼の〈自己の存在証明への願望が、様々な困難を克服して誕生して来る、祝福さるべき皇子の形象となった〉としつつ、それは正に「刺青」と共通するテーマであると述べている。佐々木氏は、〈祝典的な内容〉で終わる「誕生」と〈清吉と娘との間の乖離もしくは決別〉で終わる「刺青」との相違に気付いていながら、清吉を道長の役柄を襲う〈谷崎の庇護者待望の心理〉の形象化とした上で娘の方に作者の自己仮託を読むため、この二作の本質的違いを見逃してしまっている。素直に読めば、「刺青」の結末におけるこの〈乖離〉はむしろ作者と作品の乖離の寓意に見える。野村尚吾氏の言葉を借りれば〈自分の創作物が、独り歩きするのを制止することもできず、といって断ち切ることもならぬ境地に甘んぜざるをえない〉〈創作家の運命〉を示したものということになる。[22] 問題は、そうした〈創作家の運命〉というようなモチーフが原「刺青」にもあったかである。そこで「誕生」が、谷崎の創作家としての生みの苦しみの物語であるばかりか〈祝典劇的な内容〉で終わることに改めて注目してみると、何やら露伴の初期の傑作「五重塔」(『国会』明24・11―25・4) に似ていることに気付かされる。「饒舌録」(『改造』昭2・2―12) や「露伴翁追悼講演会に寄す」(『新文学』昭22・10) などによれば谷崎は少年時代から露伴を愛読していて、「五重塔」は、仲間の職人の様々な妨害にもめげず完成させた〈のつそり十兵衛〉の塔が暴風雨にもゆるがず彼を祝福するかのように立っていたという、正に「誕生」さながらの作品である。確かに谷崎は「座談会　谷崎文学の神髄」において「五重塔」が嫌いであると言ってはいるものの、[23]「誕生」のような作品を書いている以上始めから嫌っていた訳ではあるまい。しかし逆に取れば、いつ頃からか「五重塔」同様に「誕生」も受け入れられなくなったということになる筈で、短篇集『刺青』に「誕生」を入れなかったのも、それ故だったかも知れない。

再三述べているように、悪女誕生や女性拝跪のようなテーマは現「刺青」への改稿時に増幅されたものと考えられる。つまり原「刺青」では清吉と娘の〈乖離〉というような事態などあり得なかった筈で、いわば「誕生」と同じ〈祝典劇〉的な結末であった可能性が強い。原「刺青」は、〈娘の背中に刺青れた女郎蜘蛛の効果〉を知ることが〈清吉の楽しみでなければならず、又それを確認したい欲求も当然あろう〉と前掲笹淵論が言うように、清吉の楽しみや欲求に力点が置かれた作品だったのではあるまいか。あるいは、「五重塔」が川越の源太を中心とする職人的雰囲気の中でただ一人自己表出にこだわるのっそり十兵衛の芸術家気質を強調する作品であることを思うと、もっとその影響を見てもよいのかもしれない。

〔注〕

（1）関良一「「刺青」（近代小説鑑賞八）」（『解釈と鑑賞』昭32・7）、野口武彦「「刺青」論」（『解釈と鑑賞別冊』昭50・4）、永栄啓伸「谷崎「刺青」覚書」（『解放』昭52・3）など。
（2）中島国彦「作家の誕生―荷風との邂逅―」（『国文学』昭55・8）
（3）佐々木寛「「刺青」読みかへの試み」（『文芸と批評』昭56・11）。以降、この論文からの引用は特に注記しない。
（4）野口武彦『谷崎潤一郎論』（昭48・8中央公論社）
（5）注（1）に同じ。

(6) 注（1）に同じ。なお中村光夫の引用文は、「『鍵』を論ず」（『文学のありかた』昭32・5筑摩書房）。
(7) 西沢正彦「「刺青」論―清吉の堕落劇―」（『論考　谷崎潤一郎』昭55・5桜楓社）。以降、この論文からの引用は特に注記しない。
(8) 橋本芳一郎『谷崎潤一郎の文学』（昭40・6桜楓社）、山口政幸「「刺青」論」（『上智近代文学研究』昭57・8）
(9) 笹淵友一「「刺青」論」（『日本文学と英文学』昭48・2教育出版センター）
(10) 注（4）に同じ。
(11) 遠藤祐「〈享楽人〉のおもかげ―「刺青」と「麒麟」―」（『吉田精一博士古希記念　日本の近代文学―作家と作品』昭53・11角川書店）
(12) 箕輪武雄「『史劇観』戦争と初期潤一郎」（『論考　谷崎潤一郎』昭55・5桜楓社）
(13) 千葉俊二「作品集『刺青』」（『解釈と鑑賞』昭58・5）
(14) 山口昌男「子供の発見」（『笑いと逸脱』昭59・1筑摩書房）
(15) 伊藤整「谷崎文学の性格」（『谷崎潤一郎の文学』昭29・7塙書房）
(16) 平岡敏夫「明治四十年代文学における青年像」（『文学』昭44・6）に示唆を受けた。
(17) 笠原伸夫『谷崎潤一郎―宿命のエロス』（昭55・6冬樹社）
(18) 鈴木重三「総説　歌川の流れ」（『浮世絵大系9豊国』昭51・2集英社）、鈴木重三「総説　末期浮世絵」（『浮世絵大系10国貞・国芳・栄泉』）、鈴木仁一「『国芳漫画』について」（『国芳漫画』昭57・9岩崎美術社）、小林忠『浮世絵の魅力』（昭59・5ビジネス教育出版社）、飯沢匡「刺青のルネッサンス」（『ユリイカ』昭53・4）、松田修『刺青・性・死』（昭47・4平凡社選書）などを参考にした。
(19) 『シンポジウム日本文学16谷崎潤一郎』（昭51・1学生社）
(20) 森安理文「「刺青」論―その劇的享楽について―」（『国学院雑誌』昭49・11）
(21) 金丸十三男「谷崎潤一郎の戯曲」（『谷崎潤一郎研究』昭47・11八木書店）や佐々木寛・前掲論文など

が代表的な論。

(22) 野村尚吾『谷崎潤一郎　風土と文学』(昭48・2中央公論社)

(23) 『文芸臨時増刊号　谷崎潤一郎読本』(昭31・3河出書房)

二節　「少年」の方法
――〈胎内幻想〉と〈金毛九尾の狐〉の物語

処女作と見做される「刺青」が論者の関心の的になるのはそれなりにわかるにしても、初期の谷崎文学の中でも取り分け「少年」が注目されるのは何故であろうか。おそらくそれは、作者自らが〈前期作品のうちでは、一番キズのない、完成されたもの〉[1]と語っていることや、第一作品集の表題を現在の『刺青』ではなく初め『少年』にしようと考えていた事実と無関係ではあるまい。つまり、このような作者の執着の意味は、「少年」論の重要な問題点になってしかるべきなのに、寡聞にしてそれに触れた論を知らない。差し当って、その問題を詳らかにするところから本論を起してみようと思う所以である。

（一）

出発期の谷崎潤一郎について〈巨大な深い混沌〉に置かれていたことを指摘したのは中島国彦氏であるが[2]、それは単に、悪女礼讃・女性拝跪といったいかにも谷崎らしいテーマの小説群と並行して、一方で一幕物の戯曲が書かれたかと思うと他方で写実風の小説が書き次がれていくような事態に止まるものではない。個々の小説自体がこのような〈混沌〉を内包していると思える故に、根が深いのである。例えば現行の「刺青」(『新思潮』明43・11)は、ある意味でダブル・プロットの小説と見え、刺青師の清吉の長年に亙る芸術的願望を果たす物語が中心なのか一人の娘の悪女に変身する物語が中心なのか判然としない。実は「刺青」には改稿問題があり、初め作者谷崎の創作家としての生みの苦しみを主題化した写実的な小説であったものを悪女誕生・女性拝跪といったテーマを増幅する方向で改稿したため、先のようなテーマの揺らぎが生じたと考えたことがある。[3]

また、次作の「麒麟」(『新思潮』明43・12)も初め戯曲として構想されたものであり、その改作に関しても似たような事情が潜んでいる。「麒麟」は一見、実に整然と構成された小説であるかの如くである。冒頭にエピグラフが置かれ、作中に〈林鐘〉という言葉があるので中国の楽律である〈十二律〉を意識した結果に他なるまいが、この物語全体が一二のパラグラフに分節化されている。しかもそれらが起承転結風に構成されている事実も見逃せない。また、〈西暦紀元前四百九十三年〉〈春の始め〉のこととして始まり同じ年の〈春の某の日〉のことで終わるという具合に見事に首尾呼応し、対句法や三句・五句による列挙法も多用され、極めて形式的である。ところがこの小説は何を主題化しているのかという点になると、必ずしも明らかではない。例えば遠藤祐氏は、霊公をめぐって〈道徳の典型である孔子〉と〈美と力の権化である南子〉の対立が展開される要するに二人の〈麒麟児〉の物語であると言い、[4]林四郎氏はさらに一歩進めて、〈「徳を好む者」と「色を好む者」〉という〈霊公の中に存在する二つの人格〉こそテーマであるとする。[5]しかしもしそうなら、孔子が霊公や南子夫人と出会う以前の場面での、老子の門弟で隠者林類との長い問答は、いったい何のために設定されたことになるのであろうか。どう見てもこの小説は孔子に始まり孔子に終わる話であって、「麒麟」という題名やエピグラフからしても孔子を中心として構成された物語と受け取る方が自然に思える。ただそうすると逆に南子夫人が圧倒的存在感をもって描かれている事実が浮き上がってしまい、先程の遠藤氏や林氏のような読みの可能性もあながち否定できない。坂本浩氏は、〈そのやうな二つの見かたが行はれうるといふことは〉〈構成上のゆるみ〉があるからと言うけれど、[6]既述のように谷崎は構成について過剰な程注意を払っている節があり、にわかには従えない。

そこで問題になるのは、『新思潮』三号（明43・11）の〈消息欄〉が伝える「麒麟」が初め〈孔子を材料とした戯曲〉であった事実である。その点を踏まえて箕輪武雄氏は、第一高等学校『校友会雑誌』（明39・12—40・3）を舞台に繰り広げられた〈「史劇観」論争〉から谷崎の史劇の創作方法を導き出し、「麒麟」につき次のように述べている。すなわち谷崎は、『春秋左氏伝』や『史記』に記述されている〈孔子が霊公の夫人南子と同車し、のちに「吾未見好徳如色者也」と言って衛を去ったという事実〉に着眼し、

そこに南子と孔子の対立という虚構を挿入することで、孔子が衛を去らねばならなかった「因縁」を明らかにするとともに、善の悪による敗北という「理想美」を描いたのである。

と。[7]ただ、ここで言う〈理想美〉なるものは、「麒麟」が戯曲として構想されている限り『校友会雑誌』（明39・3）の〈前号批評〉で展開されている谷崎の史劇論の次のような要諦、〈所謂理想美は這箇（注—過去世独特の）人事美人情美を通じて、極めて自然に、朦朧と現れ来る也〉という程度を出

るものではなかった筈である。ともあれ戯曲「麒麟」は、あくまで孔子の運命を描くことに中心があったことを忘れるべきではない。ところが小説「麒麟」では、南子夫人の存在がクローズ・アップされ、先に見たように孔子と南子夫人の対立劇、さらには霊公の心中における徳と色の葛藤こそ主題であるかの如き態をなしている。ならば小説への改作は、戯曲の中にごく〈自然に〉〈朦朧と〉現われていたに過ぎない善悪の対立という〈理想美〉を増幅する方向で行なわれたと見做すことができるのではあるまいか。また「麒麟」との結縁がつとに指摘されているアナトール・フランスの最初の歴史小説「バルタザアル」（一八八九）であるが、(8) あるいはそれもこのような〈理想美〉の増幅の過程で影響を与えたということなのかも知れない。要するに「バルタザアル」のヒロインであるシバの女王バルキスの存在感が南子夫人のイメージ強化を促した、と。

さて、「刺青」や「麒麟」のような谷崎の本領と思われている小説が内包する以上の如き〈混沌〉は、同じ流れを汲む「少年」（『スバル』明44・6）には全く見られない。明治四四年五月の『スバル』に中国の伝説的な悪女を主題化したと考えられる「褒似」という題の戯曲を発表する予定であったことを思うと、なおもある程度の〈混沌〉は続いたと思われるものの、少なくとも「少年」は、自己の文学的テーマが確立し、その作品化により相応しいジャンルや創作方法が見定められた時点で構想された小説ではなかったか。それ故谷崎は、既述の如く〈一番キズのない、完成されたもの〉という自負を持ち、第一作品集の表題にしようと考えたのではあるまいか。

（二）

さて、以上のように谷崎にとって画期的な小説である筈の「少年」は、とどのつまり何を描こうとしたものなのか。近年、「少年」の読みは確かに精緻を極めるようになってきているけれど、基本的には、この小説世界が〈多層構造〉になっていてその中心に〈美と悪の聖域〉が息づくとする笠原伸夫説[9]を踏襲しているように思える。しかし、この小説にいかにも谷崎文学のキー・ワードらしい〈美と悪〉を見出したとしても、あるいはそれを〈異界〉〈異空間〉なるもっと抽象度の高い概念に置き換えてみたとしても、語り手で視点人物たる〈私〉こと萩原の栄ちゃんに導かれて読み進む我々にとって、いったいその体験の質がいかなるものであったのか少しも見えてこない。ここで、冒頭の問いを次のように言い直してもよいだろう、つまり萩原の栄ちゃんは何を体験したのか、と。

定石に従い先ず「少年」の構造から入ってみたい。この小説世界がいわば三層構造になっていることは改めて言うまでもない。非日常的世界である塙家の外側に学校を中心とする現実世界が広がる構造になっているばかりか、さらにその塙家にも、〈日本館〉を中心とする世界とその奥に潜められた現実と全く懸け離れたような〈西洋館〉の世界という位相差が設けられている。この塙家の二つの世界はそれぞれどういう世界かというと、〈私〉こと萩原の栄ちゃんの認識に添って捉えれば、〈日本館〉を中心とする世界が正に〈不思議な国〉であるなら〈西洋館〉は、〈幽玄な、微妙な〉ピアノの音に表象される〈別世界〉と言うことになろう。しかもこのような設定が極めて図式的なものであることは、次のような点からも窺える。〈お稲荷様のお祭〉の日に初めて〈塙家〉に足を踏み入れた〈私〉がいわば日常的な識閾を逸脱する体験に曝されているために〈何となく恐ろしい気がした〉と思うのに対し、〈水天宮の縁日〉の夜に〈西洋館〉に忍び込む〈私〉も、〈半ばゝ恐怖〉に囚われた揚句に思わず〈こんな恐ろしい所へ来なければ好かつた〉と符節を合わせたかのように独り言つ訳だから、両者の対称性は疑うべくもないということである。

それにしても、この二つの世界は、どうして〈不思議な国〉であり〈別世界〉なのであろうか。先ず、〈不思議な国〉であるが、繰り返せばこの外部から隔てられた塙家の世界は、〈私〉が導かれた〈日本館〉とその奥に横たわる〈西洋館〉で成り立っている。このような塙家の構造に対応するように、一方では祭りの〈馬鹿囃し〉が聞こえ他方では〈幽玄な、微妙な〉ピアノの音が響いてくる仕掛けになっているとはいえ、この世界で何より眼に付くのは、〈遊び相手になる者のない〉〈評判の意気地なし〉である信一と〈名代の餓鬼大将〉の仙吉の関係が顛倒している点である。しかも〈明くる日〉学校へ行くと、信一が元通りの意気地なしで仙吉は相変らず餓鬼大将という場面を態々小説世界に呼び込んでみせるところをみると、これは明らかに強弱に関する日常的な観念が揺す振られるという〈私〉の体験を描いていると言えよう。実はこのような因襲的な境界線に挑戦をかけられる体験は、この〈不思議な国〉に満ち溢れていて、例えば遠藤祐氏が次のような点に注目している。[10]〈私〉が塙家で遊ぶようになって一月後の〈或る日〉のこと、信一は〈歯医者〉に行って不在であり、どうしても〈西洋館〉に入ってみたい仙吉が光子の手頸を捻じ上げて迫る場面で、

きやしやな腕の青白い肌が、頑丈な鉄のやうな指先にむずと摑まれて、二人の少年の血色の快い対照は、私の心を誘ふやうにするので

とある。つまり〈十三四の女の子〉である光子を〈少年〉と見做しているのであって、これがある戦略なのは、〈雛祭〉の折、白酒に酔った光子を〈お嬢吉三のやうな姿〉と形容していることからも明らかであろう。言うまでもなく〈お嬢吉三〉は、河竹黙阿弥の白浪物『三人吉三廓初買』（万延元年《一八六〇》初演）に登場する女装の盗賊であり、いわば〈私〉の眼に光子は男のように映っているのである。同様に信一についても、〈私〉が初めて塙家を訪れた日のこと、仙吉を服従させている様子を〈其の時私は、猛獣遣ひのチャリネの美人を見るやうな眼で、信一を見ない訳には行かなかつた〉と、女に見立てている。また〈狐ごつこ〉に打ち興ずる〈私〉の眼に、いったんは〈金閣寺の雪姫〉の如く美しく見えた光子が、次の瞬間には〈癩病やみか瘡つかきのやうに、二た目と見られない姿〉に変る様が映る。あるいは〈犬ごっこ〉と称して少年たちが犬の真似をしたかと思うと、〈本当の狆〉を〈仲間入り〉させ少年たちの演ずる〈犬も狆も〉区別がつかない事態が醸し出されたりする。要するに、男と女・美と醜・動物と人間のあわいが揺らぎ出している訳で、それは取りも直さず現実と幻想の境界線の揺らぎを意味している。〈私〉がこの〈不思議な国〉に参入するための通過儀礼のように設定されている塙家の邸内のお稲荷様の祭礼を思えばよい。笠原伸夫氏が何を食べても〈お銭は要らない〉と繰り返される点を根拠に指摘するように、確かにこの祭礼は〈共同体のそれとは異質の〈贋〉の祭礼であり、虚構の賑わい〉である。(11) しかし一方、この日は実際のお稲荷様の縁日に当っていることも間違いない筈である。さて、何故〈不思議な国〉なのか自と明らかであろう。繰り返せば、あらゆる因襲的な分節化が崩れたいわば事事無礙的流動性の世界とでも言えばよいだろうか。

　ところが、〈別世界〉たる〈西洋館〉ではどうであろうか。少年たちがこの世界に足を踏み入れる日が〈水天宮の縁日〉に当っているのは、決して偶然ではない。しかしお稲荷様の祭礼の時とは異なり、大野隆之氏の言う〈もう一人の水神〉[12]たる光子をめぐる儀式は現実の共同体の祭礼ともはや無縁である。この世界は、〈西洋の乙女の半身像〉が光子になったかと思えば〈蛇の置物〉が動き出したりする〈本物とも贋物とも見極めが付かない〉全くの幻想世界なのである。その上この幻想世界の中で、光子はあくまで美しい乙女として〈顔と云はず頭と云はず、鳥の糞のやうに溶け出した蠟〉に覆われた醜い少年たちに君臨する。つまり、既述のような男と女・美と醜・強と弱のあわいの揺らぎが、正に〈美しい者は強者であり、醜い者は弱者であ〉るという「刺青」の冒頭文そのままいわば反世界を照し出すように収束したと言う他はなく、それ故その後の子供たちの〈不思議な国〉は、この新しい秩序のもとに〈此の国の女王〉となった光子に支配されていくことになるのである。

ではいったい、この〈別世界〉とは何か、次に考えてみたい。

（三）

小関和弘氏によれば、谷崎文学には《水》と係りの深い女性がよく描かれ、光子もまた〈さまざまな水の属性のなかで自らを生き生きとあらしめている〉女性であると言う[13]。それ故少年たちの〈西洋館〉に忍び込む日が〈水天宮の縁日〉に当っているのは偶然ではなく、既述の如く光子を〈もう一人の水神〉と見做すのも宣なえる。さてそうであるなら、この〈西洋館〉は《水》のイメージに彩られた空間である筈で、事実それは、次のような点からも確認できる。〈私〉が〈西洋館〉に忍び込む以前にピアノの音が聞えてくる場面が二度あり、その響きは〈西洋館〉にふさわしく、〈森の奥の妖魔が笑ふ木霊〉のようであり〈お伽噺に出て来る侏儒共が多勢揃つて踊る〉ようであったと言うのに、〈西洋館〉の中で光子によって燭台にされた〈私〉の耳には、その音が、〈銀盤の上を玉あられの走るやうな、渓間の清水が潺湲と苔の上をしたゝるやうな〉響きであった、と。そもそも《水》は母や子宮のイメージを喚起するものであり、しかも、〈西洋館〉の前の〈沼とも池とも附かない濁つた水溜り〉の〈滸〉で初めて光子の弾くピアノの音を耳にした〈私〉の、その〈不思議な響きは、此の古沼の水底で奏でるのかとも疑はれる〉という、いわばこの〈古沼〉の奥に〈西洋館〉の世界が広がっているかの如き印象を思うと、〈私〉の識閾に映し出された〈別世界〉とは明らかに胎内幻想である、そう考えて差し支えあるまい。

ところで、一方〈別世界〉たる〈西洋館〉で光子は、自らの聖痕を少年たちの心に刻印すべく《火》の洗礼を施すが、中で最も鮮烈なのは、〈舶来の燐寸〉によるそれであろう。

やがて部屋の正面の暗い闇にピシピシと凄じい音を立てゝ、細い青白い光の糸が無数に飛びちがひ、流星のやうに走つたり、波のやうにのたくつたり、円を画いたり、十文字を画いたりし始めた。

とある。これを燐寸の火と知らぬ〈私〉には何と映っているのであろうか。私は以前、光子の本性が《狐》でありそれ故塙家の内部構造自体が、例えば網野菊『ゆれる葦』（昭39・8講談社）で回想する豊川稲荷のそれそのものになっていると述べたことがある。[14] 光子が谷崎文学でよく見かける狐に擬えられた女性の一人であることは、この「少年」を読む上で重要な意味を持つ〈狐ごつこ〉で女狐役を演じ、その後も好んで〈狐ごつこをしないか〉と少年たちを誘っていることでも窺えるものの、この

〈狐ごつこ〉の折、〈私〉が女狐の正体を暴かれ縛りあげられる光子に〈金閣寺の雪姫〉を連想するのもまた、彼女の本性が女狐と捉えられていることと無縁ではない。〈金閣寺の雪姫〉とは浄瑠璃『祇園祭礼信仰記』（宝暦7年《一七五七》初演）、通称『金閣寺』に登場する女性であるけれど、大野氏も指摘するように、その〈雪姫〉の形容に、雪舟の孫娘たる彼女が自ら描いた絵の鼠を本物と化し縄を食い千切らせて難を逃れるというイメージが托されていない筈はなく、(15)言うまでもなくそれが、糞を饅頭、小便を酒と偽って少年たちをたぶらかす女狐の役所と重なるからである。その上それやこれやが、〈西洋の乙女の半身像〉がいつの間にか光子自身になったり置物の蛇を本物の如く動かすという〈西洋館〉の場面の伏線になっているとなれば、狐のイメージは、〈別世界〉たる〈西洋館〉にも届いていると言わねばなるまい。以上のような視座に立てば、冒頭の〈お稲荷様の祭礼〉も光子の存在と深く係っていると見て間違いなく、〈私〉が初めて導かれて行った〈不思議な国〉たる〈日本館〉の一室がどういう訳か〈本当は姉さんの所〉であり、〈私〉を幻惑する数々の人形や草紙の類いが光子の所有物であることも、次に〈私〉が案内される〈日本館〉が〈雛祭り〉とはいえ〈お嬢様のお雛様が飾つて〉ある部屋なのも納得が行く。要するに、〈日本館〉がいわばお稲荷様の〈本殿〉なら〈西洋館〉は〈奥の院〉に見立てられているのであり、その〈奥の院〉に住む〈お使い姫の狐〉こそ光子である、と言えるのではないか。

　さて、先程の〈西洋館〉での《火》の洗礼に話を戻せば、〈私〉の眼に何と映っているかもはや自明であろう。言わずと知れた《狐火》である。谷崎が馴れ親しんだ歌舞伎には、『本朝廿四孝』（明和3年《一七六六》初演）の有名な「奥庭狐火」を始め《狐火》が登場するものが多いので、あるいはそんな場面が念頭にあっての演出かも知れないが、実は稲荷信仰と《火》には深い関係がある。周知のように〈伊勢屋稲荷に犬の糞〉と言われる程盛んな江戸の稲荷信仰には人々の現世利益の願いが込められていた。宮本袈裟雄氏によれば、それは、〈江戸の人びとの福禄長寿を得ようとする願望、除災とくに治病や火防の願い〉であったと言う。(16) つまり《水》を司る〈水天宮〉とは対照的に、〈稲荷〉は《火》を支配する神としての側面を持っているのであって、光子が少年たちに《火》の洗礼を施すのも宜なえるのではあるまいか。しかも、既述のように《水》が羊水や子宮の連想を促し女性の神秘的世界の象徴であるとすれば、《火》は、明らかに性的イメージに繋がる。

それにしても、この〈西洋館〉の世界は性的イメージに満ちている。例えば光子が、〈筋骨逞しい裸体の巨漢が蟒に巻き付かれて凄じい形相をして居る彫刻〉を指して、

栄ちゃん、もう此れから信ちゃんの云ふ事なんぞ聴かないで、あたしの家来にならないか。いやだと云へば彼処にある人形のやうに、お前の体へ蛇を何匹でも巻き付かせるよ

と言う場面である。小関氏は、〈蛇〉を〈〝水〟のイメージの血肉化した存在〉と捉えているけれども、(17) このような図像はむしろ性的であろう。〈蛇〉に女性の《性》を仮託した「邪性の淫」（『鈴の音』大11・2―4）の、次のような場面によっても窺える。

豊雄は恰もメスメリズムにかけられた如く全くその体を女の為すままに任す。女は哀れなる餌食を捕えて、淫欲いよいよ起こりたる様子。一層強く豊雄の体をゆさぶりながら身を悶える。（此の所の女の動作は全く女性的の優しみを失い、猫が鼠を捕えるような、残酷な、荒々しい趣を出

すべし）やがて片手を豊雄の肩にかけ、片手を脇の下に入れてシッカと抱き繰め、仰向きに抱き起こし、その頬に頬擦りしながら、更に激しく振る。

「邪性の淫」は、阪本小学校時代の担任の稲葉清吉に教えられて以来谷崎の愛読書であった上田秋成『雨月物語』（一七七六）の一篇に基づいた映画のシナリオであって、ここに登場する〈富子〉が蛇の化身であることを念頭に置けば、前掲場面に光子が指す彫刻を重ねて見る自由はある程度許されてよい筈である。なればこそ、光子がこの〈西洋館〉で〈火〉や〈蛇〉を使いながら少年たちの心に刻印したものは、《性》の聖痕である他はない。〈私〉の成り行きに〈性慾のめざめ〉を見る安田孝氏の説(18)を持ち出すまでもなく、〈私〉や〈仙吉〉が執拗に〈西洋館〉に魅せられ、〈西洋館〉での体験を経た後それまでの〈少年〉としての扱いから一転して光子を〈女王〉と仰ぐことになるのも、蓋し当然であろう。さらに信一のみ〈西洋館〉にさしたる関心を示さず、少年たちが〈西洋館〉に忍び込む日に不在であった理由もまた頷けよう、光子と信一は、腹違いとはいえ姉弟なのだから。結びの一節に〈西洋館〉へは其れ切り一度も行かなかつた〉とあるから、信一が〈西洋館〉と無縁であったことは確かである。

さて、《女狐》の化身たる光子の本性が以上の如き〈邪性の淫〉にあるとすれば、すぐ連想されるのが『玉藻前曦袂』（文化3年《一八〇六》初演）などで有名な《金毛九尾の狐》である。この伝説上の妖狐は妲妃に為り変り紂王に悪政を行わせたばかりか、その後も褒似や玉藻前に取り憑き悪行を縦ままにするのだけれど、要するにこの歴史上有名な悪女の正体が妖狐であったとする発想が、「刺青」において〈古の暴君紂王の寵妃、末喜《ママ》〉実は妲妃の〈心〉を我が心とする〈女〉を造形する谷崎に届いていたなら、正しく光子は、「刺青」の悪女の延長線上に構想されていたことになる。しかしまた、「少年」に登場する子供たちの中で光子だけ学校に通っている気配がなく、小関氏の指摘通り〈整序化されてゆく世界から隔った存在〉[19]であることは疑いないとしても、「刺青」の〈女〉のような観念的存在ではなく充分具体的存在たり得ている。確かに「少年」は画期的小説なのである。谷崎はその後も〈光子〉という名の女性を好んで描き、〈光子もの〉という流れを想定することも不可能ではないとなれば[20]、その執着の程も領けるというものである。

ただ、忘れてならないのは、「刺青」や「麒麟」と違って「少年」があくまで〈私〉こと〈萩原の栄ちゃん〉の物語ということである。そして〈異界〉を経巡る物語の多くがそうであるように、「少年」に描かれているのは〈私〉のイニシエーションなのである。思えばこの後に続く「幇間」（『スバル』明44・9）や「秘密」（『中央公論』明44・11）では、悪女誕生のモチーフが消失し男性主人公の人間性のみ問われる、いわば支配される物語から支配させる物語に変容する訳だが、あるいはそれも必然だったのかも知れない。要するにこの〈二十年〉前の体験を語ってみせる〈萩原の栄ちゃん〉の現在の姿に同時代を生きる「幇間」の〈三平〉や「秘密」の〈私〉を重ねて見る自由も、ある程度許されてよい筈だ、と。

［注］

（1）谷崎潤一郎「解説」（『明治大正文学全集』第36巻、昭3・2春陽堂）

(2) 中島国彦「作家の誕生―荷風との邂逅―」（『国文学』昭55・8）
(3) Ⅳ章一節を参照されたい。
(4) 遠藤祐「「少年」―〈別世界〉へのいざない」（『谷崎潤一郎』昭62・9明治書院）
(5) 林四郎「初期の作品を読解する」（荒正人編『谷崎潤一郎研究』昭47・11八木書店）
(6) 坂本浩「誕生・麒麟・信西」（風巻景次郎・吉田精一編『谷崎潤一郎の文学』昭29・7塙書房）
(7) 箕輪武雄「「史劇観」論争と初期潤一郎―文学的始発期をめぐる一考察―」（紅野敏郎編『論考　谷崎潤一郎』昭55・5桜楓社）
(8) 大島真木「谷崎潤一郎のデビュとアナトール・フランス―「麒麟」をめぐる諸問題―」（『東京女子大学論集』昭42・9）。なお芥川龍之介は「バルタザアル」を翻訳し『新思潮』創刊号（大3・2）に発表している。
(9) 笠原伸夫『谷崎潤一郎―宿命のエロス』（昭55・6冬樹社）
(10) 注（4）に同じ。
(11) 注（9）に同じ。
(12) 大野隆之「谷崎潤一郎「少年」―光子という〈通路〉―」（『論樹』平2・9）
(13) 小関和弘「谷崎潤一郎「少年」の世界」（『和光大学人文学部紀要』昭61・3）
(14) 拙稿「「少年」を読む―谷崎潤一郎・初期小説論のために―」（『北海道教育大学紀要』昭61・3）。網野菊『ゆれる葦』は、明治三九年頃の豊川稲荷について、〈本殿のうしろに奥の院があり、そこへ行く道の両側には石の狐が幾匹も並んで居た。奥の院の格子戸の中の洞には、お使い姫の狐がすんで居ると、私は聞かされていた〉と回想している。
(15) 注（12）に同じ。
(16) 宮本袈裟雄「稲荷」（『江戸学事典』昭59・3弘文堂）
(17) 注（13）に同じ。

(18)　安田孝「谷崎潤一郎「少年」をめぐって」(東京都立大学文学部『人文学報』昭56・1)
(19)　注(13)に同じ。
(20)　西荘保「「少年」における光子像」(『稿本近代文学』平1・11)

三節　「人面疽」論

――〈活動写真的な小説〉から文明批評へ

大正期の谷崎潤一郎の創作活動を考える折、当時まだ新しいメディアであった映画に対する並々ならぬ関心を無視する訳にはいくまい。彼は一時映画製作に進んで加わり何本かのシナリオを書いたばかりか、「独探」（『新小説』大4・11）で示唆するように〈活動写真的な小説〉なるものを企てた節があるからである。「人面疽」（『新小説』大7・3）をそうした試みの一つとしてあげることに異論があるとは思えないのに、意外にも、題名に囚われるせいか人面疽という怪奇現象こそ一篇のテーマと見做す論が少なくない。例えば網野義紘氏は、「人面疽」の構成について、映画女優の歌川百合枝が出演した覚えのない映画の噂を耳にするのを発端として、その映画の筋が紹介された後に事情通のHという映画会社の男によってその映画の怪異性が語られるという風に捉えているにも拘らず、〈然るに読者に強烈な印象を与えるのは〉〈「人間の顔を持つた腫物」の設定なのである〉と言い、人面疽の話こそこの小説の要諦と見做し出典探しに向かっていく。[1] 事情は、〈怪奇推理の小説〉ともう少し緩やかに捉える土佐亨氏にしても同じである。

グロテスクなこの説話の発見が谷崎を喜ばせ、これが核となって想像がふくらみ、二重の怪奇ストーリー「人面疽」となった。

と言う。(2) いずれにしても映画の受容という観点が背景に押し遣られているものの、ところが近年の「人面疽」論ではそれが反転する。

谷崎にとって映画が〈日常的現実をつき崩し、この世界をこれまでとはまるで違った新鮮で戦慄に充ちたものへと変換する〉装置であるとする千葉俊二氏は、「人面疽」を、「肉塊」(『東京朝日新聞』大12・1―4)で展開される〈映画論〉の先駆的表出と位置付けている。(3) あるいは二人の歌川百合枝の存在に着眼し、《ドッペルゲンガー》自己分裂の物語と見る川本三郎氏の論にしても、(4) 人面疽なるネタの仕入れ先などもはや問題にならない点では、千葉氏と同様である。

（一）

差し当っての課題は千葉・川本両説の検証にあると思うが、人面疽の出典について一言付け加えるならば、網野氏が指摘する『萱茶山翁筆のすさび』巻之四に所収された「人面瘡の話」や土佐氏のあげる浅井了意『伽婢子』巻之九「人面瘡」、あるいはその原話である『西陽雑俎』前集巻十五の「諾皐記下」にしても、人面疽のグロテスクな相貌や治療に関する情報には言及しながら、その原因について全く触れていない点が気にかかる。そこで、『講座日本風俗史　妖異風俗』所収の「日本妖異風土記」〈長野篇〉に採録されている人面疽の話を紹介してみたい。(5) もともと『怪霊雑記』にある話のようだが、それがどのような本なのかは不明である。幸若八郎が上京の途上、木曽山中に住むある男に招かれ幸若舞を所望される。幸若八郎は、とても山家に暮す者と思えないその上品な様子を訝しんで尋ねると、男は次のような物語をする。

> 拙者も世に在るころは名有る武士であったが、若気の至りからその頃まだ、定まった妻のないに任せ、恥しながら側女《そばめ》に手を付け申した。その女というのが極めて嫉妬《しつと》深いので、ほとほと困り果てておりました。或夏の夕暮のこと、拙者が少しの病気で臥せていると、枕に添って又もや他の側女の看病を妬《や》いて例の怨言《うらみごと》を繰返すので、拙者もほとほと堪《たま》りかね、有合う扇子で二打ち三打ちすると、女はいよいよ泣きわめいて、終に殺してくれとまで言うのでござる。拙者も武士の一徹から、刀を抜いて女の首を丁《ちょう》と落すと、首は飛びゆき様、庭石の傍でころりととどまり、拙者に向いてにこっと笑った物凄さ。その怖しさが拙者の魂に深く喰入ってしまったものとみえ、その夜から股《また》に発熱を覚えるとともに、はげしく痛み出し、腫物《はれもの》ができて、赤く張れ上り、中央が三つに破れて目口が生じ、見る見る大きくなって殺した女の顔のよう笑う様、これぞ世に言う人面瘡という浅間しい腫物《はれもの》でござる。如何なる医療、加持も効なく仕官も辞し、ここの山に隠れて二十年を過しました。日夜あの女の怨《うらみ》に祟られ、心神を労して身は瘠《や》せ、命も旦夕《たんせき》に迫って居ります。せめて今生《こんじょう》の思出に、暫し幸若舞に心を慰めたいと存じ、御迎え申上げたのでございます。

と。もちろんこの話こそ「人面疽」の典拠であるなどと主張したい訳ではないにしろ、単に死者の怨念が人面疽となって現われるという発想だけでなく、恋人に対して異常な執着を持つものという設定や裏切った恋人を人面疽になって取り殺すという展開まで、小説中の〈「人間の顔を持つた腫物」〉と題する映画に似ている点は注意されてよいだろう。つまりどうみてもこの映画のストーリーにあまり独創性があるように見えない訳で、それをもってしても、〈人面疽〉を描く点に主眼があったとは考えにくいからである。

さて初めに戻って、取り敢えずこの小説の結構という観点に立ち返ってみると、確かに川本三郎氏の言うように自己分裂の物語であるかのように見える。大正期の谷崎が断えず《善》と《悪》の対立、裏を返せば《生活》と《芸術》の葛藤の中にあったことは周知の事実であり、それが自己分裂というような物語を紡ぐことに繋がっていたことは、いくつかの作品によって確かめられるものの、それにも拘らず「人面疽」を《ドッペルゲンガー》の物語と見做すのにはいささか抵抗がある。オットー・ランクによれば、自己分裂の物語には〈著しく様式化された一連のモチーフが認められる〉と言う。(6) すなわち、

> 常に、名前・声・服装といった実に細かい特徴に至るまで、主人公に瓜二つの似姿が問題となり、それが、まるで「鏡から盗み出された」（ホフマン）かのように、主人公の眼前に、それもたいていは鏡の中にあらわれる。そして常に、この〈分身〉は、その〈原像〉［主人公］の行く手に立ちはだかり、きまって女性とのからみで破局に向かい、おおむね［主人公の］自殺で―煩わしい迫害者［分身］に仕掛けられた死という迂回路を経て―幕を閉じる。

というものであり、ドストエフスキー『分身』（一八四六）やエドガー・アラン・ポー『ウイリアム・

ウイルソン』（一八三九）は言うまでもなく、「人面疽」に引用されているパウル・ウェゲナー主演で評判をとった映画、ハンス・ハインツ・エーヴェルス原作の『プラーグの大学生』（一九一四）も全くその通りの筋書きになっている。ところがこのような主人公と分身との対立葛藤が「人面疽」の二人の百合枝の間に全く見られないばかりか、川本氏も認めているように、主人公の百合枝は、自己の分身の存在に対し少しも動揺を見せず終始〈クールな態度で〉真相を見極めようとしているのである。氏によれば、谷崎には〈自己分裂に悩むどころかむしろ積極的にそれを利用し、楽しみ、一人で二人ぶんの人生を快楽する〉傾向があり、歌川百合枝のクールな態度もそのためであることになる。しかし谷崎には、例えば「悪魔」（『中央公論』明45・2）・「続悪魔」（『中央公論』大2・1）の如く典型的な自己分裂の物語と考えられる作品もあり[7]、必ずしも自己分裂を楽しむところに彼の本領があるとは思えない。やはりこの小説を自己分裂それ自体を主題化する物語と見倣すには、無理がある。

一方、それに比べ、「肉塊」の映画論の萌芽を言う千葉説ははるかに説得力がある。この小説は一種の入れ子型の構造になっていると見てよい。要するにアメリカ帰りの映画女優・歌川百合枝が自分では全く出演した覚えのない奇怪な映画の真相に迫る点を中心に筋が進行していくのだけれど、始めそれは〈噂〉〈評判〉として彼女の耳に届く。やがて彼女は〈自分を贔屓してくれる二三の客筋〉を通してその映画の筋を聞き込むことになるものの、最終的にこの〈解き難い謎の写真の来歴〉に詳しい〈日東写真会社〉の〈Hと云ふ男〉が登場し、この映画の不可解さ恐ろしさを具体的に彼女に突き付けることになっていて、基本的には「少年」（『スバル』明44・6）などと同じ構造に見える。つまりこの映画の怪奇な実体が次第に明瞭になっていくように展開するばかりか、千葉氏の言うように幻想と現実の〈両者の境界をあやふやなものとしてしまい、幻想の世界が現実世界に溢れ出してくるような〉

仕掛けになっていると言えよう。しかし問題は、この小説がそれで終わっている訳ではないという点である。この映画の怪異について諄々と百合枝に説いてきた〈日東写真会社〉のH氏は、最後に次のような言葉を〈独り語のやうに附け加へ〉ている。

「……此のフイルムが、グロオブ会社の所有になると、どう云ふ運命になりますかナ。僕は、抜け目のないあの会社の事だから、きつと此れを何本も複製して、今度は堂々と売り出すだらうと思ひます。きつとさうするに違ひありません」

と。これでは、せっかく幻想と現実の因襲的な境界線に挑戦をかける装置であった筈のこの映画も、結局は色褪せたただの商品になってしまうのではあるまいか。それまでのいわば怪奇幻想といった文脈とH氏のこの科白はいったいどう繋がるのか。少なくとも、「肉塊」の映画論の萌芽というような枠組みだけでは収まらないものが、この小説にはあると言わねばなるまい。

（二）

ここで、改めて〈「人間の顔を持つた腫物」〉なる映画について考えてみたい。H氏によれば、この映画は世にも恐ろしい映画であるとはいえ、〈第一巻から二巻、三巻、四巻までは、どうにか辛抱して見て居られる〉と言う。何しろ出だしがプッチーニの歌劇『マダム・バタフライ』（一九〇四）のパロディーのようなものであるかと思えば、菖蒲太夫が潜む〈トランクの縦断面〉を映し出す場面があったりと、いかにも拵え物の世界なのであるからそれも当然であろう。あるいは歌川百合枝にこの映画に出演した覚えがないとしても、彼女は〈女賊や女探偵を得意にして居たので〉〈トランクの中へ隠れたり、男を翻弄したり〉するシーンは数え切れない程撮っている筈だから、そういうシーンを適宜使って全く別の映画を作ることもできない相談ではない。乞食の青年を演ずる恐ろしい顔の役者の存在を誰も知らなかったり他にもいろいろ不可解な点があって、見る者を不安にさせる要素は多分にあるにしろ、拵え物の範囲を大きく逸脱している訳ではない。

ところが、〈五巻〉になるとそうはいかない。〈焼き込み〉という技術で菖蒲太夫の膝に人面疽が取り憑いているように見せていた筈なのに、〈五巻の真ん中ごろ〉になると〈どうしても焼き込みでは駄目な処が〉〈一箇所か二箇所〉出てくると言うのである。しかも〈五巻の大詰〉では、《無声映画《サイレント》》であるにも拘らず人面疽の〈笑ひ声が〉〈疑うべくもなく聞えて来る〉というのであれば、もはやこの映画自体がこの世のものではないと言う他はない。言い換えれば、このような映画を生み出した怪奇な世界がどこかに実在するとしか思えないということである。それは、この映画の題名の二重性からも窺える。映画の筋は次のようなものである。すなわち、ある娼妓が自分に恋い焦がれる醜い乞食の青年を欺いてアメリカへ逃げ、乞食の青年は、一生女に取り憑いてやると言い残して自殺する。やがて女の膝頭に乞食の青年の顔とそっくりの人面疽ができ女を悪業と堕落へと追いやったため、ついに女は発狂の末自殺してしまい、人面疽は女の死後も笑っていた、と。この映画が東京の場末の映画館に密かに出回っていた折、正にそういう映画にふさわしい〈「執念」〉という何の変哲もない日本語の題名が付けられていた。とはいえこの映画を一つの作品と見た場合それが実に的確な命名であることも、筋を思えば明らかである。ところが、元来この映画は〈「人間の顔を持つた腫物」〉という極めてエキセントリックな英語の題名が付けられていた。この英語の題名によって前景化されるのは、プロットやテーマよりむしろ人面疽が実在するとしか思えない場面やそれを演ずる役者の〈此の世の中には住んで居ない〉〈化け物〉のようなイメージ、総じてこの映画の怪異性そのものなのではあるまいか。つまり相対的にみれば、〈「執念」〉という日本語の題名がこの映画の怪異な真相を包み隠すことになっていて、題名の二重性は、作品の背後に怪異な現実が横たわっていることを示唆する先行表示であったと思われる。この映画が一方で〈非常に芸術的な、幽鬱にして怪奇を極めた逸品〉と評価されながら他方で〈原作者並びに舞台監督の姓名〉が匿名なままなのも、これが単なる作品でないことを窺わせる。

谷崎は、「独探」で、スクリーンに映し出された欧州の美しい光景について、

さう云ふものを眺めて居ると、私は自分の魂が遠い夢の世界へ運ばれて行くやうに思つた。而《しか》もフイルムの上に現れた夢の世界は其の実夢でも何でもない。(略)此のフイルムが現像される欧州の国土へ行けば、夢の世界は立派な現実の光景と化して展開されて居るのである。

と述べているけれども、このような映画に対する感じ方は、もう一歩進めれば現実と幻想の境界を突き崩してしまいかねない。どんな架空な光景でもそれが実在しているかのような思いに反転する可能性があるとなれば、〈「人間の顔を持つた腫物」〉といった怪奇な映画が構想されるのも分らないではない。それにしても、何故谷崎は怪異が実在する世界を信じられたのであろうか。先ずその世界の所在であるが、作品に明示されていないものの推測はつく。ともかくもこの怪異な映画は〈支那や南洋の

植民地辺〉に出回っていたものなのである。やがてそれが〈上海〉へ渡り、さらに〈横浜の或るフランス人〉の手を経て日本の映画館で上映されるようになったという次第で、例の怪異そのもののような男優が〈日本人だか南洋の土人だか分らない〉と設定されていることからしても、少なくともこの映画の現像された場所が南洋であることは疑いない。あるいはほぼ同時期の作品「人魚の嘆き」（『中央公論』大6・1）を重ねてみればよい。架空の生物たる人魚はやはり〈南洋の水底に住む〉と設定されており、それが〈亜細亜の国々の港を遍歴し〉た後、台湾の〈媽港《まこう》〉を経由し物語の舞台である〈南京〉に持ち込まれているのである。このような設定が、大正期の作家にある程度共通する支那趣味や南方憧憬の反映であることは間違いなく、川本三郎氏によれば、第一次世界大戦後顕著になる急激な近代化のために俗悪で〈不愉快な都市〉に変貌した東京への嫌悪から、大正の作家は、対照的に〈西洋文明に汚染されていないと信じられた〉支那や南方への憧憬を育んでいったと言う(8)、要するに、彼等にとって取り分け南方は、近代を逸脱した〈イノセントなユートピア〉であると共に〈凶々しい想像力を許容する〉場であった、と。谷崎潤一郎にとっても南洋は、人魚や人面疽が跋扈していてもおかしくないところであったのである。

また、以上のように見てくると、二人の歌川百合枝の存在、すなわアメリカのグローブ社専属の歌川百合枝の他に〈「人間の顔を持つた腫物」〉に主演したもう一人の百合枝がいるという設定も、自己分裂の悩みからというよりむしろ《パラレル・ワールド》のような発想から生まれたと言えるのではなかろうか。

（三）

ところで、作品中で、二人の百合枝の差異が最も顕在化しているのは次のような部分である。グローブ社の専属女優であった百合枝は、〈日本の婦人には珍しいほど活潑で、可なりな冒険的撮影にも笑つて従事するだけの、膽力と身軽さとを備へて居る〉と設定されている。それ故〈敏捷な動作を要する役に扮するのが、最も得意〉とされていて、例えば彼女の主演した映画の一つ〈「武士の娘」〉も、

キクコと呼ばれる日本の少女が、某国の軍事上の秘密を探るべく、間諜となつて欧亜の大陸を股にかけ、芸者だの、貴婦人だの曲馬師だのに変装すると云ふ筋

であったと言う。《無声映画》時代に文芸もの路線を歩んだヨーロッパ映画に対し、アメリカ映画は、連続活劇が主流であったと言われている。正にアメリカの映画界で活躍していた百合枝は、その演技の特徴や主演映画の内容からしても連続活劇の女優であったと見て差し支えない。あるいは彼女が所属していた〈グロオブ会社〉なる映画会社も、第一次世界大戦前後の頃に日本市場に積極的に進出し、やがて一月の輸入本数が〈日本映画一カ月の全製作映画に匹敵する数字を示した〉(9)アメリカのユニヴァーサル映画をイメージしているのかも知れない。ところが、もう一人の百合枝が主演する〈「人間の顔を持つた腫物」〉の方はどうかと言うと、〈『プラーグの大学生』（一九一三）〉や〈『ゴーレム』（一九一三）〉のようなドイツ映画を引き合いに出していることや(10)、この映画を一時横浜在住のフランス人

が愛蔵していたという設定からも窺えるように明らかにヨーロッパ映画の流れを汲む怪奇幻想の作品である。それ故もう一人の百合枝が演ずる〈菖蒲太夫〉の役柄も、連続活劇の女優である百合枝の場合とは違って〈身軽さ〉や〈敏捷な動作〉を要求するものとなっていないのは、既に見た通りである。しかも、ここで注目されるのは、「人面疽」の発表が第一次世界大戦の終結する大正七年であり、すなわち日本の映画界がヨーロッパ映画からアメリカ映画中心の時代に転換する時期に当っているという事実である。田中純一郎氏によれば、

明治時代から活潑だったヨーロッパ映画の輸入が、第一次世界大戦勃発頃までは、加速度的にその数を増した。ことに、知名な文芸作品を映画化した、フランスやドイツの文芸映画、イタリアの史劇ものなどが歓迎された

が、やがて〈第一次世界大戦が勃発して、ヨーロッパ映画が衰退し、アメリカ映画が抬頭して来〉て、しかもその、ユニヴァーサル映画を中心に大量に輸入されたアメリカ映画は〈連続活劇が、大部分を占めていた〉と言う。[11] このような連続活劇が中心のアメリカ映画の流行を谷崎が快く思っていた筈はなく、それは、彼の映画に対する関心がヨーロッパ映画の幻想性にあったことを端的に示す「独探」や「活動写真の現在と将来」（『新小説』大6・9）によって明らかである。[12] 既述の如く谷崎は、第一次世界大戦後に表面化する俗悪な近代文明に対する嫌悪から南方や支那への憧憬を育んでいったと考えられる。〈「人間の顔を持つた腫物」〉も南方で作られた映画であったと見てよく、いわばアメリカ映画の流入という現象も、そういう戦後の俗悪な近代化の一環として彼の眼に映っていたのではなかろ

うか。

つまり、二人の百合枝の差異によって示唆されているのは、俗悪な近代都市と化した東京に大量に流れ込むアメリカ産の通俗的な映画に対して、〈凶々しい想像力を許容する〉異界である南方に生まれた〈非常に芸術的な、幽鬱にして怪奇を極めた〉映画が突き付けられているという構図である。そしてそのように考えれば、結末のH氏のつぶやきも自と了解される筈である。すなわち、そういう日常的現実を揺がしかねない異界そのもののような映画をも商業資本の中に組み込んでしまうアメリカの物質文明に対する批判であったと考えられよう、アメリカの商業資本は、怪奇や幻想も単なる商品の一つに化してしまうのである、と。さらに、同時期に、ロシア革命の影響が指摘され〈谷崎潤一郎の全作品の中で最も特色のある現代社会の批判性を備えた作品〉[13]と評される「小さな王国」（『中外』大7・3）が書かれていることを思い合わせると、人間の生活意識を急速に変えた第一次世界大戦後の情況に敏感に反応する谷崎の姿が髣髴としてきはしまいか。

［注］

（1）網野義紘「「人面疽」の出典と主題について」（『荷風文学とその周辺』平5・10翰林書房）

（2）土佐亨「谷崎文学典拠考─「人面疽」「美食倶楽部」「青塚氏の話」─」（『金沢大学語学文学研究』昭55・2）

（3）千葉俊二「スクリーンの内と外─谷崎的映画論─」（『谷崎潤一郎　狐とマゾヒズム』平6・6小沢書店）

（4）川本三郎『大正幻影』（平2・10新潮社）
（5）『講座日本風俗史別巻七　妖異風俗』（昭34・7雄山閣出版）
（6）オットー・ランク『分身・ドッペルゲンガー』（有内嘉宏訳、昭63・11人文書院）
（7）拙稿「我が内に潜むもう一人の我—谷崎潤一郎・初期小説論—」（『日本近代文学』平6・5）を参照されたい。
（8）注（4）に同じ。
（9）『日活四十年史』（昭27・9日活株式会社）
（10）谷崎は「映画雑感」（『新小説』大10・3）で、〈西洋物のフイルムのうちで、私は一番どんな物が好きかと云ふと、嘗て見た独逸のウエエゲナアの「プラーグの大学生」や「ゴーレム」の如き真に永久的の価値ある物〉と述べていて、谷崎が「人間の顔を持つた腫物」なる映画をどう意味づけているか、窺える。
（11）田中純一郎『日本映画発達史1活動写真時代』（昭50・12中公文庫）
（12）谷崎は「活動写真の現在と将来」で、〈写真（映画）〉は、〈写実劇に適する事は説明する迄もないが、例へば全く芝居にする事の出来ないダンテの神曲とか、西遊記とか、ポオの短篇小説の或る物とか、或ひは泉鏡花氏の「高野聖」「風流線」の類〉〈は、きっと面白い写真になると思ふ〉と述べている。あるいは「魔術師」（『新小説』大6・1）でも、ある幻想の都市の公園で上演されている映画として、〈ダンテの地獄の写真〉や〈西遊記〉、さらに〈ポオの作つた〉「黒猫」「陥穽と振り子」などをあげている。
（13）伊藤整『谷崎潤一郎の文学』（昭45・7中央公論社）

終章に代えて　解体する近代短篇小説と芥川龍之介

芥川龍之介が森鷗外の文学的課題をいかに担っていったかというテーマは、近代文学史にとって極めて重要である筈なのに、遺憾ながら、翻訳作品集『諸国物語』（大4・1国民文庫刊行会）が芥川の初期創作に題材のみならず構成・文体上のヒントを与えたぐらいの言及に止まるものが多い。しかし日夏耿之介「俊髦亡ぶ」（『文芸春秋』昭2・4）が、芥川を〈一時的に云へば夏目漱石の弟子の一人であるが、小説上から云へば明らかに森鷗外の忠実なる徒弟の一人〉と評している通り、黎明期の短篇小説ジャンルの方法としての可能性を様々に切り開いた鷗外の試みを確実に受け止めたのは、芥川であった。例えば鷗外が試みたものの一つに諷刺小説がある。「ル・パルナス・アンビユラン」（『中央公論』明43・6）・「沈黙の塔」（『三田文学』明43・11）・「不思議な鏡」（『文章世界』明45・1）と順々に鍛え上げられていったその方法は、「MENSURA ZOILI」（『新思潮』大6・1）に受け継がれ、さらに「河童」（『改造』昭2・3）に発展していったのではなかったか。

その芥川の眼に、述べてきたような鷗外の文学的転向、いわば《近代小説の別れ》[1]といった事態が映っていたなら、その衝撃は並々ならぬものであった筈である。それかあらぬか彼は鷗外《史伝》に複雑な反応を見せていて、「文芸的な、余りに文芸的な」（『改造』昭2・4—6、8）で『渋江抽斎』を書いた鷗外に〈恐怖に近い敬意を感じてゐる〉と告白している。その頃、谷崎潤一郎と《「話」らしい話のない小説》論争を繰り広げ、志賀直哉「焚火」（『改造』大9・4）を〈純粋な小説〉と称え自らも「蜃気楼」（『婦人公論』昭2・3）のような私小説的作風に転じた芥川が、その裏で小説のリアリティーに悩んでいた節があることを思えば、〈作家的恣意や工夫〉を捨て〈史料の「自然」〉[2]に平然と身を委ねる鷗外に脅威を覚えたとしても不思議はなく、鷗外は北條霞亭の年次なき書簡を編年に並べ平然としていた。芥川はその強靱な精神に恐らく羨望と恐怖と嫌悪を感じた。

という山崎一穎氏の忖度も、[3] 故無しとしない。かくして芥川は、鷗外の突き付けた近代小説への不信に喘ぎつつ、その一方で激動する時代の社会的文化的荒波に揉みしだかれた末、近代小説における創作主体の自明性そのものに懐疑的になり、昭和初期文壇の文学的課題のいわば魁となったのではあるまいか。

実は、こうした近代小説に対する芥川の葛藤は、完成度の高い著名な作品より露骨な《本歌取り》を行う試作品紛いの創作に顕著に窺える。思えばそれも当然で、《本歌取り》作品はある意味ではメタ・フィクション的であって、彼の文学観や創作方法の現在を炙り出し易い。本論がそうした作品に注目する所以である。

(一)

断るまでもなく、芥川が鷗外の亜流などと言いたい訳ではない。「西郷隆盛」(『新小説』大7・1)に登場するさる高名な歴史学者が、正しい歴史などなく〈唯如何にもありさうな、美しい歴史〉を書くのみと、《史伝》に向かう鷗外の対極を行く歴史観を披瀝していることを思えばよい。そもそも芥川は、明治の物の考え方に対するアレルギーが強いようで、「手巾」(『中央公論』大5・10)で新渡戸稲造を「将軍」(『改造』大11・1)では乃木希典を俎上に載せ、文武に亙って明治の偶像破壊を試みている。特に乃木には、その殉死に際し直ちに「興津彌五右衛門」(『中央公論』大1・10)を書き哀惜の意を表した鷗外や「こゝろ」(『朝日新聞』大3・4—8)をもって挽歌を奏でた漱石の思いを知らぬ筈がないのに、余程の違和感があったに違いない。

実は、明治的パラダイムに向けた批判意識は、芥川文学の当初からのテーマであった節があり、既に習作期の「老年」(『新思潮』大3・5)に仄見えている。ある雪の日の夜に浅草橋場で催された〈一中節〉の発表会を描くこの小説は、江戸の市井で遊び暮らした〈房さん〉の人生に焦点を当てている。今や遠縁のこの料亭で隠居生活を送る身の彼は、近代の時間世界でくすみ老いさらばえていくしかない存在なのだとしても、自身の若い時分の艶事を彷彿させる音曲の数々に聞き入るうち、水を注がれた草花さながらに蘇生することになる。自室に戻った〈房さん〉の演じるその蘇生の様は、用足しに出た二人の旦那によって垣間見られる訳だが、大切なのは、勇ましい《時代物》に発表会の演目が変るのを機に中座する彼の振舞いである。それが近代に背を向けた彼の生き様と無関係ではないと思うのは、その頃武士道ブームが起っていて、その火付役たる新渡戸稲造『武士道』(桜井鴎村訳、明41・3丁未出版社)がそれを新しい時代のあるべき倫理的主体に祭り上げていくからである。こうした〈房さん〉の人生を虚しいものと切り捨てるのが近代主義であって彼の様子を覗き見る二人の旦那の好奇の眼差しに表象されていることは、その彼等の選ぶ演目が《時代物》である点に窺えるものの、それ故、その眼差しを相対化し〈房さん〉の存在を前景化する語り手の行為は、明治近代に異議申し立てするための戦略的意図を秘めたものという他はない。この小説にとって《本歌》である鷗外「百物語」(『中央公論』明44・2)が、どうあれ近代が切り捨てた〈遊戯共同体〉(4)を尋ね歩く作品であることを思えば、なおさらである。

同様の文学的テーマは、観音様の御利益を問う〈青侍〉とそれに答える〈陶物師の老人〉のジェネレーション・ギャップに焦点を当てる「運」（『文章世界』大６・１）で変奏されていく。〈老人〉の語ってみせた御利益とは、観音様のお告げに従って夫婦になったものの相手の男が盗人と気付いたため一味の老尼を殺す羽目に陥った女が、その盗人の上前をはね安逸な暮しを得たという話である。本来とうてい受け入れ難い話なのに、むしろ女の幸運を羨むという〈青侍〉の心情には、明らかに近代の拝金主義が影を落としている。それ故〈手前《てまい》なら、さう云ふ運《うん》はまつぴらですな〉という〈老人〉の思いに新しい時代への失望を読み取ることは、出来ない相談ではない。

それにしてもこれらの小説は、明治近代に対する批判ばかり目に付き、下手すれば懐古趣味の作品と見做され兼ねない。そしてこういう作風に止まる限り芥川に文学的可能性はなかったのではあるまいか。ところが「鼻」（『新思潮』大５・２）では一転して、時代の新たな価値の唱導者に変貌した彼が、いわば一年半前に発表された漱石「こゝろ」を反転させた価値を発信することになる。明治文学が身体を排除し心理のみ特権化した文学であることは養老孟司氏の指摘を俟つまでもなく、[5]《明治の精神》を主題とする「こゝろ」は、正にそうした明治文学の象徴的作品と言えよう。それに対し「鼻」は、精神界のリーダー的高僧である筈の〈禅智内供〉が自らの肉体的現実に呪縛されてしまう話で、《心》に対する肉体的自然の叛逆を描いた作品なのである。養老氏の言葉を借りれば〈身体の役割が最初に文学に登場〉した小説であり、芥川を文壇のスターダムに押し上げたのも当然であった。

実は、こうしたメッセージは、前年七月に執筆された「仙人」（『新思潮』大５・８）で既に用意されていた。日々の生活に呻吟する大道芸人〈李小二〉の前に一人の惨めな様子の老人が現われ、安逸な仙人の暮しに辟易したため娑婆苦を味わうべく下界に下り立ったと語る話であるけれど、この作品が踏まえたとされるアナトール・フランス「聖母の軽業師」（一八九〇）を下敷きにしてみると、その創作意図がくっきり浮かび上がってくる。娑婆でいかに卑しい生業に就いていようとも大切なのは信仰心だとする明らかに精神主義的なフランスの作品に対し、芥川の描く〈仙人〉は態々娑婆苦を求める訳だから、悟達の境地より肉体的官能に価値を見出していることになる。正に「鼻」の同工異曲であると言えるのではあるまいか。

（二）

こうした価値顚倒を企てた文学の登場は、仮に西欧文芸思潮の促しを認めるにしても、その当時世界史的な大変革期であったことを抜きには考えられない。芥川の文学的出発期の歴史的事件として先ず気になるのは、隣国中国の激動であろう。明治四五年二月に清朝が崩壊し孫文の中華民国が建国されてからも様々な紛争が繰り返され、近代日本に浅からぬ影響を与えていく点は否定すべくもないが、ただ最大の激震は何といっても大正三年七月の第一次世界大戦の勃発であろう。この戦争は、ロシア革命による大正六年一一月のソビエト政権樹立という副産物を伴いつつ大正七年一一月ドイツの降伏をもって終結し、翌年六月にはベルサイユ条約が締結される。しかしその結果、既述のロシア帝国を始め、ドイツ帝国・オーストリア＝ハンガリー二重帝国・オスマントルコ帝国の四つの帝国が消滅する。日本も大正三年八月ドイツに宣戦布告し、同年一一月に青島を占領した後、さらなる権益を求め大正七年八月シベリア出兵に踏み切りはするものの、中山弘明氏が詳述するように、所詮は〈「海の彼方」の出来事〉で、論壇を賑わした戦争論も多くは観念論の域を出なかったという。[6]《『新生』事件》

の嵐を避けるように渡仏した島崎藤村にしても、リモオジュに疎開していたため、「仏蘭西だより」（『東京朝日新聞』大2・8―4・8）で戦争の様子を〈事後的に回想〉[7]するに止まった。しかし経済方面からみれば日本も確実にこの世界大戦に巻き込まれていく訳で、その影響は先ず、戦争特需によるバブル景気として現われる。そのため大正三年からの八年間で国内総生産が三倍強になったと言うが、年率一五％という著しい成長で物価も土地も高騰する。こうしたバブル景気は、日本の経済システムを大きく変えたばかりか社会も一変させた。多くの戦争成金を輩出する一方で米価が高騰し、シベリア出兵が引き金となって大正七年八月米騒動が起り瞬く間に全国に広がっていった。[8]

しかしこうした戦争バブルは、大正九年三月の株の大暴落で呆気なく崩壊する。昭和五八年のNHK連続テレビ小説『おしん』（橋田壽賀子作）でも、彼女の夫・竜三の経営する田ノ倉商店が大正一〇年暮れの大不況で傾いていく様が描かれていた。こうした経済変動は深刻な労使対立を生み、大正九年五月には上野で日本初の《メーデー》が開催されるに到る。

この世界規模の大戦争によって西欧文化が失墜するのみならず人格と教養に支えられた個人主義も崩壊し、アメリカの物質文明が取って変ることになるものの、谷崎潤一郎「人面疽」（『新小説』大7・3）はその様子をアメリカ映画の市場支配として描いてみせた。[9] また、帝国の解体に伴い民族主義が台頭し植民地の独立が相次ぎ、ソビエト政権樹立が労働者階級の覚醒を促すなど総じて世界が多極化する反面、後の昭和の大恐慌に繋がる世界全体を金融システムに組み込む《経済グローバリズム》が席捲し、さらに政治や文化のグローバル化も進んだ結果大正九年一月《国際連盟》の発足を見るに到る。

こうした時代の激変が文学創作に深甚な影響を与えない筈はなく、例えば永井荷風の大正初期のブルジョアジーのカリカチュアたる「おかめ笹」一―一四章（『中央公論』大7・1、『花月』大7・5―11）は、書き下した残りの五章分を含め大正九年四月春陽堂より単行本として刊行されるけれど、その際に次のような「後書き」が付けられた。

　この小説は大正四五年頃の時代を写したるものと御承知ありたし大正七年以降物価の騰貴人情の変化甚しければこゝに一言御断り致す也

と。もはや、わずか数年前の大正初めの〈人情〉すら分りにくくなっているばかりか、当然ながらその座標軸とも言うべき《世態風俗》も一変したと言っているのであって、これでは人間観が変容してもおかしくない。逸速くそれを察知した新世代の芥川が「鼻」のような小説を書くのも極めて自然な成り行きなのである。

　ただその後の芥川は、新たな時代の価値の唱導者として振舞った訳ではない、『おかめ笹』刊行と同じ年に「魔術」（『赤い鳥』大9・1）のような小説を書いていることが何よりの証拠である。この作品は、〈タニザキ〉の知人のインド人〈ミスラ氏〉が伝統的魔術と近代科学の狭間で揺れるという谷崎潤一郎「ハッサン・カンの妖術」（『中央公論』大6・11）の露骨なパロディーである。この谷崎の〈ミスラ氏〉の苦悩が、西洋機械文明から東洋的精神文化へと時代のトレンドを変えた第一次世界大戦の衝撃を受け止めているのなら、その血脈をつぐ〈ミスラ君〉の魔術の習得を志しながら資本主義的感性を脱しきれないため失敗する〈私〉に焦点を当てた芥川作品は、時代の転換に対応できない人間の悲しい現実をやや戯画的に描いていると言える。それ故芥川は、時代によって物の見方が変ること、つまりパラダイムを問う方向に自らの文学的軌道を修正することになる。例えば「動物園」正続（『サンエス』大9・1、10）のような小品である。「象」を筆頭に三七種の動物を項目別に取り立てているとはいえ、それぞれのイメージを述べるだけで何らかの統一的テーマがあるようには見えない。従ってその形式・内容共にジュール・ルナール『博物誌』（一八九六）の安易な模倣と言う他はないのだけれど、しかしたとえルナールの向こうを張って〈感覚の鋭さや豊かな学識〉[10]を披瀝してみせたのだとしても、ルナール作品の歴史的意義に無自覚だったとは思えない。それは、パリ王立植物園の園長ビュフォンが〈動植物の総カタログ化〉[11]を企てた『博物誌』四四巻（一七四九―一八〇四）を受け止めつつ、動物を階層化する点に窺える人文主義的思考を排除し真に自然主義的に捉えようとした作品と言ってよく、岸田國士「博物誌抄」解説（『世界文学全集第36巻』昭4・7新潮社）が〈自然主義の古典〉と評するのも故無しとしない。ビュフォンの時代にあってあくまで神の偉大さを証明する学問に過ぎなかった博物学を、ダーウィン『進化論』（一八五九）は近代自然科学に変えたと言われるものの、そうしたパラダイムの変換を受け止めつつ書かれたのがルナール『博物誌』であったという次第である。要するに芥川の「動物園」はそうしたルナールの文業のオマージュに思え、それ故そこで見据えられているのは、近代のパラダイムそのものでなければならない。

その後小説を書く芥川にあっては、それがいかなるパラダイムのもとで語られているかを問わずにいられなかった筈で、中には、そういう問い掛けそのものが主題になっていると思しい創作まで現われる。見易いのは、石田三成が徳川家康に従った大名の妻子を人質にしようとした折それを拒んで自殺して果てた細川忠興夫人〈秀林院〉ことガラシャの逸話を描く「糸女覚え書」（『中央公論』大13・1）である。題名が示唆する通り〈糸女〉なる侍女の立場から、大正期に流布していた才色兼備の悲劇の聖女というイメージを剥ぎ取る語り方がなされていくといってよいが、それを単なる偶像破壊と見てはいけないのは、ガラシャの聖女イメージを裏付ける叙述を含む徳富蘇峰『近世日本国民史』（大12・1民友社）が直前に刊行されていて、芥川が参照している節があるからである。蘇峰のそれは豊富な資料を駆使した公平な歴史叙述として定評のある文業であり、「細川忠興夫人明智氏の殉節」の叙述に関しても、「霜女覚書」・「藩譜採要」などの細川家文書や「イエズス会日本報告」・『日本西教史』下巻などのキリスト教関係資料に基づき、いわば史実として描き出されていったと言える。しかし〈主家の功業を記す〉べく書かれた「霜女覚書」にしろ布教目的の『日本西教史』にしろ、どこまで客観的資料と言えるのか疑問である。芥川がそういう眼で蘇峰の『近世日本国民史』を見ていたとすれば、「糸女覚え書」のようなアイロニカルな作品を書く理由も頷ける。大原祐治氏も言うように(12)、正に、

ある出来事について誰がどこから語るのか、という叙述者の位置によって、出来事の意義はその語られ方において変わってくる

という点を、芥川は問題にしているのである。

また芥川は、同じような企てを既に「俊寛」（『中央公論』大11・1）で試みている。この小説が、盟友の菊池寛の「俊寛」（『改造』大10・10）や倉田百三の戯曲「俊寛」（『新小説』大9・2）を念頭に置いて書かれたことは疑問の余地がない。芥川を創作に駆り立てたのは、その二つの作品の文壇の評価であった。同時代の時評にはこれらを比較している例が見られ、正宗白鳥「最近読んだもの」（『時事新報』大10・10）や近松秋江「三の俊寛」（『時事新報』大10・11）は、原典たる『平家物語』その

ままに憤死する俊寛を描く倉田戯曲に対し菊池作品が余りに恣意的であり、〈ロビンソンクルーソー〉紛いの楽天的俊寛を描いたことに厳しい評価を下していた。確かに菊池は同時代思潮を意識して書いた節があり、彼の「俊寛」は、《南方憧憬》に彩られている上に《階級意識》まで持ち込まれ、どこまで歴史小説なのか疑問が残る。しかし渡辺保氏の言葉を俟つまでもなく、『平家物語』は〈文学であって歴史そのままではない〉[13]のだから原典を楯にとって優劣を云々する文壇の評価のあり方はおかしい。そのため芥川の「俊寛」では、もう一つの原典たる『源平盛衰記』に基づいて書くことを宣言するかのように次のようなエピグラフを掲げている。

俊寛云ひけるは……神明外になし。唯我等が一念なり。……唯仏法を修行して、今度生死を出で給ふべし。

源平盛衰記

と。そして、いわばそうした高徳の僧そのままに信仰心を失わずに生きる俊寛を描くことをもって倉田戯曲とは対極にある俊寛像を呈示してみせていると見て間違いないが、この作品が概ね典拠通りなのも、前掲の文壇評価に異議申し立てするための戦略に他なるまい。正に何を準拠枠にするかによって出来事の捉え方が大きく変ってしまう、それこそがこの小説の隠された主題だったように思える。

それにしても、こうした見方は、とどのつまり特権的な語りを否定する思考へと駆り立てることになりはしまいか。例えば「奇遇」(『中央公論』大10・4)である。芥川の分身的〈小説家〉と原稿を督促する〈編集者〉の応酬の合間に、その〈小説家〉の原稿が語られていく。すなわち〈王生〉なる才気溢れた美青年が旅の途上〈酒族の娘〉に一目惚れして〈夢〉の中で通い詰め〈指輪〉まで交換する仲となり結婚する話を、文人〈瞿祐〉が伝え聞き、『剪燈新話』の美しい一篇〈渭塘奇遇記〉が成ったという内容である。問題なのは、この読者受けしそうな怪奇譚を気に入った〈編集者〉に対し〈小説家〉が次のように言う点である。話はこれで終わりではなく、実はそれが若い二人の親を慮った嘘だったという落ちがつく上に、その気持ちを察した親も話を合わせていたというさらなる裏話まで用意している、と。むろんそんな企てなど〈編集者〉に一蹴される。しかしこういうメタレベルの筋への衝動は、これまで芥川の小説観の分裂ないし物語の崩壊と見做されてきたもの、[14] それがいかなる言説か穿鑿するうち語りがどんどん不安定になっていく事態を戯画的に描いているのではあるまいか。

ところで、この作品前半の〈編集者〉との応酬の場面で、〈小説家〉が中国旅行を控えていることを話題にしているが、それに芥川の《中国旅行（大10・3―7）》を重ねて見る自由が許されるなら、こうした作品展開は、芥川が初めから中国にロマンチックな幻想など抱いていないことの証しであるように見える。彼の眼に激動する中国の現実が入ったのは、極めて自然なことだったのである。

（三）

ともあれ、パラダイムの違いで物事の様相が一変するという内的経験が重ねられていけば、価値観なる概念自体が揺らぎ出し、少なくとも相対主義的思考に囚われ出すのは目に見えている。そこで気になるのが「龍」（『中央公論』大8・5）である、芥川は、第一次世界大戦後のこの時期に、何故再び王朝物に手を染めたのであろうか。それは、人々に〈赤鼻〉を嘲笑された〈蔵人得業《くらうどとくごふ》恵印《えいん》〉が腹いせに猿沢の池に龍が昇るという嘘の〈建札〉を立てたところ、噂が広まり大騒ぎになった揚句、何と大勢の人が見守るなか本当に龍が昇るのを〈恵印〉も見てしまう、という話であるものの、見逃せないのは、この話を若い頃に見聞したという〈陶器造《すゑものつくり》の翁〉が〈宇治大納言隆国〉の求めに応じて語るという設定になっている点である。要するに『宇治拾遺物語』の編著者〈隆国〉は単なる聞き手に過ぎず、原話「蔵人得業猿沢の池の龍の事」に登場しない〈翁〉が語り手という設定である。その〈翁〉の一人称の語りによって事件の顚末がいわば実況中継されるというスタンスである筈なのに、ところが後半では一転して〈翁〉が全知の語り手に豹変し、首謀者の〈恵印〉の心内を〈恵印はさう思ひます〉とか〈(恵印は) 後めたい思ひがして〉といった風に実しやかに語り出すことになる。

元々自分でついた嘘なのに群衆心理に煽られてその嘘を信じるに到った、という愚かな僧侶の話である他はないのに、語り手の〈翁〉が僧侶と共犯関係を結びその思いを代弁しだしたため、〈嘘から出た実〉[15]の話のように思えてしまう。翻って考えてみれば、〈翁〉はそういう話に誘導すべく敢えて語りのスタンスを変えたのであって、その結果〈隆国〉も、共同体にそういう信仰があれば〈共同幻想として龍は出現する〉[16]という趣旨の〈談義〉すなわちコメントを述べる羽目になったのである。彼は、〈翁〉の巧妙な法螺話に一杯食わされたと言ってもよいのにそれと悟れない愚か者と言う他はなく、しかもこの小説の結びで、今度は〈行脚の法師〉が〈池の尾の禅智内供〉の話を始めるとなっているため『宇治拾遺物語』そのものが法螺話の寄せ集めのように見え、〈隆国〉の愚かしさがより際立つかの如くである。文学的カノンが崩壊しているのは明らかであり、それ故それが「鼻」を書いた芥川自身に跳ね返らない筈はなく、時代の新たな価値を発信し得たなどという自負もまた揺らぎ出しているのではあるまいか。

こうした文学的カノンなる思考に真っ向から挑戦してみせたのが「秋山図」(『改造』大10・1)で

あり、私もかつて論じたことがある。[17] ある秋の日に斜陽の旧家の荒寥たる佇まいの中で目にした〈黄大痴（一峰）〉の名画〈「秋山図」〉の見事さを師の〈煙客翁〉から聞かされた〈王石谷〉が、憧れ続けたその絵をようやく〈五十年〉後の初夏に新興ブルジョアジーの〈富貴の御宅〉で見ることが出来たというのに、全く感動しなかったばかりか、当の〈煙客翁〉まで狐につままれたような顔をしていた、という話である。〈煙客翁〉の〈神品〉とする評価に駆り立てられ〈王石谷〉の心に理想の芸術のイメージが描き出されたのだとしても、[18]〈まだ翁から、一度も秋山の神逸を聞かされた事がなかつた〉〈廉州先生〉も感心しなかったのだから、そもそも〈五十年〉前の〈煙客翁〉の〈神品〉なる評価自体が恣意的なものに過ぎなかったということになるのではあるまいか。すなわち〈荒廃の気〉が漂う秋の邸内がフレームとなって必要以上に〈「秋山図」〉を美しく見せたと言う他はない。また逆も真なりで、〈五十年〉後にこの絵を見た時、庭に〈牡丹〉が〈咲き誇つた〉豪奢な邸宅の、萩原朔太郎が〈私の生活を貴族にする〉（『月に吠える』）と称えた爽やかな初夏の佇まいがフレームになっている可能性も忘れるべきではない。所詮、芸術的な価値は相対的であることを免れないとのメッセージが聞こえてくるようだが、実は同じ思いは、狂死したある無名画家の作品を自分だけが傑作と認める「沼地」（『新潮』大8・5）で既に発信されていた。しかしそれは、愛娘の犠牲の上に成り立った〈良秀〉の絵がそういう彼の非人間性を忌み嫌う〈横川の僧都〉まで感動させるという「地獄変」（『大阪毎日新聞』大7・5）の芸術観の解体であり、そこに、第一次世界大戦のトラウマを見ない訳にはいかない。つまり、それを芸術的価値の相対性なる認識の問題に引き上げたのが「秋山図」であったと言うことではなかろうか。

ところで、認識対象の価値が相対的なものでしかないなら、その認識主体たる自我も曖昧である他はなく、それかあらぬか「三右衛門の罪」(『改造』大13・1)では、主体なる概念の幻想性が描き出されている。剣の試合で行事役を務めた〈細井三右衛門〉なる武士が、厳しすぎる判定故に愛弟子〈数馬〉に恨まれ闇討ちされるものの、返り討ちにしてしまった事件で、主君〈前田治修《はるなが》〉に召し出される。彼は、自身の〈数馬〉に対する〈依怙〉を反省し有能な侍を奪った罪を詫びながら、殺した理由を問われると〈狼藉者は気の毒に思ひませぬ〉と不敵な顔で答えた、という話である。志賀直哉「范の犯罪」(『白樺』大2・10)を踏まえて書かれた作品とはいえ、[19]《予審》を舞台に〈過殺〉か〈故殺〉かいわば《未必の故意》を問われた〈范〉の行為と違って、〈三右衛門〉は自我分裂を来しているかのようである。少なくとも、忠義の上から非を悔いる心と武士道に基づいて理を唱える心が共存しているとしか思えず、ミードの概念に従って、社会的期待に合わせて作られる自我と自分の内に向いている自我という風に重層化する自我を措定する他はない。[20]ともあれ近代文学が描いてきた近代的自我などどこにもない。むろんそれを映し鏡とする近代の創作主体も揺らがない筈はなく、例えば「馬の脚」(『新潮』大14・1、2)はそういうテーマの作品と言ってよい。

それは、〈人違ひ〉でいったんはあの世に送られながら〈馬の脚をつけ〉られて蘇生した三菱の北京駐在社員〈忍野半三郎〉なる男が、次第に馬の本性に籠絡され、ついに〈蒙古産〉の馬に誘われるまま〈失踪〉してしまうというロマネスクな小説である。社会的束縛を脱し自然に帰ったとする前向きな解釈をする例もあるけれど、[21]《私》という主体の揺らぎを読む説が圧倒的に多い。[22]面白いと思うのは、その《私》が徐々に解体する様を描いた男の〈日記〉の合間に〈「順天時報」の記事〉が挿まれ、対位法的に物語が進行していく点である。そしてその新聞記事が男の〈発狂〉を刻々と伝え、揚句に〈失踪〉したと報じていることを思えば、要するにそうした〈精神に異状を〉来す過程を、男の〈日記〉

では、《私》なる認識主体が次第に崩れやがて消滅する事態として描き出していたことになる。どちらの捉え方に組するかは別として、例えばこの小説の粉本と見る説もあるゴーゴリ「鼻」(一八三六)との繋がりで文壇出世作「鼻」を持ち出せば、自らの肉体的現実に囚われる〈禅智内供〉も、裏を返せば《私》なる主体がない存在と言える。しかし少なくとも彼にはそうした《私》の不在を託つ認識主体があることまで否定する訳にはいかない筈だが、ところが「馬の脚」の〈半三郎〉の場合、そうした認識主体そのものが揺らいでいる、最後に〈獣〉に変容することになるのもそれ故である。むろんその変容を〈狂気〉に陥ったと見ても何ら問題はない。思えば「藪の中」(『新潮』大11・1)のような、事件の当事者の言い分が、〈白状〉〈懺悔〉〈死霊の物語〉と何らかの道徳的規制が掛かっているにも拘らずことごとく食い違うなどという物語は、そうした認識主体そのものへの不信を念頭に置かないと読みようがないのではあるまいか。

　近代日本人にとって《私》なる認識主体の崩壊がナショナル・アイデンティティの喪失でもあったことは、「馬の脚」で、〈「順天時報」の主筆〉の〈社説〉が〈半三郎〉の〈発狂〉を《家族主義国家》日本の〈国体〉への背信行為と見做していることにも窺えよう。だからその同時期に、〈国体〉批判を前景化する「桃太郎」(『サンデー毎日』大13・7)のような作品が登場するのは、偶然ではない。そもそも〈桃太郎〉を近代日本の期待される人間像に押し上げたのは巌谷小波である。彼は、『日本昔噺一桃太郎』(明27・7博文館)で見出した理念型をその後『桃太郎主義教育』(大4・5東亜堂)として発信することになるものの、ともあれその『桃太郎』にあっては、〈天津《あまつ》神様から、御命《おほせ》を蒙《かふむ》つて降《くだ》つた〉桃太郎が〈皇国《みくに》の安寧《やすき》を計る〉べく〈鬼が嶋〉征伐に赴くとされ、しかもそれを神武天皇東征ないし日本武尊の東国蝦夷征伐見立てにしている。記紀神話を象った明治天皇制国家のプロパガンダを企てたと見て間違いなく、要するに芥川の「桃太郎」は、そういう小波作品に対する批判を試みているると言える。それ故彼は、桃太郎の物語に先立って次のような神話を語らねばならなかったのである。すなわち〈或深い山の奥〉に〈神代〉の昔から〈大きい桃の木が一本〉あって、

　この木は世界の夜明以来、一万年に一度花を開き、一万年に一度実をつけてゐた。（略）その実は核《さね》のある処に美しい赤児を一人づゝ、おのづから孕んでゐた

けれど、その〈実〉を神武天皇東征の案内役たる〈八《や》咫鴉《たがらす》〉が啄んだため、一つが落下して、〈谷川〉を下って〈お婆さん〉に拾われた、と。こうした〈桃太郎〉誕生秘話がいかなる思考の所産なのかというと、芥川が高木敏雄『帝国百科全集第16編比較神話学』（明37・10博文館）を読んでいて斯学に対する知見を持っていたことを思えば、[23]その〈大きい桃の木〉は北欧神話の《エグドラシル》や『旧約聖書』で楽園の中央に立つとする《生命の樹》のアナロジーと見るしかない。要するに作品冒頭の神話語りは、その《生命の樹》神話大系に既述の小波風皇国神話を包摂し相対化しようとする芥川の戦略を示唆する概念枠に他ならなかったと言うことになろうか。むろんその根が〈大地の底の黄泉の国〉に及んでいた〈桃の木〉は、暗黒の《世界樹》に違いなく、それ故芥川の描く〈桃太郎〉の物語は、小波のそれを反転させたものになっていて、〈美しい天然の楽土〉たる〈鬼が島〉を立身出世主義が横行し『アンチ・オイディプス』言説さながらの欲望資本主義が[24]蔓延る帝国日本の尖兵たる桃太郎一味が武力で蹂躙するという具合に描写されていく。つまり、小波のナショナリズム童話を世界史的パラダイムのもとに開き、それが帝国主義侵略以外の何ものでもないことを暴いている訳で、出だしの禍々

しい神話がそういう思考へ導く概念枠であることは、繰り返すまでもないだろう。私には、「桃太郎」が、第一次世界大戦における遅れてきた帝国主義国家としての日本の振舞いを告発する黒い童話のように思えてならない。[25]

さて、最初に述べたように、後年の芥川は、《「話」らしい話のない小説》論争を通して〈純粋な小説〉を標榜し私小説に転向したかの如くだが、「年末の一日」(『新潮』大15・1)・「蜃気楼」(『婦人公論』昭2・3)・「歯車」(『大調和』昭2・6)と並べてみてもいわゆる自我の揺らぎが描かれない作品はない。これらの作品が次世代作家の共感を得ていることからも、要するに創作主体それ自体が疑われている作品なのであって、「馬の脚」の〈忍野半三郎〉の〈日記〉と大差がないように見える。しかしこれらの小説が《夢》や《無意識》を描いている上に、芥川の〈純粋な小説〉とは詰まる所〈詩に近い小説〉の謂いであるとなれば、アンドレ・ジイド「贋金つくりの日記」(一九二六)で説く《純粋小説》や、ポール・ヴァレリーがリュシャン・ファーブル『女神を識る』(一九二〇)の「序文」で述べた《純粋詩》が念頭にない筈がない。そうだとすれば、《夢》や《無意識》を包摂する創作主体が模索されているから、これらの作品が次世代作家を引き付けたと言うべきかも知れない。

〔注〕

(1)　Ⅲ章四節を参照されたい。

（2）小堀桂一郎『森鷗外　文業解題（創作篇）』（昭57・1岩波書店）
（3）山崎一穎「森鷗外と龍之介」（『国文学』昭58・3）
（4）竹盛天雄『鷗外　その紋様』（昭57・7小沢書店）
（5）養老孟司『身体の文学史』（平22・2新潮選書）
（6）中山弘明『第一次大戦の〈影〉世界戦争と日本文学』（平24・12新曜社）
（7）中山弘明『戦間期の『夜明け前』―現象としての世界戦争』（平24・10双文社）
（8）今井清一『日本の歴史23大正デモクラシー』（昭49・9中公文庫）や野上毅編『朝日百科日本の歴史11近代Ⅱ』（昭64・4朝日新聞社）などを参照した。
（9）Ⅳ章三節を参照されたい。
（10）関口安義『芥川龍之介とその時代』（平11・3筑摩書房）
（11）柏木隆雄『イメージの狩人―評伝ジュール・ルナール』（平11・4臨川書房）
（12）大原祐治「国民史と文学―芥川龍之介「糸女覚え書」をめぐって―」（『日本文学』平14・1）。ちなみに『日本西教史』下巻（明13・12内閣書記官室記録課）は刊行されていた。
（13）渡辺保「「俊寛」像の変遷―「平家物語」から能、人形浄瑠璃、歌舞伎、倉田百三「俊寛」まで」（『日本劇学会』平11・9）
（14）小沢勝美「奇遇」（『芥川龍之介事典』昭60・12明治書院）は、〈芥川の内部の小説観の矛盾対立の方法的表現〉としている。また橋浦洋志「芥川龍之介『奇遇』の位置―〈神〉の敗北―」（『茨城大学教育学部紀要』平7・3）は、〈物語が〈完結〉することに対する強烈な懐疑が動き始めている〉と述べている。
（15）龍の昇天が芥川の創作であったため、三好行雄『舞踏会・蜜柑』（昭43・10角川文庫）「解説」は、〈虚妄のつみかさねが幻影を生む恐しさ〉を指摘している。また塚原鉄雄「得業恵印と芥川龍之介」（『明日香』昭35・7）は、〈竜はその昇天を信じ、または信じたいと希望する人間の視線にだけ、把握された〉と述べている。

(16) 田中実「芥川文学研究ノート③『鼻』と『龍』」(『都留文科大学研究紀要』平6・3)

(17) 拙稿「「秋山図」の可塑性とは―白秋の詩「金の入日に繻子の黒」を重ねてみて―」(『稿本近代文学』平10・12)を参照されたい。

(18) 三好行雄『芥川龍之介論』(昭51・9筑摩書房)は、〈かれから名画の神韻を伝えられただけの石谷がなぜ見たこともない秋山図の真贋を弁別できたのか。石谷はみずからの心象に、いつかあざやかな映像を結んでいた〈幻影〉によって〈現実〉を裁いたのである〉と述べている。

(19) 菊地弘「三右衛門の罪」(『芥川龍之介事典』昭60・12明治書院)は、〈志賀直哉の『范の犯罪』と筋立てが似ていること、また主人公三右衛門が、その時その時の自分の気持ちに忠実であろうとする、どこか志賀の作中人物の倫理的潔癖感を思わせる風貌をそなえていることが注目される〉と述べている。

(20) ジョージ・ハーバード・ミード『精神・自我・社会』(稲葉三千男・滝沢正樹・中野収訳、昭48・12青木書店)

(21) 関口安義「芥川龍之介「馬の脚」論―自由の遁走―」(『社会文学』平19・2)

(22) 秦剛「〈告白〉を相対化した〈お伽噺〉―芥川龍之介の小説「馬の脚」を中心に―」(『国語と国文学』平11・2)は、〈告白する「私」という主体はどれだけ信用できるか〉と言い、阿部寿行「芥川龍之介『馬の脚』ノート―解体される〈我〉・構築される〈我〉―」(『青山語文』平13・3)は、〈意識化されなかった〈我〉というものの不安定さの発見〉と言う。さらに藤井貴志「「馬の脚」―生はべつのところにある―」(『解釈と鑑賞』平22・2)は、〈一貫性をもって統合された「私」などから最も遠い不整合で分裂した自己〉と言っている。

(23) 芥川は、「煙草と悪魔」が載った『新思潮』(大5・11)の「校正の后に」で、〈「煙草」の材料は、昔、高木さんの比較神話学を読んだ時に見た話を少し変へて使つた〉と述べている。

(24) ジル・ドゥルーズ＋フェリックス・ガタリ『アンチ・オイディプス』(市倉宏祐訳、昭61・5河出書房

新社）

（25）「桃太郎」と同時期に、芥川が「僻見」（『女性改造』大13・4）を書き、上海で会見した清朝高官〈章炳麟〉の、〈予の最も嫌悪する日本人は鬼が島を征伐した桃太郎である。桃太郎を愛する日本国民にも多少の反感を抱かざるを得ない〉という言葉を想起していることを思えば、私の憶測も故無しとしない。ちなみに、桃太郎の侵略に抵抗する鬼の若者が〈鬼が島の独立を計画する為、椰子の実に爆弾を仕こんでゐた〉（五）という場面があって、鷗外「沈黙の塔」の、〈パアシイ〉の反体制派が〈椰子の殻〉爆弾を仕掛けた話を思わせ、鷗外作品へのオマージュに見える。

初出一覧

序章　近代短篇小説の概念と方法

「ジャンルの生成を問う――近代短篇小説の場合」（延世近代韓国学研究所編『日韓近代語文学の争点』二〇一三年二月召命出版）ただし最後の項目は書き加えた。

Ⅰ章　鷗外短篇論1――膨張する〈語り手〉

一節　「半日」論――〈建国神話〉のたそがれと〈癒着〉する語り手の戦略

「〈建国神話〉のたそがれ――外面似「太田豊太郎」、内心如「高山峻蔵」――」（『国学院雑誌』第一〇五巻第一一号、二〇〇四年一一月）

二節　「鶏」から「金貨」へ、そして「金毘羅」――方法的な、余りに方法的な

「方法的な、余りに方法的な――「鶏」から「金貨」へ、そして「金毘羅」」（『稿本近代文学』第二四集、一九九九年一二月筑波大学日本文学会近代部会）

三節　「花子」と「ル・パルナス・アンビユラン」――自然主義批判を企む語り手

「二人の〈花子〉――小説論がテーマの小説――」（筑波大学近代文学研究会編『明治期雑誌メディアにみる〈文学〉』二〇〇〇年六月）

Ⅱ章　鷗外短篇論2――〈隣接ジャンル〉との交響《コラボレーション》

一節　「普請中」論――〈演劇〉的趣向の小説

「見慣れた〈世界《コスモス》〉を見慣れない〈世界《カオス》〉のように――鷗外「普請中」――」（『稿本近代文学』第二六

集、二〇〇一年一二月）

二節　「カズイスチカ《Casuistica》」化する〈Casus《カズス》〉——印象派絵画との出会い

「〈心《レミニスサンス》〉は理るものにあらず、調ぶるものなり——〈Casuistica《カズイスチカ》〉化する〈Casus《カズス》〉——」（『森鷗外研究9』二〇〇二年九月和泉書院）

三節　四つの〈鷗外小品〉——挑発する散文詩／詩的散文の夢

二〇一四年度日本近代文学研究（4）の授業ノートに基づき書き下した。

Ⅲ章　鷗外短篇論3——文化的社会的文脈《コンテクスト》の中で

一節　「有楽門」論——日比谷焼打ち事件と〈群衆心理学〉言説

「〈脱制度の文学〉という夢／〈群衆〉分析入門——「有楽門」が眼差すもの——」（『文学』第八巻第二号、二〇〇七年三—四月岩波書店）

二節　「沈黙の塔」一名、慨世悲歌《拝火教徒《パアシイ》》騒動始末記——〈優生学〉言説の侵犯

「鷗外「沈黙の塔」——一名、慨世悲歌《拝火教徒《パアシイ》》騒動始末記」（『稿本近代文学』第二五集、二〇〇〇年一二月）

三節　「田楽豆腐」論——〈文学と科学の調和〉の時代／越境する〈植物学〉

「時評／小説の彼岸——「田楽豆腐」は何をどんな風に書いたか」（『国語と国文学』第八〇巻第一一号、二〇〇三年一一月至文堂）

四節　二つの怪奇譚、そして「羽鳥千尋」へ——余は如何にして他者の心に迫りし乎

二〇一五年度日本近代文学研究（5）の授業ノートに基づき書き下した。

Ⅳ章　谷崎潤一郎の場合

一節　「刺青」論——〈自己表出〉か〈芸術性〉か

「原「刺青」の構図――その復元に関する一つの試み――」（『語学文学』第二三号、一九八五年三月北海道教育大学語学文学会）

二節　「少年」の方法――〈胎内幻想〉と〈金毛九尾の狐〉の物語

「あるイニシエーションの物語――「少年」再考――」（『稿本近代文学』第一七集、一九九二年一一月）

三節　「人面疽」論――〈活動写真的な小説〉から文明批評へ

「「人面疽」論――〈活動写真的な小説〉から文明批評小説へ」（『稿本近代文学』第一九集、一九九四年一一月）

終章に代えて　解体する近代短篇小説と芥川龍之介

二〇一三年度日本近代文学研究（３）の授業における口頭発表「芥川文学の読み替え――パロディー作品を視座に」に基づき書き下した。

あとがき

数年前、勤務校で学会誌の編集に携わった際、その後記に、当時評判を取っていたマルガレーテ・フォン・トロッタ監督の映画『ハンナ・アーレント』(二〇一二)に托して近代文学研究のある動向への苦汁の思いを吐露したことがある。映画は、強制収容所体験を持つハイデッカー門下のハンナ・アーレントが、ナチスの戦犯の一人アドルフ・アイヒマンの裁判を傍聴し〈彼は平凡な小役人に過ぎない〉との断案を下したため、激しいバッシングに見舞われた事態を描いたものだったが、実は彼女は、アイヒマンのような組織の論理に盲従する人間がいわば思考停止状態にあるばかりか、そういう人間こそ最も愚劣な悪行の担い手になり得るという意味で、ああいう発言をしたのであった。

私はこの話を枕に、ついこの間まで学会を席捲していた西欧の文芸理論を金科玉条の如く振り翳す研究者グループや、それに無原則に便乗するのみならず算数の練習問題さながらの論文を書いて平気な顔をしている雷同付随の取り巻き連が、いわばアイヒマンの同類と難じたのだけれど、その前者の研究者グループの迷走ぶりについては、既に小谷野敦『現代文学論争』(平22・10筑摩選書)が委曲を尽して説明している。そもそも本家フランスの理論の方は、とっくに御破算になっているのだが、ただ、それでもその活動のすべてを否定する訳にいかないのは、彼等が次々に突き付ける難題に悩まされ続けた私でさえ、その一方で文学研究に関する新鮮な知見を与えられたと思っているからである。異質な思考に触れることは、自ら〈考える葦〉たらんと志す者にとって不可避な階梯と言ってよく、私が夏休みを使い十数年に亙ってユーラシアのあちこちをうろついた揚句より自由で浩瀚な立ち位置を手に入れた気がしているのも、それ故である。なればこそ、後者の取り巻き連の振舞いは許し難いのだが。

文学研究の基本は解釈にありと考える私にとって、研究方法の変遷に伴いたとえどんな羈制が課せられたとしても解釈そのものを棄てる選択肢はない、自殺行為でしかないからである。その私には、長年、文学教材の入試問題に携わったお蔭で解釈力が鍛えられたとの自負があった。ところがある年、十数年前に作った予備問題を使わざるを得なくなって、驚いてしまった、問題文や設問が難解で容易に解答できないのである。どうやら、解釈の恣意性などという学会の議論に惑わされているうちに当方の解釈力も著しく劣化してしまったか、と思えた。これでは大学の文学研究が衰微するのも無理からぬことと嘆じ、義憤に駆られもしたとはいえ、だからといって文化研究にシフトするその頃の学会の在り方を全否定するようなセクト主義に陥らなかったのは、言うまでもない。その成果を取り入れより研究の精度を上げることに、些かの躊躇いもなかったと思う。ところがあの時代の流行の雷同者は違った。あくまで解釈に拘る私を目の敵にしたのか、その刷り込みをうけた学生には授業妨害のようなことまでされた。正にアイヒマン・シンドロームが吹き荒れていたとでも言う他はないのだけれど、彼等は当時の振舞いをどう考えているのだろう。曲がりなりにも研究者を気取ってきた以上、それなりの総括があってしかるべきではなかろうか。

むろん、総括が必要なのは私とて同じであり、定年を機に本書の刊行に踏み切ったのも、その強い思いがあってのことである。改めて振り返ってみると、理論や方法に拘り続けた学会を尻目に私はといえば、文学史的な枠組み作りへの志しはあったにしても、ともあれひたすら近代日本の文学表現に目を凝らし続けてきたような気がする。そして私が心掛けていたのは、某先生の教えでもあった出来るだけ多くの作品を読むことに尽きるものの、敢えて言うとすれば、それは、同時代に書かれた多くの作品やテキスト群の情報をもとに個々の文学表現を玩味する一種の帰納的な遣り方ということになろうか。いずれにしてもその当否は、大方の評価を俟つ他はない。

最後に、本書の刊行に際し、「ひつじ書房」の皆さんをはじめ多くの方々のお世話になった。逐一お名前は記さないが心より感謝を申し上げたい。

（白山開山一三〇〇年六月、本地垂迹の美しい夢にかけた泰澄を偲びつつ、白峰温泉にて）

ま

や

ら

わ

な

は

さ

た

か

索引

あ

◉著者紹介

新保邦寛（しんぼ くにひろ）

〈**略歴**〉一九五一年、新潟県生まれ。筑波大学大学院博士課程単位取得退学、日本近代文学専攻。博士（文学）。北海道教育大学札幌分校助教授、筑波大学教授を経て、現在筑波大学名誉教授。

〈**主な著書、論文**〉『独歩と藤村——明治三十年代文学のコスモロジー』（一九九六、有精堂）、『新日本古典文学大系 明治編28 国木田独歩 宮崎湖処子集』（二〇〇六、岩波書店）、「「母」論——二人の復員兵は〈私〉をどこへ連れ出したか」（『太宰治研究16』二〇〇八、和泉書院）、「「陰火」論——怪しくかぎろう文学の夢——」（『太宰治研究24』二〇一六）など。

ひつじ研究叢書（文学編）8

短篇小説の生成——鷗外〈豊熟の時代〉の文業、及びその外延——

The Formation of Japanese Modern Short Story
Shimbo Kunihiro

発行 2017年10月10日 初版1刷

定価 5600円＋税

発行者 松本功
ブックデザイン 坂野公一（welle design）
印刷・製本所 株式会社 シナノ

発行所 株式会社 ひつじ書房
〒112-0011 東京都文京区千石2-1-2 大和ビル2階
Tel. 03-5319-4916
Fax. 03-5319-4917
郵便振替00120-8-142852
toiawase@hituzi.co.jp http://www.hituzi.co.jp/

ISBN 978-4-89476-865-9

◉刊行のご案内

明治の翻訳ディスクール——坪内逍遙・森田思軒・若松賤子
高橋修著
定価四六〇〇円+税

テクスト分析入門——小説を分析的に読むための実践ガイド
松本和也編
定価二〇〇〇円+税

ハンドブック **日本近代文学研究の方法**
日本近代文学会編
定価二六〇〇円+税

21世紀日本文学ガイドブック6 **徳田秋聲**
紅野謙介・大木志門編
定価二〇〇〇円+税

文学研究から現代日本の批評を考える——批評・小説・ポップカルチャーをめぐって
西田谷洋編
定価三二〇〇円+税